나나의
네버엔딩
스토리

나나의 네버엔딩 스토리

지은이_ 금나나

1판 1쇄 발행_ 2008. 12. 5.
1판 29쇄 발행_ 2020. 6. 11.

발행처_ 김영사
발행인_ 고세규

등록번호_ 제406-2003-036호
등록일자_ 1979. 5. 17.

경기도 파주시 문발로 197(문발동) 우편번호 10881
마케팅부 031)955-3100, 편집부 031)955-3200, 팩스 031)955-3111

글저작권자 ⓒ 2008
저작권자와 출판사의 허락 없이 내용의 일부를 인용하거나 발췌하는 것을 금합니다.

값은 뒤표지에 있습니다.
ISBN 978-89-349-3279-6 03810

홈페이지 www.gimmyoung.com   블로그 blog.naver.com/gybook
페이스북 facebook.com/gybooks 이메일 bestbook@gimmyoung.com

좋은 독자가 좋은 책을 만듭니다.
김영사는 독자 여러분의 의견에 항상 귀 기울이고 있습니다.

미스코리아 진 금나나가
하버드에서 배운
도전과 열정, 희망의 공식

나나의
네버엔딩
스토리

금나나·최지현 지음

김영사

세상에서 가장 아름다운 승리

나는 언제까지 달려야 하는 걸까. 나는 언제까지 싸워야 하는 걸까. 얼마나 더 나 자신을 미워해야 하는 걸까. 얼마나 더 나 자신을 용서해야 하는 걸까. 마침내 원하는 걸 얻게 되었을 때, 나는 드디어 웃는 얼굴로 나 자신에게 사랑한다고 말할 수 있을까.

하버드에 다니는 4년 내내 내 머리를 떠나지 않은 의문들이다. 처음에는 애써 부인했다. 이런 고민을 하며 징징거리기엔 나는 너무 바쁜 사람이고 목표도 확실한 사람이었기 때문이다. 가끔 빨갛게 내 자존감에 경고등이 켜졌지만 나는 무시했다. 그러다가 어느 순간 정신 차릴 틈도 없이 온갖 부정적인 생각에 빠져 허우적대고 있는 나 자신을 보았다. 나의 모든 두려움, 나약함, 어리석음 등이 최악의 모습으로 한꺼번에 밀려와 나를 덮쳤다. 나는 이렇다 할 마음의 각오도 하지 못한 채 휩쓸려 떠내려갔다.

내가 과연 살아낼 수 있을까. 사람들은 나에게 강하다고 말해왔다. 독하다고도 했다. 그렇게 독하니까 원형탈모증까지 앓으면서 과학고 생활을 버텨냈고, 그렇게 독하니까 식이요법과 운동만으로 살을 10킬로그램이나 뺐고, 그렇게 독하니까 5개월 동안 공부해서 하버드에 합격했다고들 말했다. "나나는 사막에 내버려도 살아 돌아올 아이야." "저 아이는 한 번 세운 목표는 반드시 이뤄내는 아이지. 두고 봐." 많은 사람들이 그렇게 말해주었다.

나도 나 자신이 그런 사람이라고 믿어왔다. 아니, 그럴 거라고 자기최면을 걸어왔다. 뭐든 열심히만 하면 이루지 못할 목표는 없다고 믿어왔고 나 자신이 그 증거가 되기를 주저하지 않았다. 소도시 출신의 평범한 소녀가 오직 노력 하나만으로 하버드대에 들어갔다는 성공 스토리로 세상의 꿈과 희망의 상징이 되기를 마다하지 않았다.

하지만 하버드 4년은 내게 노력만으로는 모든 것을 얻을 수 없다는 현실을 뼈저리게 깨닫게 했다. 주어진 환경 안에서 개인의 역량을 펼치는 데에는 한계가 있다는 것도 알게 해주었다. 현실은 냉혹하다. 더욱이 진실은 잔인하다. 그것은 내가 가진 수많은 장점들에는 눈길 하나 주지 않고 온갖 나약하고 어리석은 면들만을 도려내어 내 눈앞에 펼쳐 보여준다. '봐, 너란 아이는 아직 이것밖에 안 되는 아이지. 큭 큭' 하며 냉소를 퍼붓는다.

나는 그래도 기를 쓰고 뛰었다. 무너진 자존감을 등에 업고, 천근만근 짓누르는 패배감을 어깨에 두르고, 팔 다리에는 피해의식과 나약함과 자학과 냉소의 감정들을 쇳덩이처럼 매달고, 나는 계속 달렸다. 그래야만 했다. 왜냐하면 멈추지 않고 달리는 한 나는 살아 있으니까.

나는 일등으로 골인하지는 못했다. 앞으로도 그 모든 싸움에서 다 승리하지는 못할 것이다. 하지만 계속 달릴 것이라는 것만큼은 확실하게 말할 수 있다. 하버드 4년이 준 가르침은 그 모든 실수와 한계에도 불구하고 나 자신을 용서하고 사랑해야 한다는 것이다. 꼭 일등을 하고 훈장을 받고 멋진 타이틀을 얻어내야 승리하는 것은 아니다. 나는 최선을 다하여 끝까지 달렸다. 나는 다치고 깨지고 부서지고 무너졌다. 그리고 더 강해졌다. 나는 나를 이겼다. 세상에 그보다 더 큰 승리가 있을까.

내가 옳았을까. 늘 그렇지만은 않았다. 나는 만족하는가. 꼭 그렇지만은 않다. 나는 후회한다. 동시에 나는 자랑스럽게 여긴다. 나는 아직 미완성이다. 아직도 달려야 할 길이 한없이 남아 있다. 그래서 나는 아직은 나를 평가하지 않을 테다.

불완전한 나에게 세상은 아직도 격려와 칭찬을 퍼붓는다. 나는 그게 다 내가 갚아야 할 빚이라는 걸 알고 있다. 나는 나에게 속삭인다. 나나, 얼마든지 실패하렴. 얼마든지 아파하렴. 하지만 거짓말쟁이가 되어서는 안 돼. 비겁자가 되어서도 안 돼. 계속 달리렴. 나는 나나이니까.

2008년 겨울 금나나

THANKS TO
이 책의 처음과 끝까지 함께 해주신 최지현 작가님께 감사드립니다.

| 차례 • 나나의 네버엔딩 스토리 |

하버드 졸업, 끝이 아닌 시작

졸업식 아침, 보스턴의
오묘한 하늘
그 날 아침은 이상할 정도로 시간이 느리게 흐르고 있었다. 늦잠을 잔 관계로 몸은 부산하게 움직이고 있었지만 밤사이 누군가 태엽이라도 풀어놓은 듯 모든 것이 한가로웠다. 아마 날씨 때문이었는지도 모른다. 잔뜩 낀 안개, 금방이라도 비를 뿌릴 것 같은 커다란 무리의 잿빛 구름, 그 뒤에 천천히 기회를 엿보고 있는 하얀 태양이 하늘을 묘한 빛깔로 버무려 놓고 있었다.

흠, 내 기분과 딱 맞는 날씨야. 나는 잠시 눈을 감고 심호흡을 했다. 기쁘지만 마냥 기뻐할 수만은 없는, 한바탕 큰 소리로 웃고 싶지만 한편으로는 주저앉아 울고 싶기도 한 기분. 후련하기도 하고 미련(未練)하기도 한 기분. 이것도 저것도 아닌 기분. 나의 졸업식 날, 하버드 캠퍼스에서 본 보스턴의 하늘이 딱 그랬다.

　나보다 더 흥분한 건 부모님과 동생 종학이, 그리고 미스 유니버스 인터뷰 준비로 만나 하버드에 도전할 용기를 주셨던 손희걸 선생님이었다. 카메라 한 대면 되련만, 아버지 손에 들려 있는 캠코더도 모자라 손 선생님도 종학이도 저마다 카메라를 들고 있었다. 어쩌면 오늘 졸업식은 나를 위한 행사가 아니라 그들을 위한 행사일지도 모른다는 생각이 들었다. 4년의 세월 동안 나의 위태로움, 나의 나약함, 나의 어리석음을 살얼음판을 걷는 심정으로 지켜봐온 사람들. 이제 그 조마조마한 드라마가 끝났으니 걱정과 근심을 훌훌 털어버리고 안심하라는 의미의 의식이 아닐까.

　"여러분은 곧 지상 최고의 쇼를 보게 될 것입니다!"

　"와아!"

　학교 교회인 메모리얼 처치(Memorial Church)에서 졸업 예배를 마친 학생들이 목사님의 마지막 말과 함께 함성을 지르며 하버드 야드로 쏟아져 나왔다. 하버드 야드는 4학년 학부 졸업생뿐만 아니라 비즈니스 스쿨, 로스쿨, 메디컬 스쿨 등 대학원 졸업생들까지 합세하여 온통 검은 졸업 예복의 물결을 이루고 있었다. 그리고 그들 주변으로 알록달록 옷을 차려입고 기뻐하는 가족과 친척의 무리가 매사추세츠 대로까지 흘러넘쳤다.

　축제……. 하버드의 졸업식은 영어로 세리모니(ceremony)가 아니라 페스티비티(festivity), 즉 축제로 불린다. 여기에는 총장의 엄숙하고 장황한 연설이나 형식적인 축사, 졸업생들의 슬픈 눈물은 없다. 대신 떠나는 자들의 후련한 함성과 마지막을 신나게 장식할 파티, 그리고 가족과 친지와 관광객을 즐겁게 해줄 많은 볼거리들이 있다. 다만 이 파티에서 유일하게 긴장감을 조성하는 것이 있긴 하다. 졸업식 행사장으로 들어가는 모든 사람들이 마치 공항에서처럼 몸수색을 거쳐야 한다는 것이다.

"세리프, 기도해 주세요. 우리에게 사명을 주세요!"

여성 사회자의 목소리에 세리프(군 보안관)로 분한 사람이 북을 세 번 쳤다. 쿵, 쿵, 쿵! 그리고 큰 소리로 외쳤다.

"미들섹스 카운티(Middlesex County)의 군 보안관으로서 개회식을 선포합니다!"

미국 졸업식 전통에 따라 군 보안관의 선포에 의해 졸업식이 공식적으로 인정된 순간이었다.

사람들은 일제히 함성을 질렀다. 드디어 졸업식이 시작이다. 차분히 가라앉은 내 마음도 함성소리에 짜릿한 흥분을 느낀다.

곧바로 케네디 스쿨(행정대학원) 졸업생이 단상 위로 올라가 졸업 연설을 시작했다. 웨스트포인트(미국 육군사관학교)를 졸업하고 이라크 파병 생활을 거쳐 케네디 스쿨로 왔다는 그는 말한다. 이라크가 말 그대로 전쟁터였다면 2년간의 하버드 생활은 '생각의 전쟁터(battlefield of ideas)'였다고. 그는 묻는다.

"과연 우리가 지구온난화를 막을 수 있을까요? 우리가 세상을 더 나은 방향으로 변화시킬 수 있을까요? 왜 우리는 대량학살과 인권탄압을 못 본 척하는 걸까요? 왜 기업의 임원실에서는 여전히 부패가 판을 치고 있는 걸까요? 과연 하버드생인 우리가 이에 대한 해답을 찾을 수 있을까요?"

그는 이런 문제에 대한 해답을 찾느라 2년 내내 너무나 힘들었다고 고백하면서 이렇게 말했다.

"이제 나는 하버드가 우리를 선택한 이유를 깨달았습니다. 그건 바로 우리가 이런 질문에 대답하는 게 쉽지 않다는 걸 알면서도 대답하려고 애쓰는 사람들이기 때문이지요."

연설을 듣던 학생들이 함성을 질렀다. 갑자기 졸업이 실감나며 가슴이 벅차올랐다. 하버드……. 세계 최고의 지성의 상징. 내가 이제 정말 그 지성의 반열에 오르게 된 것이다. 지난 4세기 동안 하버드인들은 세상의 선두에 서서 인류의 삶을 더 나은 방향으로 변화시키기 위해 최선을 다해왔다. 지금 졸업하는 우리에게도 그럴 힘이 있고 특권이 있다. 아니, 그것은 특권인 만큼 우리의 의무이기도 하다.

"하버드인이여, 이 모든 복잡한 질문에 행동으로 대답할 준비가 되었습니까?"

연설자의 마지막 질문에 우리는 일제히 박수를 치며 "Yes! Yes!"라고 외쳤다.

2008년 졸업식은 하버드의 역사에도 결코 사소하지 않은 의미가 있었다. 372년의 긴 역사를 자랑하는 하버드이지만 이 학교가 흑인 졸업생과 유대인 졸업생을 배출해 내기까지는 무려 250년이 걸렸다. 여성 졸업생을 배출해 내기까지는 그보다도 더 긴 327년이 필요했다. 2008년 우리는 하버드 역사상 최초로 여성 총장이 수여하는 졸업장을 받게 되었다. 그것은 하버드가 또 한 차례의 진보와 전진을 이루는 순간이었다.

야드에서의 공동 졸업의식이 끝나고 점심시간이 가까워질 무렵 졸

4년간 우리가 쌓은 것이
그저 좋은 학점과 한 장의 졸업장만이 아니기를.
고민하고 아파하고 울었던 만큼 더 지혜롭고 강해졌기를.
떠들썩한 환호성 속에서 우리는 그렇게 기도하고 있었다.

• 2008년 6월 하버드 졸업식

업생들은 각자의 기숙사 야드 앞에 다시 집합했다. 드디어 졸업식의 하이라이트인 학위수여 시간이 온 것이다. 내가 속해 있는 기숙사는 하버드 내의 열두 개 기숙사 중에서 가장 작고 아담하면서 최고의 지리적 위치를 자랑하는 커크랜드 하우스(Kirkland House)였다. 남자와 여자, 백인과 흑인, 히스패닉과 아시안, 이성애자와 동성애자, 크리스천과 불교도, 무슬림과 유대인이 아무 다툼 없이 평화롭게 공존하는 곳. 내 젊음의 4년 중 3년을 여한 없이 불태웠던 그곳에서, 나는 내 이름이 불리기를 기다리고 있었다.

"금나나, 생화학과 쿰라우데!"

나는 안내자들의 에스코트를 받고 단상 위로 올라갔다. 졸업장을 받고 단상을 내려오기까지는 채 10초도 걸리지 않았다. 나는 밝게 웃고 있었다. 이제 정말 모든 것이 끝난 것이다. 몸과 마음의 짐이 다 사라진 듯 후련한 기분.

우리는 사각모를 하늘 높이 던지며 탄성을 질렀다. 근심 걱정을 모두 내던진 큰 웃음으로 서로 손을 잡고 포옹을 하고 시선을 교환하며 우리의 승리를 축하했다.

"우리가 정말 해냈구나!"

"드디어 악몽이 끝났어!"

"이제 하버드는 완전 안녕이야!"

하지만 이런 위트 있는 축하 인사 속에서 우리는 사실 마지막 작별 인사를 나누고 있었다. 어디서 무엇이 되어 다시 만날까. 10년 후 우리는 서로의 이름을 유명 기업의 임원, 신문의 칼럼니스트, 대학교수, 벤처기업의 젊은 CEO로서 신문이나 TV를 통해 발견하게 되지 않을까.

4년간 우리는 하버드라는 울타리 안에서 충분히 보호받고 충분히 사랑받았다. 하버드라는 울타리 덕분에 우리는 세계 각지에서 벌어지는 전쟁과 기아와 인권탄압과 범죄로부터 차단되어 평화 속에서 공부하고 읽고 먹고 떠들며 성장할 수 있었다. 이제 우리는 하버드 밖으로 나가야 한다. 저 밖은 험난한 세상이며, 결코 안전하지 않을 것이다. 4년간 우리가 쌓은 것이 그저 좋은 학점과 한 장의 졸업장만이 아니기를. 고민하고 아파하고 울었던 만큼 더 지혜롭고 강해졌기를. 떠들썩한 환호성 속에서 우리는 그렇게 기도하고 있었다.

졸업은 또 하나의 시작

"나나야, 우수상이라니! 축하한다!"

손 선생님의 뜬금없는 말씀에 나는 어리둥절한 표정이 되었다.

"우수상이라니요?"

"아까 너 졸업장 받을 때 쿰라우데라고 하지 않았니?"

나는 그제야 움켜쥐고 있던 졸업장을 확인해 보았다. 정말이었다. 나의 이름 밑에 'the degree of Bachelor of Arts, cum laude'라고 씌어 있었다. 쿰라우데. 우수상……. 최우수상인 '숨마 쿰라우데'는 아니지만 그래도 성적 우수자에게 수여하는 쿰라우데를 받은 것이다. 순간 만감이 교차했다. 너무나 갈망했던 목표였지만 막상 이루고 나니 허탈한 기분이었다. 하지만 오늘은 졸업식이 아닌가. 나는 복잡한 생각을 떨쳐버리고 기쁨에 충실하기로 했다. 우수상이라니, 내가 해낸 것이다!

모든 행사가 끝나고, 우리는 더 바삐 움직여야 했다. 졸업생들은 그 날로써 기숙사를 깨끗이 비워야 했다. 짐 상자를 밖으로 다 끌어내고 마지막으로 방을 말끔히 청소했다. 나는 3년 동안 나의 속 깊은 룸메이트가 되어 준 엘리슨과 마지막 포옹을 나누었다. 그녀는 3년 동안 나의 의리 있는 친구이자 고민 상담자, 미국 문화를 알려주는 가이드 역할을 친절히 도맡아주었다. 친구라기보다는 흉허물을 서로 다 알고 있는 자매 같은 사이가 되어버린 엘리슨. 그녀는 이제 뉴욕타임스에서 인턴십을 하기 위해 뉴욕으로 떠난다.

그리고 나의 사랑스러운 프리실라. 하버드에서 발견한 나의 보물, 나의 천사 같은 친구이다. 내가 힘들어할 때마다 거절 한 번 안 하고 피날레(Finale, 로컬 디저트 가게의 이름)로 달려와 초콜릿과 아이스크림을 함께 먹어주며 내 마음을 어루만져주던 친구. 나와 함께 한국식당에서 고추장 돼지볶음에 흰 밥을 쓱쓱 비벼 먹으며 스트레스를 날렸던 친구. 함께 지새며 공부하던 밤마다 살찔 것을 걱정하면서도 빨간 신라면을 같이 호호 불며 신나게 먹어주던 친구. 이제 그녀와도 작별이다. 프리실라는 진로를 결정하기 전에 고국 브라질로 돌아가서 잠시 휴식을 취할 것이라 한다.

나는 혹시 못 보고 가면 어쩌나 열심히 리웨이를 찾았다. 동그랗고 하얀, 기분 좋은 리웨이의 얼굴. 힘들 때, 울고 싶을 때, 하소연하고 싶을 때, 늘 리웨이가 한결같은 모습으로 내 옆에 있었다. 리웨이를 대신할 수 있는 친구는 지구상에 리웨이 단 한 사람뿐일 것이다. 아, 저기 리웨이가 있다!

"리웨이, 난 정말 네가 보고 싶을 거야!"

"나나, 언제든 홍콩으로 와. 제일 맛있는 딤섬 집을 알아 놓을게."

중국인인 리웨이는 미국에서 의대를 갈까, 독일 대학에 갈까, 중국으로 돌아갈까 고민하다가 결국 홍콩행을 택했다. 낯선 도시에 언제든 찾아가도 좋을 친구가 있다는 건 정말 멋진 일이다!

마지막으로 데이빗! 나는 휴대전화 단축키를 서둘러 누르며 데이빗이 묵고 있는 비즈니스 스쿨 쪽으로 달음박질쳤다. 열일곱 살 때 학교 대표로 싱가포르 APEC(아시아태평양경제협력체) 과학축전에 참가하여 만났던 인연이 하버드까지 이어진 내 오랜 친구. 데이빗이 없었다면 하버드에서 나는 미아가 되었을지도 모른다. 4년 동안 내 모든 푸념, 엄살, 쓸데없는 근심 걱정을 묵묵히 들어주고 "무슨 걱정이니? 나나, 너는 내가 아는 친구들 중에 최고야!"라고 말해주었던 친구.

나는 저쪽에서 달려오는 데이빗을 찰스강 다리 중간 지점에서 만났다. 활짝 웃는 얼굴로 악수를 청하는 데이빗. 나는 고개를 살짝 젓고는 그를 와락 껴안았다. 내 모든 고마움과 우정을 담아서.

이제 4년간 공부했던 전공서적과 노트북, 여러 자료들이 이사 박스 스물다섯 개에 가득 담겼다. 이 짐의 일부는 내 고향 영주로, 일부는 뉴욕으로 옮겨질 것이다. 그리고 나는 또 내 인생의 다음 경유지를 찾아서 날아가게 될 것이다.

오후 5시가 넘었을 무렵, 나는 학생비자 문제가 남아 있어 국제학생사무국 빌딩으로 들어가려 했다. 그런데 출입 카드를 아무리 긁어도 문이 열리지 않았다. 5분쯤 낑낑거리고 있는데 누군가 밖으로 나오면서 말해주었다.

"졸업생인가 봐요? 졸업생 카드는 더 이상 읽히지 않는답니다."

기숙사에 잊고 온 것이 있어 다시 들어가려고 하니 그곳 역시 마찬가지였다. 나는 아는 사람의 도움을 얻어 겨우 들어갈 수 있었다.

불과 몇 시간 전까지만 해도 내 집처럼 드나들던 곳인데, 하버드는 이젠 내가 침범할 수 없는 영역으로 바뀌어 있었다. 순간, 마치 쫓겨나는 기분이 들었다. 미련이 남아 서성거리는 내게 "뭘 꾸물거려? 뒤돌아보지 말고 어서 네 갈 길로 가!"라고 야단치는 것 같았다.

미국 대학의 졸업은 영어로 그래듀에이션(graduation)이 아니라 커멘스먼트(commencement)이다. 이 단어의 본래 뜻은 '시작'이다. 중세 유럽의 대학에 갓 학업을 마친 신임 학자가 들어오면 그 출발을 축하하는 의미로 베풀었던 연회가 바로 '커멘스먼트'였다.

졸업은 끝이 아니라 시작. 앞으로 걸어갈 학문과 탐구의 멀고 험난한 길을 열어주는 응원의 연회이다. 나는 모든 산해진미를 다 먹었다. 단맛도 보았고 쓴맛도 보았다. 최고의 기쁨도 누렸고 최악의 좌절도 겪었다. 나는 4년 전보다 더 강한 나나가 되었다. 이제 드디어 '시작'할 준비가 된 것이다.

천재들 틈바구니에서의 생존전략

**하버드, 그 이상한
나라에 가다**
4년 전을 돌이켜보면 그곳에는 서툴고 초조한, 겁에 질린 소녀가 있었다. 하지만 소녀는 보기보다 강했다. 그녀는 자신이 얼마나 어렵게 이곳에 오게 되었는지 그 과정을 잊지 않고 있었다. 불가능한 목표, 많은 사람의 도움과 응원, 그리고 피눈물 나는 의지와 도전이 없었다면 그녀는 결코 이곳에 서게 되지 못했을 것이다. 소녀는 약해 보이지만 사실은 가슴속에 누구보다도 크고 강한 열정과 야망을 품고 있었다. 그녀는 주먹을 불끈 쥐고 다짐했다.

'해내고 말 거야. 꼭 그럴 거야. 나는 혼자가 아니니까.'

하버드에 합격하고 얼마간은 정말로 구름 위를 걷는 듯했다. 나는 해낸 것이다. 그리고 더 이상 이루지 못할 꿈은 없을 것만 같았다. 충

태어나서 처음으로 나 혼자만 바보가 된 기분.
마치 이상한 나라에 간 앨리스처럼,
나는 천재들의 세상에 홀로 팽개쳐진 바보였다.

• 하버드 야드 안에서 배정받은 기숙사 '매튜스 홀' 로 향하며

만한 자신감으로 두 눈마저 반짝반짝 빛나던 때였다.

하지만 그 자신감은 오래 가지 못했다. 입학일이 째깍째깍 다가오면서 온갖 현실적인 고민들이 마음을 움츠러들게 했고 자신감도 급강하하기 시작했다. 내가 과연 해낼 수 있을까? 살아남을 수 있을까? 더 나아가 메디컬 스쿨 진학이라는 나의 목표를 이룰 수 있을까?

캠퍼스에 도착한 순간부터 불안은 현실이 되었다. 그간의 기대감과 핑크빛 환상은 와장창 깨지고 말았다. 수백 년이 넘은 고풍스러운 빌딩과 초록 잔디로 뒤덮인 아름다운 캠퍼스. 하지만 학생들에게 이곳은 낭만도 아니고 자유도 아니었다. 발붙이고 살아야 하는 현실, 정신 똑바로 차리고 살아남아야 하는 생존의 터, 바로 그것이었다.

첫 한 주 동안은 관심 있는 수업을 들으면서 수강할 과목을 결정하는 강의 쇼핑 주간이 주어졌다. 신입생인 나는 학교에서 안내받은 대로 일주일 먼저 도착하여 배치고사(placement test)를 보았다. 수학과 화학과 영어를 보았는데, 영어를 빼고는 결과가 나쁘지 않았다. 수학은 1학년에게는 상당한 상위 레벨에 해당하는 '21a'를 듣기에 적합한 실력이었고, 화학의 경우도 상위 레벨인 '화학 15'를 듣기에 충분했다.

그런데 막상 강의 쇼핑을 하며 수업을 들어가보니, 큰일이었다. 물론 강의 내용이 어렵지는 않았다. 하지만 나는 교수가 하는 말을 알아듣고 이해하는 것이 아니라, 그가 준비한 강의 자료의 숫자와 기호를 보며 내가 아는 지식과 짜 맞추고 있었다.

문제는 영어였다. 영어가 귀에 쏙쏙 들어오지 않았다. 중간 중간 질문을 던지는 미국 아이들의 말도 잘 알아들을 수가 없었다.

'뭐라고 하는 거지? 어쩜 좋아. 나는 망했어.'

자신 있어 하던 수학과 화학이 이 지경이니, 인문 교양과목은 더욱 심각했다. 한 사회학 강의가 재미있어 보여 들어갔다가 5분 만에 진땀을 흘리며 뛰쳐나와야 했다. 좀 더 쉬운 강의를 추천받아 들어갔는데도 사정은 마찬가지였다.

미국 아이들은 저마다 노트북 컴퓨터를 펼쳐 놓고 교수님이 속사포처럼 쏟아내는 말씀을 실시간으로 신나게 타이핑했다. 그들은 듣고 타이핑하면서 그 내용을 이해하고 심지어 의문을 품고 질문까지 던지는 걸 아무렇지도 않게 해내고 있었다. 반면에 나의 노트는 흰 백지에 듬성듬성 단어 몇 개가 적혀 있을 뿐이었다. 제대로 된 문장을 완성하기도 전에 새로운 문장이 이어지니 금방 들은 말도 잊어먹고 단어도 까먹었다. 마침내는 강의의 맥락을 완전히 놓치고 멍하니 앉아 있기 일쑤였다.

태어나서 처음으로 나 혼자만 바보가 된 기분. 마치 이상한 나라에 간 앨리스처럼, 나는 천재들의 세상에 홀로 팽개쳐진 바보였다.

위너가 되기 위한
나나의 생존전략

사실 나는 내가 영어 때문에 이 정도로 고민하게 될 줄은 생각도 못했다. 대구에서 SAT를 공부하면서 영어 공부를 많이 했다고 생각했고, 회화는 미스 유니버스 대회를 준비하던 시절부터 손 선생님에게 강훈련을 받아왔기 때문에 큰 문제가 없으리라 생각했다.

하지만 현실은 심각했다. 배치고사 결과 '논리적 작문(expository

writing)' 과목이 최저 레벨인 10으로 나온 것이다. 레벨 10은 미국 아이들의 경우 고등학교 시절 운동 특기생이어서 공부와는 담을 쌓았던 아이들이 듣는 정도의 초보 글쓰기 코스였다. 당시 내 영어 실력이 얼마나 형편없었는지를 단적으로 알 수 있는 증거였다.

학생들의 학업 문제를 전반적으로 상담해 주는 학업상담국(bureau of study counsel)에 찾아갔더니 카운슬러가 나의 시험지를 보며 심각한 표정을 지었다.

"나나 양, 당신은 학문적 글쓰기에 대한 개념이 하나도 정립되어 있지 않습니다. 학문적 글쓰기를 할 수 없다면 당신은 하버드 강의의 페이퍼 숙제를 할 능력이 없는 겁니다. 현재 점수로 볼 때 나나 양은 1학년 필수과목인 레벨 20을 듣기 전에 반드시 레벨 10을 먼저 들어야 합니다. 한국인 학생 중에 지금껏 레벨 10을 꼭 들어야 했던 경우는 역사상 나나 양이 두 번째입니다."

순간 쥐구멍에라도 들어가고 싶었지만, 그런다고 해결될 문제가 아니었다. 영어는 내가 현재 직면한 최대의 난관이었다. 이걸 극복하지 못하면 앞으로의 4년을 루저(looser)로 살아야 한다. 하지만 내가 원하는 건 루저가 아니라 위너(winner)였다.

'좌절할 시간이 없어! 영어, 어떻게든 잘 해낼거야!'

나는 영어 실력을 단시간에 빠르게 향상시키면서 학점을 잘 받는 방법을 동시에 고민하기 시작했다. 이른바 '생존전략'을 세운 것이다.

우선, 수강신청에 있어서 나는 욕심을 버려야 했다. 논리적 작문 10은 반드시 들어야 하는 필수과목인데다 교수가 성적을 가장 안 주기로 학생들 사이에 악명이 높은 과목이었다. 당시의 내 영어 실력으로 볼 때 성적이 C가 나올 수도, 아니 D가 나올 수도 있는 상당히 도전적인 과목이었다. 그렇기에 영어가 부족한 나는 완전히 이 과목에 올인을 해야 했다.

그러기 위해서는 나머지 세 과목에 되도록 힘이 덜 가야 했다. 욕심 같아서는 배치고사 결과 그대로 상위 레벨을 듣고 싶었지만, 논리적 작문 과목에 들어갈 시간과 에너지를 생각하면 다른 과목에서 힘을 빼는 건 곤란했다. 그래서 나는 수학과 화학을 배치고사 결과보다 한 단계씩 낮춰서 듣기로 했다. 그 정도 레벨이면 과학고 시절 심도 있게 배운 실력만으로도 숙제하고 시험을 치기에 큰 무리가 없을 것이었다.

그리고 마지막으로 하나 더 들어야 하는 교양과목은 고민 끝에 '언어학개론(knowledge of language)'으로 결정했다. 다른 교양과목과는 달리 페이퍼 숙제도 과하지 않고 특히 시험에 객관식 문제도 많이 포함되어 작문에 취약한 나에게 구세주와도 같은 과목이었다. 무엇보다도 강의 내용이 '언어 습득'에 관한 것이라 영어 때문에 고민인 나에게 안성맞춤이었다. 모국어를 습득하는 과정과 외국어를 습득하는 과정은 어떻게 다를까? 외국어 습득을 위한 효과적인 방법은 무엇일까? 과연 동물도 인간의 언어를 배울 수 있을까? 등등 강의 내용이 '어떻게 하면 영어를 잘할까?' 하는 나의 다급한 문제에 해결책을 제시해 줄 것만 같았다.

하지만 이 전략적 시간표는 하나의 발판일 뿐 궁극적인 해결책은 아니었다. 하버드에서의 나의 생존 여부는 언어 장벽에서 얼마나 빨리 헤어나느냐에 달려 있다 해도 과언이 아니었다. 하루 빨리 강의를 무리 없이 듣고 수업 중의 아카데믹한 대화에 끼어들 수 있어야 했다. 나는 이 과정을 단 하루라도 단축하고 싶어 마음이 급했다.

수업 시간만으로는 강의를 완전히 이해할 수 없었기에, 나는 강의를 통째로 음성 녹음기에 녹음하여 기숙사로 돌아와 반복해서 듣곤 했다. 다행히 전공 강의는 인터넷에 동영상 파일이 올라오기 때문에 그것을 수십 번씩 반복해서 들었다. 하지만 들어도 들어도 들리지 않는 부분이 있을 수밖에 없었고, 나는 귀찮아하는 두 룸메이트에게 번갈아가며 받아써 달라고 부탁하곤 했다. 그 외에도 실라버스(syllabus, 수업 진도와 참고도서 목록 등이 적혀 있는 강의 계획서)에 소개된 두꺼운 원서를 끙끙대며 읽고, 어설픈 작문 솜씨로 문장을 썼다 지우고 썼다 지우기를 반복했다. 이것이 나의 영어 공부였다. 그야말로 현장에서 부딪치고 깨지고 터지면서 배우는 방법밖에 없었다.

하버드에서의 생존이 걸려 있는 너무나 절박한 상황이었기에, 이즈음부터 내 입에서는 "도와 달라"는 말이 떠날 새가 없었다. 나는 룸메이트이건 기숙사 조교이건, 혹은 강의실에서 만난 학생이건, 만나는 사람마다 염치불구하고 도움을 청했다. "이 문단을 세 번이나 읽었는데 무슨 소린지 하나도 모르겠어. 설명 좀 해줄래?" "내가 쓴 이 문장이 말이 되니? 더 좋은 표현은 없을까?"

심지어 나는 다른 학생의 강의 노트를 빌려 달라고 능청을 떠는 일도 마다하지 않았다. 학창시절 늘 깔끔하게 정리된 아름다운 노트를 자랑하던 내가 이제 남의 노트를 구걸하고 다녀야 하는 입장이 된 것이다. 내 평생 내 노트를 남에게 빌려준 적은 있어도 내가 빌려 본 적은 거의 없었는데…… 하버드까지 와서 내가 이런 짓을 하게 될 줄은 꿈에도 몰랐다!

강의실과 기숙사가
전부인 안티소셜 나나

1학년 때 내가 배정받은 기숙사는 하버드 야드가 한눈에 들어오는 매튜스 홀이었다. 고풍스러운 붉은 벽돌 건물은 삼각뿔 모양의 작은 지붕이 뾰족뾰족 솟아 있고 출입구 역시 삼각 아치로 멋스럽게 장식된, 마치 영국의 유서 깊은 도시에서 볼 것만 같은 뉴잉글랜드 풍의 건물이었다.

많은 사람들이 매튜스 홀을 "하버드에서 가장 아름다운 기숙사"라고 극찬했지만, 그 아름다움조차도 내 눈에는 전혀 들어오지 않았다. 내 마음에는 두 글자만이 가득 차 있었다. 생……존……. 오직 그것뿐이었다.

그럴 수밖에 없는 이유가 있었다. 나는 프리메드(pre-med), 즉 그 악명 높은 하버드 예비 의대생의 길을 걷기로 이미 오래 전부터 결심했던 것이다. 프리메드는 GPA, 즉 평점이 좋지 않으면 끝장이다. 4.0 만점에 적어도 3.8 이상이 되어야 의대 입학사정관들에게 깊은 인상을 심을 수 있다. 다시 말해서 거의 모든 과목을 A(4.0)와 A⁻(3.7) 사이에서 분배를 잘 해야 하며 B⁺(3.3) 이하로 받을 때마다 위태로워진다.

나는 하버드의 4년을 몽땅 GPA에 걸기로 했다. 입학사정관을 감동시키는 방법에는 여러 가지가 있다. MCAT(Medical College Admission Test, 미국 의과대학원 입학시험. 이니셜만 따서 '엠캣'이라고 읽는다.)에서 높은 성적을 거두거나 자원봉사를 많이 하는 것, 혹은 풍부한 실험실 경험을 쌓거나 에세이 지원서를 잘 쓰는 것도 도움이 된다. 하지만 어떤 방법으로 감동을 시키든 높은 GPA는 필수이다. 그 이유는 대부분의 의과대학원 지원자들이 엄청나게 똑똑하고 치밀한 사람들이어서

• 하버드 기숙사 지하실의 스터디룸

GPA 정도는 기본으로 만점에 가까운 점수를 받기 때문이다.

나는 MCAT은 아직 생각할 여유조차 없었고 실험실에서 일하거나 자원봉사를 하는 건 꿈도 꿀 수 없었다. 그런 일에 시간을 쓰면서 성적까지 관리할 자신이 없었다. 그래서 나는 선택과 집중의 방법을 쓰기로 했다. 오직 GPA, 즉 좋은 성적표 하나만을 목표로 달리기로 한 것이다.

주위의 신입생들이 흥분과 기대에 잔뜩 부풀어 환영 모임에 다니고 동아리 리스트를 수십 개씩 늘어놓고 어디에 가입할지 고민하는 동안에도 내 머릿속은 오로지 학점 걱정뿐이었다. 하버드 안에 있는 두 개의 한국인 모임이 벌써 신입생 환영 모임을 가졌다는 소식이 들려왔지만, 그 역시 나와는 먼 세상의 일이었다. 나는 내가 단세포라는 걸 잘 알고 있었다. 나는 한 가지 목표에 집중하면 그 이외의 것은 생각할 수 없었다. 동아리에 가입하고 친구를 사귀고 대학의 낭만을 즐기는 건 나에겐 사치였다.

상황이 이렇다 보니, 나는 몇 명의 친한 친구만 사귀고 강의실과 기숙사밖에 모르는 안티소셜(antisocial)이 되어가고 있었다. 나는 매일 똑같은 가방을 들고 똑같은 길을 걸어 수업을 들으러 갔고, 다시 똑같은 길을 걸어 기숙사로 돌아왔다. 다른 학생 같으면 캠퍼스 탐험이라도 하고 도서관이라도 가련만, 나는 과학고 시절부터 방에서 공부하는 습관이 들어서인지 기숙사밖에 몰랐다. 보스턴에 온 지 몇 달이 지나도록 나는 보스턴 시내 구경조차 못했고 버스를 어떻게 타야 하는지도 몰랐다.

그나마 내가 스트레스를 해소하고 여유를 부릴 수 있는 유일한 시간은 체육관에 가는 시간이었다. 나는 아침 일찍 일어나 맑은 공기를 마시며 체육관으로 향하는 시간이 가장 즐거웠다. 한두 시간 복잡한 머릿속을 비워내며 온몸이 땀에 젖도록 뛰고 나면, 적어도 그 날 하루를 견딜 수 있는 힘을 얻었다.

그 때 하버드의 한국인 학생들은 아무리 기다려도 얼굴을 내밀지 않는 미스코리아 금나나에 대해 실망이 많았던 듯하다. 금나나가 일부러 한국 학생들을 멀리한다는 소문도 파다하게 번졌다. 하지만 당시의 나로서는 이 오해를 풀 방법도 없고 그럴 여유도 없었다. 그저 시간이 지나 그들이 자연스럽게 내 상황을 이해해 주는 날이 오기를 간절히 바랐을 뿐이다.

그래도 한 가지 편했던 것은, 하버드 안에서 나는 그저 고군분투하는 한 명의 국제학생일 뿐이라는 점이었다. 그곳에서는 내가 미스코리아라는 사실에 신기해하거나 색안경을 끼고 보는 사람은 거의 없었다. 아니, 내가 미스코리아라는 사실은 점심식사 테이블에서 잠시 화제로 꺼낼 만한 농담거리도 되지 않았다.

하버드는 전 세계 수백 개 국가에서 온 수천 명의 인재들이 공존하는 곳으로, 그들 각자 자신만의 독특한 이력을 갖고 있었다. 올림픽 금메달리스트도 있었고, 무슨 대단한 국제 과학대회에서 입상한 사람도 있었고, 중동의 왕자, 러시아 대재벌의 아들, 인도의 천재, 그리고 주위들은 정보에 의하면 미스 나이지리아(?)도 있었다. 한 사람 한 사람이 우주이고 세계의 중심이었다.

덕분에 나는 미스코리아라는 타이틀을 편안하게 내려놓을 수 있었다. 나는 여드름이 돋은 이마를 머리띠 하나로 홀렁 까고, 후드티에 청

바지를 입고 타박타박 걸어 다니는 자연인 나나, 하버드인 나나가 될
수 있었다.

오피스 아워 공략하기

오, 마이 갓!
기숙사에 이런 일이　　하버드에 도착해서 내가 경험한 첫 번째 문화
　　　　　　　　　　　적 충격은 다름이 아니라 나의 기숙사 안에서
벌어졌다.

우리는 기숙사의 룸 하나를 '스위트(suite)'라고 부른다. 스위트는
보통 커먼룸(common room)이라 불리는 거실 하나와 두세 개의 방으
로 구성된다. 나의 스위트는 거실 하나에 방 두 개로 케이티와 엘리스,
그리고 나, 이렇게 세 명이 함께 쓰고 있었다.

어느 날 밤 화학 실험을 마치고 기숙사로 들어오니 엘리스와 케이
티, 그리고 케이티의 남자친구 윌이 거실에 나란히 앉아 공부를 하고
있었다. 나는 간단히 인사를 하고 내 자리에 앉아 책을 폈다. 사건은
그 때부터 일어났다.

케이티가 조용히 자기 방으로 들어가더니, 그 뒤를 따라 월도 방으로 들어갔다. 얼마 후 '19금' 영화에서나 들을 수 있는 야릇한 소리가 벽을 뚫고 새어나왔다. 이게 무슨 소리지? 내가 상황을 깨닫기까지는 한참이 걸렸다. 놀라서 고개를 드니 역시 엘리스도 눈이 동그래져서 방문 쪽을 쳐다보고 있었다. 눈이 마주친 우리는 무슨 말을 할 수가 없었다. 그저 겸연쩍게 웃음만 지을 뿐.

또 어느 날 밤은 스위트에 들어서는 순간부터 분위기가 이상했다. 수상쩍고 은밀하고 뭔가 크게 잘못된 느낌……. 역시나 케이티의 방에서 예의 그 19금 소리가 들려오기 시작했다. 나는 가방을 내려놓다 말고 그대로 기숙사를 나왔다.

하버드뿐만 아니라 미국의 모든 대학 기숙사 빌딩은 남녀 구별이 따로 없다. 남녀가 같은 방을 쓸 수는 없지만 같은 빌딩 안에 산다. 남자 층 여자 층의 구별도 없다. 그래서 옆집에 브래드 피트를 닮은 꽃미남 금발 청년이 살더라도, 웃통을 벗은 청년이 복도를 걸어 다녀도, 그건 아주 자연스럽게 받아들여야 할 일이다. 하지만 나는 이런 종류의 일에는 전혀 준비가 돼 있지 않았다. 룸메이트가 우리 스위트로 남자를 끌어들이고 시도 때도 없이 19금 영화를 찍다니!

나에겐 심각한 문제였지만, 사실 이건 하버드 문화의 지극히 사소한 일면일 뿐이었다. 20대의 피 끓는 청춘들이 모여 살고 있으니, 사랑과 그 이후의 발전 단계는 당연지사이다. 세탁방에 가면 벽에 붙어 있는 나무상자 안에 남성용 피임도구가 산더미만큼 쌓여 있었고, 누구나 아무렇지도 않게 그것을 한 움큼씩 집어갔다. 나는 그 남성용 피임도구가 그렇게 놀라운 속도로 없어진다는 것도 신기했지만, 학교가 나서서

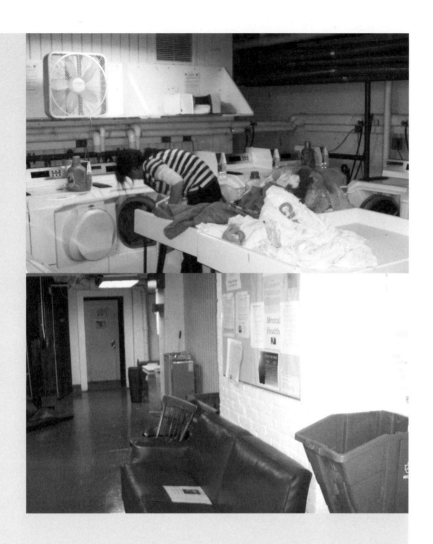

• 기숙사 지하의 세탁실과 복도

그걸 끊임없이 채워 놓는다는 게 더 신기했다.

그나마 케이티와 윌 커플은 공부를 아주 열심히 하는 얌전한 커플에 속했기 때문에, 나는 적당히 참아주고 견디면서 1년을 보냈다. 나는 두 사람이 19금 영화를 찍을 때는 알아서 자리를 비켜주었고 그 외에는 거실에 나란히 앉아 같이 공부를 했다.

전교생이 열한 개의 홀과 열두 개의 하우스에서 아웅다웅 살고 있는 하버드. 학교생활을 성공적으로 해내려면 무엇보다도 기숙사 생활을 좋아해야 한다. 미국의 대학생활은 전적으로 기숙사 단위로 이루어진다. 같은 전공이 누구인지는 몰라도 같은 기숙사에 누가 사는지는 훤히 다 안다. 또 기숙사마다 저마다의 문화가 있어서 그것을 자랑스럽게 여기고 애착도 갖게 된다. 우리는 파티를 해도 기숙사 단위로 하고, 심지어 졸업식 학위를 받을 때에도 기숙사 단위로 한다.

나는 한국에서 열여섯 살 때부터 과학고를 다니며 기숙사 생활을 했고, 또 짧지만 경북의대에서도 기숙사 생활을 했기 때문에 처음부터 기숙사 생활에 아무런 무리가 없었다. 나에겐 집보다 더 편한 것이 기숙사였다. 하지만 모든 생활이 규율로써 통제되는 한국의 기숙사와는 달리, 하버드 기숙사는 모든 것이 자율이다. 남에게 피해를 주지 않는 한 밤에 기숙사에 들어오지 않아도 되고, 남의 방에서 잠을 자도 되고, 술을 마시건 춤을 추건 아무 상관이 없다.

자유롭다는 면에서는 좋기도 하지만, 그만큼 스스로 자기 원칙을 정하고 지켜야 한다는 뜻도 된다. 게다가 각자 개성이 뚜렷한 세 명의 성인이 함께 살기 때문에 공동의 원칙을 만들어 지키지 않으면 사사건건 부딪칠 수밖에 없다. 룸메이트 간의 마찰 때문에 스트레스를 받아 정신병을 앓기도 하고, 심지어는 폭력이나 칼부림이 난 적도 있다고 들었다.

나는 1학년 때 룸메이트들과도 좋은 관계를 유지했지만, 뭐라 꼬집어 말할 수 없는 면에서 서로 맞지 않았기 때문에 내가 직접 룸메이트를 선택할 수 있는 2학년이 되기를 손꼽아 기다렸다. 다행히 미국은 워낙 다양한 인종, 다양한 문화가 공존하기에 잘 찾아보면 순진하고 얌전하고 다소 보수적인, 내 마음에 쏙 드는 사람들을 찾을 수 있었다.

나는 화학 시간에 엘리슨과 제니를 발견했다. 두 친구 모두 유대계로, 수업에 늘 참석하고 필기도 열심히 하며 오피스 아워(office hour, 교수나 조교가 사무실을 개방하고 학생들의 질문을 받는 시간)에 항상 와서 질문을 하는 아주 성실한 학생들이었다. 우리는 셋이서 화학 스터디 그룹의 최강 조가 되어 1년 내내 모든 숙제에서 만점을 받을 정도였다. 우리는 누가 먼저랄 것도 없이 2학년부터 같이 살자고 약속했다.

실제로 우리는 2학년 때 커크랜드 하우스의 룸메이트가 되었고, 특히 엘리슨은 나와 같은 스위트에서 졸업하는 그 날까지 3년을 함께 살았다.

기생에서 공생으로

전략적 제휴   자연에서 서로 다른 두 종의 관계는 세 가지로 요약된다. 상리공생(mutualism)과 편리공생(commensalism), 그리고 기생(parasitism)이다.

상리공생은 꽃과 곤충처럼 양쪽이 모두 이득을 얻으며 살아가는 관

• 라먼트 도서관에서 프리실라와 함께

계이고, 편리공생은 한쪽은 이익을 얻지만 다른 쪽은 이득도 손해도 없는 관계이다. 반면에 기생은 한쪽은 이익을 얻지만 다른 한쪽은 손해를 본다. 모기와 인간, 거머리와 물고기처럼 말이다.

나는 처음에는 기생에서 출발해야만 했다. 나는 나 자신의 이익을 위해 남의 시간을 뺏고, 잠을 뺏고, 몸을 피곤하게 만드는 사람이었다. 페이퍼 숙제를 완성하기 위해 밤늦게 잠자는 데이빗을 깨워 스타벅스로 불러내기도 하고, 아침 7시에 프리실라의 기숙사 문을 쾅쾅 두드리기도 했다. 기숙사 조교와 수업 조교에게 찾아가 시험에 관한 정보를 하나라도 더 건질까 성가신 질문을 던지는 일은 말할 것도 없었다.

하지만 이런 나에게도 서서히 공생의 기회가 열렸다. 바로 화학과 수학이 있었기 때문이다.

나는 화학과 수학이라면 상당히 자신이 있었다. 워낙 좋아하는 과목이기도 했지만 레벨 자체를 나의 실력보다 한 단계 낮춰서 들었기 때문에 별도로 공부를 하지 않아도 충분히 좋은 점수를 받을 수 있었다. 물론 그렇다고 긴장을 놓을 수 있는 것은 아니었다. 하버드의 학점은 대부분 철저한 상대평가이기 때문에 내가 아무리 잘해도 다른 아이들이 다 잘하면 소용이 없다. 반드시 다른 학생이 시험을 망치고 내가 잘 쳐야지만 A학점이 될 수 있는, '남의 불행이 곧 나의 행복'이 되는 냉혹한 제로섬 게임인 것이다

학기 초 몇 주간의 탐색전이 끝나자, 아이들이 하나 둘 나에게 찾아왔다. 함께 스터디를 하자는 것이었다. 그들은 내 서툰 영어에도 아랑곳하지 않았다. 나에게서 얻을 수 있는 게 있으니 그 정도는 아무 문제가 안 되는 모양이었다.

하버드는 이러한 형태의 전략적 제휴와 동맹이 늘 맺어지고 깨지고 재결성되는 곳이었다. 미국인들은 무엇이든 '기브 앤 테이크'를 할 일이 있다면 누구와도 손을 잡을 수 있는 사람들인 듯했다. 바꿔 말하면, 남에게 줄 수 있는 게 하나도 없으면 아무도 내게 손을 내밀지 않는다.

사실, 스터디 그룹을 만들어 함께 공부하는 것은 지금껏 내가 공부해 온 방식과는 거리가 멀었다. 나에게 공부는 늘 혼자 하는 것이었다. 안 풀리는 문제를 밤새워 혼자 끙끙대다가 새벽 동이 틀 무렵 마침내 풀고야마는 것이 나의 방식이었다. 정 모르는 문제는 쌓아두었다가 교무실을 들락거리며 선생님에게 물어보곤 했었다.

하지만 하버드는 이런 방법이 애초부터 불가능했다. 하버드는 뭉치지 않으면 생존할 수 없다. 혼자서 아무리 문제를 척척 풀 수 있다 해도 내 방법뿐만 아니라 다른 사람의 방법까지도 두루 꿰뚫을 줄 알아야 진정으로 이해한 것이기 때문이다. 스터디는 본인의 오류에서 빠져나오기 위해서도, 그리고 본인의 실력을 뛰어넘기 위해서도 반드시 필요했다.

스터디 그룹을 만들 때 미국 아이들은 아닌 척하면서도 굉장히 따진다. 누가 어떤 점에서 팀에 공헌할 수 있는지를 치밀하게 계산해서 최상의 팀을 구성하는 것이다. 예컨대, 과학 스터디를 만들면 서술적 문제에 강한 사람, 계산 문제에 강한 사람, 개념 이해를 통해 가장 쉬운 방법으로 문제를 잘 푸는 사람 등등을 모아 기가 막힌 드림팀을 구성한다. 그리고 한 사람이라도 맡은 부분을 불성실하게 해오거나 뒤처지는 경우가 있으면 그 사람을 쫓아내고 다른 사람을 찾는다. 각자 공부하기도 바쁜데 못하는 친구까지 챙겨가며 공부할 여유가 없기 때문이다. 이러한 그룹 만들기는 대개 민족끼리, 인종끼리, 혹은 친한 친구들끼리 맺어지는 경우가 많은데 특히 중국인과 유대인들이 그룹 만들기를 잘했다.

나는 처음에는 어색했지만 시간이 흐르면서 이러한 그룹 문화가 상당히 효율적이라는 걸 알게 되었다. 단시간에 많은 양의 지식을 습득하는 데에도 큰 효과가 있었지만, 무엇보다도 그룹 스터디를 통해 남의 방식을 배울 수 있었다. 같은 수학 문제를 풀어도 멤버 다섯 명의 풀이 방식이 다 달랐다. 아이들은 내가 푸는 방식을 신기해했고, 나는 그들이 푸는 방식이 신기했다.

무엇보다도 스터디 그룹은 오감을 총동원한 공부 체험이었다. 혼자 공부할 때는 머리와 손과 눈만 쓰지만, 친구들과 스터디를 하면 말도 하고 듣기도 하면서 또 다른 감각을 끌어들인다. 그만큼 기억도 더 잘되고 알던 것도 더 확실해진다.

수학과 화학 덕분에, 나는 하버드 4년 내내 이러한 전략적 제휴, 전략적 동맹 관계를 어렵지 않게 맺으며 살 수 있었다. 안티소셜로 살면서도 좋은 친구를 많이 만날 수 있었던 것도 스터디 그룹 덕분이었다.

하지만 이러한 상리공생에는 늘 빳빳한 긴장감이 감춰져 있었다. 미국 아이들이 참 재미있는 게, 너무 못해서 그룹에 피해를 주는 것도 싫어하지만 너무 잘해서 튀는 것도 싫어한다. 너무 잘하면 팀 전체에 경쟁심리가 생겨서 팀워크가 깨지기 때문이다. 그래서 그 안에서 생존하려면 적당히 바보처럼 굴고 엄살도 떨 줄 알아야 한다. 그런 면에서 나는 아주 편했다. 영어가 부족해 늘 버벅거리면서 말했으니까.

모르면 물어라

질문은 나의 힘! 초등학교 시절부터 줄곧 지켜온 나의 공부 원
칙 중 하나는 '선생님에게 열심히 질문하기'
이다. 부모님 두 분이 모두 선생님이다 보니 코흘리개 어릴 때부터 선
생님들에게 둘러싸여 살았다. "선생님들은 질문을 열심히 하는 학생
을 예뻐한다"는 엄마의 말을 듣고, 예쁨을 받고 싶은 욕심에 더 열심히
선생님들 꽁무니를 쫓아다녔다.

이런 나의 버릇이 하버드라고 어디 가겠는가. 이곳에서도 나는 귀찮
을 정도로 질문이 많은 학생이 되었다. 처음에는 영어가 서툴러서 수
업시간에 질문을 하는 건 자제할 수밖에 없었다. 하지만 수업이 끝난
후와 교수님들의 오피스 아워를 이용하여 열심히 질문을 던졌고, 특히
조교들의 사무실을 내 안방처럼 들락거렸다.

만약 한국이었다면 나의 이런 행동은 튀는 것으로 보여 학생들의 미
움을 샀을지도 모르겠다. 하지만 하버드에서 그런 걱정은 불필요했다.
하버드에서 질문이란 학문하는 자의 의무이자 특권, 삶의 방식이자 습
관이기 때문이다. 강의가 끝나면 학생들이 강단 쪽으로 우르르 내려가
교수님 앞에 줄을 서는 건 흔한 풍경이었다.

미국 대학에서 학생이 질문을 하는 것은 적극적인 참여정신으로 여
겨져 굉장히 높은 평가를 받는다. 특히 창의적이고 날카로운 질문을 던
져 수업 전체를 한 단계 높은 차원으로 이끌었을 경우 교수의 칭찬은
물론이고 학점에도 플러스 요인이 된다. 특히 학생의 점수가 학점과 학
점 사이의 경계선에 있다면, 그가 얼마나 열심히 강의에 참여하고 조교
에게 질문을 많이 했느냐에 따라 A⁻가 A로도 될 수 있는 것이다.

내가 질문이 많았던 건 이처럼 교수와 조교에게 깊은 인상을 심기 위한 의도도 있었다. 특히 수학과 과학의 경우는 날카로운 질문을 던져 많은 칭찬을 받기도 했다. 하지만 인문교양 과목의 경우는 사정이 달랐다. 나는 심각하게 도움을 필요로 하는 학생이었다. 내 적성이 인문계보다는 자연계라는 건 알고 있었지만, 인문 과목에 이렇게 취약할 줄은 몰랐다. 인문 과목에 들어가면 무슨 말을 하는 건지 하나도 이해할 수가 없었다. 토론시간에도 질문지를 아무리 들여다보아도 할 말이 떠오르지 않았다. 아이들이 하는 말을 들으면 '아, 저렇게 말하면 되는구나!' 하면서도, 막상 내가 말을 하려고 하면 머릿속이 새하얘졌다. 영어조차도 자연계 수업에서 쓰는 어휘와 인문계 수업에서 쓰는 어휘가 다른 것 같았다.

나는 내가 과학을 전공하는 사람이니까 인문 과목이 어려운 건 당연하다고 자위했다. 하지만 주위를 둘러보면 나처럼 기초과학을 전공하는 학생들이 번뜩이는 아이디어로 열띠게 토론에 참가하고 페이퍼를 척척 써내는 걸 볼 수 있었다. 한국에서 과학고를 나온 덕분에 수학과 과학은 맹훈련을 받았지만, 그만큼 사회나 역사, 예술 등을 이해하는 머리는 사라져버린 것 같았다.

상황이 이 정도이니 나는 수업이 끝나면 교수님이나 조교를 붙잡고, "하나도 모르겠어요. 나를 위해 시간을 내주세요"라고 달라붙을 수밖에 없었다. 그런데 이런 내 행동을 교수들도 조교들도 무척 재미있어했다. 미국 아이들은 설사 모르더라도 나처럼 "하나도 모르겠다"는 식으로 말하지는 않기 때문이었다. 미국 아이들은 스스로 조교나 교수와 동등하다고 생각하기 때문에 질문을 하면서도 늘 당당했다.

하지만 나는 스승은 하늘이라고 배우며 자랐으니 선생님들 앞에서 폼 잡을 이유가 전혀 없었다. 나는 모르면 그냥 모른다고 말했다. '너무 쉬운 걸 묻는 게 아닐까', '이런 질문을 하면 날 깔보지 않을까?' 이런 복잡한 생각 없이 그냥 물었다. 나는 예전에 하버드에 오기 위해 SAT를 공부할 때에도 열여덟 살 고등학생을 선생님으로 모신 적이 있었다. 공부할 때는 자존심 따위는 팽개쳐야 한다.

나의 솔직한 태도를 교수들과 조교들은 굉장히 좋아했다. 그리고 내가 아무리 얼토당토않은 질문을 해도 정말 성의 있게 열심히 도와주었다. 한번은 논리적 작문을 가르치는 에반스 교수님에게 찾아가 "토론에 참가하고 싶은데 어느 타이밍에서 어떤 말을 꺼내야 좋을지 모르겠어요"라고 고민을 털어놓은 적이 있었다. 그냥 푸념처럼 한 말인데, 교수님은 골똘히 생각하시더니 이렇게 말씀하셨다.

"내가 미리 질문을 이메일로 보내줄 테니 말하고 싶은 내용을 준비해 오렴. 다음 시간에 내가 질문을 던지면 네가 첫 번째로 의견을 말하는 거야."

그리고 정말로 다음 수업 시간에 교수님이 이메일로 보내주셨던 그 질문을 던졌고, 여러 학생들이 대답을 하겠다며 손을 드는데도 나를 지목하셨다. 덕분에 나는 준비했던 대답을 할 수 있었고, 이 일 이후로 자연스럽게 토론에 참여할 수 있게 되었다. 두려움이 사라진 덕분인지 한 달쯤 후에는 대화 중간에도 할 말이 떠올라 손을 들고 발언을 할 정도로 용감해졌다.

하지만 그 무엇보다도 나를 질문할 수밖에 없는 상황으로 몰고 간 것은 바로 내가 끔찍이도 싫어하고 두려워한 페이퍼였다. 페이퍼를 쓸 때만 되면 나의 질문으로 인해 조교도 교수님도 비상이나 다름이 없었다. 나는 페이퍼 숙제가 주어지면 근 한 달 전부터 조교와 교수님의 사무실을 들락거리며 성가실 정도로 질문을 던졌다. 내가 처음 작성한 페이퍼의 개요표는 교수님과 조교의 도움으로 그럴 듯하게 바뀌었고, 엉성했던 주제도 논쟁거리가 많은 흥미 있는 주제로 바뀌었다.

하지만 여기서 끝이 아니었다. 나는 한 문단 한 문단 쓸 때마다 또 찾아가서 허점은 없는지, 주제를 더 확장시켜야 하는지, 꼬치꼬치 캐물었다. 전체가 완성되면 또다시 찾아가 조언을 구했다. 이러기를 반복해서 "더 이상 고칠 데가 없다"는 소리를 들을 때까지 계속 찾아갔다. 이런 나의 집요하지만 열성적인 모습에 대해 대부분의 교수님들과 조교들은 우호적으로 평가해 주었고, 실제로 페이퍼 점수를 매길 때에도 이 점을 많이 반영해 주었다. 사실 페이퍼 마감 전날 후다닥 작성해서 내는 학생들도 많았기에 그런 성의 없는 모습보다는 마감 한 달 전부터 광적으로 아등바등하는 나의 모습이 성가셔도 밉지는 않았던 모양이다.

하지만 한번은 조교에게 야단을 맞은 적도 있었다. 그 날 역시 페이퍼 때문에 비상이 걸린 상황이었다. 내가 작성한 원문을 들고 조교를 찾아가 교정을 부탁했는데, 논리도 엉성하고 문장도 조악하다보니 페이퍼를 조교가 거의 다시 쓰다시피 했다. 나는 펜을 들고 "그 다음에는 뭐라고 쓸까요?"라고 재차 묻고 조교가 불러주면 받아 적는 식이었다. 그런데 어느 순간 조교가 버럭 화를 내면서 말했다.

"이건 내 생각이잖아. 나나, 네 생각을 써야지."

생각해 보면 그 때 나는 교수님들과 조교들에게 돈을 주고도 받을 수 없는 엄청난 고액과외를 받은 셈이다. 하버드의 교수들은 신문 지상에 오르내리는 세계의 석학들이고 조교들 역시 미래의 석학들이다. 그런 사람들과 1대 1로 마주 앉아 내가 원하는 걸 야금야금 다 받아냈으니, 이제 와서 등록금을 더 내놔라 해도 나는 할 말이 없다.

초콜릿 탐닉과 운동 중독

다시 찾아온
폭식증

공부 때문에 스트레스를 받는 생활이 계속되다보니, 영원히 사라진 줄만 알았던 그것이 슬며시 다시 나타났다. 다름 아닌 폭식증이었다.

어느 날 정신을 차려보니 아이스크림 파인트를 두 통째 허겁지겁 먹어치우고 있는 나 자신을 발견할 수 있었다. 그리고 말릴 틈도 없이 곧바로 초콜릿 바 두 개를 집어삼켰고, 잠시 쉬는 듯하더니 어느 틈에 사발면을 먹겠다며 물을 끓이고 있었다.

공부와 스트레스, 스트레스와 폭식증은 나에게 불가분의 관계이다. 그 역사는 내가 열일곱의 나이에 과학고에 입학하면서부터 시작되었으니, 근 10년이 가까워진다. 나는 공부를 하면 목표를 꼭 이뤄야 한다는 초조와 불안감에 시달렸고, 이걸 다독이기 위해 끊임없이 먹어야 했다. 그것도 달고 맵고 짠 음식들로만 골라서.

내가 다시 찾아온 '그분'에게 어찌 저항할 수 있겠는가. 나는 순순히 먹고 먹고 또 먹었다. 어느 날은 내가 먹은 것을 종이 위에 다 적어서 리스트를 만들어보았다. 그건 정말 인간으로서는 도저히 다 먹을 수 없는 양이었다. 아침에 침대에서 일어나자마자 식당으로 내려가 토스트 두 개를 구워서 피넛 버터와 젤리를 듬뿍 발라 게 눈 감추듯 먹어치운다. 이걸로 끝이 아니라 오믈렛에 과일을 잔뜩 먹는다. 강의 하나를 들고 난 후 매점으로 직행, 빵 두 개와 쿠키를 사먹는다. 잠시 쉬고 있으면 11시 반부터 점심식사가 시작된다. 식당 문이 열리자마자 일등으로 달려 들어가 샐러드 한 접시에 메인 디시 한 접시, 치킨 핑거 잔뜩, 그리고 후식으로 나오는 아이스크림과 쿠키까지 모조리 먹는다. 그런데 학교 쿠키를 먹고 있으니 뭔가 아쉽다. 더 맛있는 쿠키를 사먹기 위해 피날레로 향한다. 우리 학교 로컬 숍 중에서 가장 맛있는 쿠키를 파는 곳이 피날레니까! 내친김에 요거트 아이스크림까지. 아, 신난다! 스트레스가 풀린다! 오늘 저녁은 어디서 뭘 먹을까? 베트남 식당? 아님 인도 식당?

나의 거침없는 먹성은 가끔 친구들을 놀라게 했다. 모든 기숙사 식당에는 유대인들을 위한 특별한 냉장고가 있었다. 그 속에는 유대인의 엄격한 율법에 따라서 만든 '코셔(kosher) 음식'이 준비되어 있었다. 나는 그 음식들이 유대인들을 위한 것임을 알면서도 특별한 방식으로 조리된 그 맛이 궁금해서 종종 냉장고 문을 열어보곤 했다. 특히 콩으로 만든 유기농 요거트에 자주 손이 갔다.

그 날도 나는 냉장고 문을 열고 자동적으로 유기농 요거트를 꺼내려고 했다. 순간, 식당 아주머니가 "No!" 하고 외치며 저지를 했다. 아줌마는 엄한 얼굴로 "Only for the Jewish!"(유대인 전용입니다!)라고 말했다.

나는 식당을 나오면서 친구에게 "왜 유대인만 냉장고가 따로 있는 거야! 왜 김치와 된장이 들어 있는 코리안 건 안 만들어주냐고!" 하며 분통을 터뜨렸다. 친구는 혀를 끌끌 차면서 말했다.

"세상에, 나나! 유대인들이 하버드에 얼마나 많은 돈을 기부하는지 모르니?"

시험기간이 되면 나의 초콜릿 탐닉증은 도가 심해졌다. 확실히 피곤을 없애주고 집중력을 잡아주는 데는 초콜릿이 최고였다. 하지만 단시간의 반짝 효과이기 때문에 언제 먹었냐는 듯 또다시 초콜릿이 당겼다. 프리실라는 아예 내 이름을 나나가 아니라 초콜릿으로 바꿔야 한다며 자신의 휴대전화에 나의 이름을 'C12H22O6'로 입력해 두었다. 초콜릿의 주성분인 수크로오스(sucrose)의 화학식이었다.

스트레스가 한계에 이른 날이면 나는 친구 한 명을 꼬드겨서 보스턴의 한 호텔에 있는 초콜릿 뷔페에 가곤 했다. 그곳에는 커다란 초콜릿 분수가 흐르고, 듣지도 보지도 못한 온갖 종류의 초콜릿과 초콜릿 케이크, 빵과 푸딩이 있었다. 초콜릿 바에서 파티세가 방금 만들어낸 따끈따끈한 초콜릿에 빵을 찍어먹는 기분은 뭐라고 표현하기 힘들었다. 우리는 테이블 가득 초콜릿 밥상을 차려 놓고 느끼해지는 속을 바닐라 아이스크림으로 달래가며 머리가 핑핑 돌 지경이 될 때까지 먹어댔다.

밤늦게 느글거리는 속 때문에 고생을 하고, 아침에 이마와 턱에 솟은 빨간 여드름을 발견할 때에야 나는 후회를 했다. 하지만 후회해도

내가 정말로 집착한 것은 초콜릿이 아니라
초콜릿을 통해 얻을 수 있는 위안이었는지도 모르겠다.
단맛은 잠시이지만
초콜릿을 먹는 것은
몇 시간의 공부를 더 할 수 있는 에너지를 주는
소박한 의식이었던 것이다.

그뿐이었다. 또다시 스트레스에 휩싸이면 배터리가 떨어진 인형처럼 정신없이 초콜릿을 찾아 헤맸으니까.

명색이 그래도 미스코리아인데 이렇게 망가져도 되는 걸까? 나는 점점 푸석푸석해지는 피부와 빵빵해지는 볼 살을 볼 때마다 걱정이 되었다. 초콜릿과 같은 당분은 체내에 흡수되면 혈당량의 급격한 증가로 인슐린 스파이크를 일으킨다. 인슐린이 한꺼번에 많이 분비된다는 건 그만큼 늙는다는 뜻이다. 그냥 늙는 게 아니라 세포 차원의 노화가 일어나서 신진대사를 늦추고 에너지를 감퇴시키며 피부에 주름을 만드는 것이다.

생화학을 전공하는 사람으로서 이 사실을 누구보다도 잘 알고 있었지만, 나의 초콜릿 탐닉증과 폭식증은 이성으로는 어쩔 수 없는 부분이었다. 사람들은 내가 초콜릿 때문에 더 힘들고 피곤한 거라고 했지만, 초콜릿이 없었다면 과연 내가 4년의 프리메드 생활을 견뎌낼 수 있었을지 모르겠다.

나는 정말 남자친구 없이는 살아도 초콜릿 없이는 단 하루도 못 사는 사람이다. 하지만 어찌 생각해 보면 내가 정말로 집착한 것은 초콜릿이 아니라 초콜릿을 통해 얻을 수 있는 찰나의 휴식과 위안, 그것이었는지도 모르겠다. 친구와 초콜릿을 함께 사러 가는 길. 예쁘고 앙증맞은 초콜릿을 바라보며 감탄하고 고르고 함께 맛을 품평하며 즐거워하던 시간. 초콜릿의 단맛은 잠시이지만 친구와 함께 먹는 초콜릿은 나에게 몇 시간 공부를 더 할 수 있는 에너지를 주는 소박한 의식이었던 것이다.

체육관에 가면
나나가 있다

기말고사 기간 중, 아침 일찍 체육관에 가니 화학 조교가 러닝머신 위에서 뛰고 있었다. 그는 내 얼굴을 보고 깜짝 놀란 표정이 되었다.

"아니, 나나! 내일이 시험인데 여기서 뭐 하는 거야?"

"예, 운동하러 왔어요!"

"세상에! 시험 못 보면 혼날 줄 알아!"

다행히 그럴 일은 없었다. 나는 그 학기 기말고사에서 200점 만점 중 199점을 획득하여 교수님과 조교에게 칭찬의 이메일을 받았다.

또 한번은 프리실라가 급하게 나를 찾을 일이 있었다. 룸메이트에게 어디 있냐고 묻자 이렇게 대답했다고 한다.

"나나를 보고 싶다면 맥(M.A.C. Malkin Athletic Center, 하버드 학생 체육관의 이름)으로 가봐. 기숙사에 없으면 맥에 있을 테니까."

실제로 내가 맥에서 운동을 하고 있으면 많은 사람들이 나를 보러 찾아왔다. 수학 문제를 풀어달라는 아이도 있었고, 운동을 그만 하고 초콜릿을 먹으러 가자는 아이도 있었다. 한번은 기숙사에서 여는 포멀 파티가 있는데 파트너가 되어 달라며 찾아온 남자아이도 있었다.

나의 운동은 매일 한 번, 심하면 두세 번, 비가 오나 눈이 오나 빠짐 없이 계속되었다. 한 번 가면 한 시간 반은 기본이고, 심한 날은 하루 네다섯 시간을 운동에 투자하며 보냈다. 이렇게 열심히 운동하는 나에게 주변 사람들은 '하버드 체대생'이라는 별명을 붙여주었다.

잠자는 시간이 아까워서 커피를 입에 들이부으며 사는 하버드 학생들에게 운동에 이렇게 많은 시간을 투자하는 나는 굉장히 신기한 아이

나의 운동은 매일 한 번, 심하면 두세 번,
비가 오나 눈이 오나 빠짐없이 계속되었다.
나는 나에게 믿을 것이 있다면 체력밖에 없다고 생각했다.
영어도, 머리도 딸리는 내가 비빌 수 있는 언덕은 노력뿐이며
그 노력을 가능하게 해주는 건 체력밖에 없다고 믿은 것이다.

• 하버드 대학 부근의 찰스강 주변을 운동하던 중에

였다. 운동을 아무리 열심히 하는 아이라 해도 시험기간에는 자제하기 마련이다. 하지만 나는 당장 시험을 보는 아침에도 러닝머신 위에서 단 30분이라도 뛰고서야 시험을 보러 갔으니 혀를 내두를 만도 하다.

사실 나도 매일 체육관에 가서 땀이 나도록 걷는 것이 꼭 좋았던 것만은 아니다. 특히 1학년 때 살았던 매튜스 홀에는 체육관이 없었기 때문에 추운 날씨에 꽁꽁 싸매고 5분을 걸어서 맥으로 가는 일이 귀찮기 그지없었다. 특히 페이퍼 숙제가 밀린 날이나 시험기간에는 그냥 하루쯤 쉬어버릴까 꾀가 나기도 했다. 하지만 갈등을 하다가도 결국에는 운동복을 챙겨 입고 맥을 향해 걸어간 것은, 하루가 어긋나면 이틀이 어긋날 것이고 그렇게 되면 나 자신과의 약속을 지킬 수 없을 것이기 때문이었다.

천재지변이 없는 한 날마다 무슨 일이 있어도 운동을 하자는 건 한국에서 고등학교 졸업 후 100일 동안 10킬로그램을 뺀 이후로 지금껏 지켜온 나와의 약속이었다. 나는 이 약속을 미스코리아에 당선된 이후로도 쭉 지켰고, 미국 대학을 준비하면서도 절대로 어기지 않았다.

특히 하버드에 오게 되면서, 나는 나에게 믿을 것이 있다면 체력밖에 없다고 생각했다. 영어도 불안하고 머리도 딸리는 내가 비빌 수 있는 언덕은 노력뿐이며, 그 노력을 가능하게 해주는 건 체력밖에 없다고 믿은 것이다. 아무리 의지가 강한 사람이라 해도 체력이 뒷받침해주지 않으면 무너질 수밖에 없다.

한 가지 더, 내가 운동을 해야 하는 이유는 미스코리아라는 책임감 때문이기도 했다. 내가 아무리 하버드에 와서 청바지에 후드티만 입고 산다 해도, 내가 미스코리아라는 사실은 영원히 변할 수 없는 사실이었다. 비록 피부관리실을 다니며 마사지를 받거나 식이조절을 하며 유난을 떨지는 못하더라도, 나에겐 나를 관리할 의무가 있었다. 특히 하버드에 온 이후로 나의 먹는 양을 고려해 볼 때, 예전보다 두세 배 더 열심히 운동을 해야 했다.

어느 날 쌍둥이 하버드 생으로 유명한 재우, 재연 형제와 보스턴의 유명한 레스토랑인 '탑 오브 더 허브(Top of the Hub)'에 가서 배가 터지도록 먹은 적이 있었다. 접시를 싹싹 닦아가며 소스 하나 남기지 않고 먹는 나를 보며 두 형제는 "누나는 먹는 거에 비해서 정말 살이 안 찌네. 신기하다"라며 감탄을 했다. 나는 마음속으로 '남의 속도 모르고……' 하며 쓴웃음을 지었다. 그 날 밤의 화려한 만찬을 만회하려면 다음 날 아침 러닝머신 위를 두 시간은 죽도록 달려야 했기 때문이다. 그렇게 뛰어도 살이 찌고 똥배가 나오는 건 어쩔 수 없었다. 워낙 먹는 양이 많았기 때문에…….

운동하러 가는 길이 죽도록 싫어도, 막상 러닝머신 위를 달리다보면 어느 순간 머리가 맑아지고 몸이 확 깨어나는 걸 느낄 수 있었다. 또한 신기하게도, 복잡한 머릿속이 차분하게 가라앉는 순간 안 풀리던 수학 문제나 화학 문제가 스르르 풀리는 것이었다. 내가 애써 문제를 풀려고 신경을 쓴 것도 아닌데 갑자기 번뜩 하며 문제와 함께 풀이 방법이 떠오르는 것이었다. 운동을 하면서 이러한 '아하! 모멘트(Aha! moment)'를 여러 번 경험했다. 나에게는 운동이 체력단련이자 외모관리, 그리고 창의력을 다지는 명상이었던 것이다.

1분 1초가 아까운 시험기간에까지 운동을 하러 가다니, 대단한 아이라는 말도 많이 들었지만, 사실 운동을 하건 안 하건 하루 동안 공부에 전념할 수 있는 시간에는 한계가 있다. 운동을 안 한다고 해서 그 시간을 온통 공부에 쏟지는 않을 거라는 뜻이다. 오히려 체력이 약해져서 공부보다는 누워서 쉬는 시간이 더 많아질 수도 있다고 생각한다.

사실 미국에 가서 보니, 한국인은 운동을 참 안 하는 축에 속했다. 미국 아이들은 이유야 다들 다르지만 그래도 하루 30분 이상 운동을 하는 것이 생활화되어 있다. 스트레스를 해소하기 위해 운동을 하는 아이도 있고, 습관적으로 운동하는 아이도 있고, 다이어트를 하기 위해 학교가 제공하는 필라테스나 코어 클래스를 열심히 쫓아다니는 아이들도 있다. 그런데 한국 아이들은 운동을 생활화하기가 힘든 듯했다. 가끔 날씨가 좋은 날은 잔디밭에 모여 프리스비(Frisbee, 플라스틱 원반을 던지는 놀이)를 하며 뛰놀 때도 있었지만 한 가지 운동을 규칙적으로 꾸준히 하는 아이는 보기 드물었다.

나는 이것이 한국에서 중·고등학교 시절을 보낸 아이들의 어쩔 수 없는 습관 때문이라고 생각한다. 나 역시 과학고 3년을 책상 앞에서 움직이지 않고 씨암탉처럼 보냈다. 학교 측에서도 학생들더러 나가서 뛰놀고 운동하라는 말은 전혀 하지 않았다. 오직 공부, 공부만 하라고 했으니 저절로 운동과 담을 쌓을 수밖에 없었다.

다행히 나에게는 운동의 중요성을 강조하는 아버지가 있었다. 중학교 체육교사인 아버지는 어머니를 운동의 길로 인도하셨고, 딸인 나와 아들인 종학이에게도 늘 운동을 강조하셨다. 나는 엄마 아빠를 따라다니며 어릴 적부터 탁구, 배드민턴, 테니스를 쳤고 체육 시험을 보기 전에는 아빠에게 특별 레슨을 받기도 했다. 그래서 과학고 3년 동안 운동과 담을 쌓았어도 쉽게 운동의 세계로 다시 돌아올 수 있었다. 아빠는 나와 국제통화를 할 때도 "지금 운동하고 있어요"라는 말을 들을 때 가장 기뻐하셨다.

하버드에 있는 운동시설과 그것을 관리하기 위해 학교가 투자하는 예산의 규모를 보면, 공부하는 학생들에게 있어서 운동의 역할을 얼마나 중요시하는지 알 수 있다. 하버드에는 전교생이 이용할 수 있는 큰 규모의 체육관 건물이 세 개나 있고, 그것으로도 모자라 기숙사 건물마다 지하에 체육관이 있다. 기숙사 지하 체육관은 학생들에게 피트니스 룸이자 휴게실이기도 하다. 그곳에는 러닝머신과 양팔을 휘젓도록 손잡이가 달린 일립티컬, 여러 종류의 웨이트 트레이닝 기구, 당구대와 게임기 등이 모두 있다. 대형 TV와 폭신한 소파도 있어서, 저녁 8~11시 경에는 모두 모여 프라임 타임 쇼를 보기도 한다.

내가 1학년 때 주로 애용한 곳은 '맥'이라 불리는 체육관이었다. 맥은 내게 눈이 휘둥그레질 정도로 훌륭한 시설인데도 학교 측은 2007년 한 차례 시설을 업그레이드했고, 올 봄 내가 졸업을 앞두고 있을 때에 또다시 엄청난 개보수 계획을 발표했다. 전 하버드 단과대학 학장 베네딕트 그로스는 이런 말을 남겼다.

"하버드 대학의 학생들은 맹렬히 공부하고(work intensely) 맹렬히 운동합니다(work out intensely). 당연히 학교가 제공하는 최고의 시설을 누릴 자격이 있습니다."

운동은 모든 이의 생활이 되어야 마땅하지만, 특히 공부하는 사람에게는 더욱 그렇다. 적지 않은 하버드 학생들이 학업 스트레스를 견디다 못해 우울증을 비롯한 각종 정신병을 앓게 된다. 이 때문에 자살까지 저지르는 경우가 간혹 있기 때문에, 학교에서도 심리 카운슬러나 기숙사 조교, 그리고 진로 상담 선생님 등을 통해서 수시로 학생들의 심리건강을 체크한다. 그리고 이들 모두 심리적 문제를 미연에 방지하는 가장 효과적인 방법이 운동이라고 생각한다. 한 마디로 '운동하는 사람의 정신에는 병이 생기지 않는다'고 생각하는 것이다.

이것은 하버드만의 생각이 아니라 미국인들의 사회적 공감대인 것 같다. 바쁜 시간을 쪼개 체육관으로 와서 받침대에 교과서를 펼쳐 놓고 즐기듯이 쉬듯이 운동을 하는 미국 아이들을 볼 때마다, 우리 한국인 학생들에게도 저런 여유가 있었으면 하는 생각이 들어 몹시 안타까웠다.

나는 1학년 때는 5분을 걸어 맥에 가야 했지만, 2학년 때부터는 기숙사 밑에 체육관이 있어서 더욱 신나게 운동할 수 있었다. 기숙사 체육관은 24시간 오픈이라서 밤 12시에도 가고 새벽 2~3시에도 갈 수 있었다. 그리고 그곳은 내가 혼자 러닝머신을 달리며 생각을 정리하고, 힘들 때는 남몰래 울 수도 있는 나만의 공간이 되었다.

올 A의 성적표

첫 성적표…

그래, 하면 되는구나!　　길고도 길었던 1학기가 끝나고 드디어 첫 성적표가 발표되었다. 나는 떨리는 마음으로 인터넷에 접속하여 개인 계정으로 로그인을 했다. 화학 A, 수학 A, 언어학개론…… A, 논리적 작문…… 아아…… A. 나는 "야호!" 하고 탄성을 질렀다. 내가 올 A를 받은 것이다! 그렇게 불안해했는데, 그토록 조마조마했는데, 결국엔 해낸 것이다!

긴장이 확 풀리고 나니 마치 연체동물이 된 것처럼 힘이 쫙 빠졌다. 하지만 기분만큼은 그대로 천장을 뚫고 날아갈 것만 같았다!

나는 첫 학기만은 무슨 일이 있어도 올 A를 받고 싶었다. 첫 학기의 내 성적이 4년을 좌우하는 나의 기준이 될 것이기 때문이었다. 첫 학기에 올 A를 받으면 그 다음 학기에도, 그 다음 학기에도 계속 올 A를 받겠다는 것이 나의 기준이 될 것이고 그 이하를 용납하지 못하게 될 것이었다. 그래서 나는 첫 성적표에서만큼은 절대로 A 이외의 알파벳을 보고 싶지 않았다.

아……. 갑자기 나는 부석사 큰스님께서 써주신 붓글씨 앞에서 큰절을 올리기 시작했다. 내 고향 영주에 있는 부석사의 큰스님. 하버드에 가기 전 인사를 드리러 갔을 때, 큰스님은 찾아올 줄 알았다며 한쪽에서 곱게 말아두었던 두루마리를 찾아 나에게 내미셨다. '과거의 결과가 현재고 미래의 원인이 현재'이므로 언제나 현실에 충실해야 좋은 미래가 온다는 내용. 한자를 잘 모르는 나에게도 그 깊음이 고스란히 전해지는 글씨였다. 나는 크게 삼배를 하면서 "부처님, 감사합니다, 감사합니다"라고 중얼거렸다.

올 A보다도 더 기뻤던 것은 교수님과 조교로부터 받은 이메일이었다. 기말고사 전에도 운동한다고 걱정 어린 핀잔을 주었던 조교도 자기 학생 중에서 최고점이 나왔다며 기뻐했고, 화학 교수님은 전체 수강생들 중에서 1등을 했다면서 앞으로 추천서가 필요하거나 연구실에서 일하고 싶으면 얼마든지 연락하라고 하셨다. 수학 조교도 자기가 가르친 학생이 전체 수강생들 중에서 1등을 해서 아주 뿌듯하다며 칭찬의 이메일을 보내왔다. 두둥실 날아오르는 기분이었다. 예나 지금이나, 선생님에게 받는 칭찬이 나는 제일 좋다!

이런 칭찬이 없었다면 과연 내가 하버드에서의 불안했던 초기를 견뎌낼 수 있었을까? 나는 입을 열기도 힘들 정도로 영어를 못했다. 특히 교양수업에 들어가면 그야말로 꿀 먹은 벙어리가 될 수밖에 없었다. 그렇게 주눅이 들어 풀이 죽어 다니면서도, 그나마 내 존재를 확인

琴劒心筆
過去結果
  現在
未來原因
  現在
佛紀二五五十春
鳳凰山人
玄峰 書日

• 부석사 큰스님께서 '무심'의 자세로 살아가라고 써주신 붓글씨

할 수 있었던 것이 수학과 화학이었다. 그 수업에만 들어가면 나는 주목받는 학생이 되어 어깨를 쫙 펼 수 있었다. 수업이 끝나면 강의실을 나가는 나를 붙잡고 "나나, 우리 같이 숙제할래?"라며 다가오는 친구들이 있었다.

'그래, 하나만 잘하면 돼! 하나만 잘하면 둘도 잘하고 셋도 잘할 수 있어!'

자신감이 바닥으로 곤두박질할 때면, 그리고 내가 하수구 밑에 사는 곰팡이보다도 못한 존재인 듯 하찮게 느껴질 때면, 나는 수학이나 화학 책을 붙들었다. 그리고 나는 뛰어난 사람이고 노력하면 무엇이든 잘할 수 있다고 나를 다독였다. 어려운 숙제를 들고 맥까지 찾아와 문제를 풀어 달라고 졸라대는 친구들이 있었기에, 나는 '그래, 좌절하기에는 일러. 힘내 나나!' 하며 나 자신을 격려할 수 있었다.

첫 학기의 성적표는 그 이후로 나의 이정표, 나의 등대가 되었다. 교양과목은 B만 받아도 감지덕지라고 생각했는데, 막상 첫 학기에 A를 받아 놓으니 계속해서 A를 받을 수 있겠다는 긍정적인 생각도 싹텄다. 그리고 전공과목에 해당하는 수학과 과학은 더 이상 A만으로는 만족할 수 없고 수강생들 중에 1등을 하겠다는 것이 내 목표가 되었다.

그러나 하버드가 그렇게 만만한 곳인가? 2학기가 되어 나는 처음으로 B⁺를 받았다. 역시, 걱정했던 '논리적 작문 20' 과목이었다. 하지만 그 과목을 통해 너무나도 많은 것을 배웠음을 나 스스로 생생히 느꼈기에, 나는 B⁺를 보는 순간 실망하기보다는 마치 영광의 상처처럼 오히려 뿌듯했다.

논리적 작문 20을 가르쳤던 분은 데이빗 히트 교수님으로, 1학기 때 작문을 가르쳤던 에반스 교수님이 정말 잘 가르치는 분이라고 추천을 하셔서 수강신청을 했다. 그런데 수업 스타일이며 요구하는 페이퍼의 수준이 심상치 않았다. 교수님은 내가 페이퍼를 써서 내면 처음부터 끝까지 종이가 너덜너덜해질 정도로 첨삭을 해서 돌려주셨다. 그 많은 지적 사항들은 고치다보면 머리에 쥐가 날 정도로 많은 생각을 요구해서, 초고를 고친다기보다는 아예 원고를 다시 쓰는 느낌이 들 정도였다. 히트 교수님에게 몇 번 지적을 당하고 나니 내가 얼마나 작문을 못하는지 새삼 깨달을 수 있었고, 1학기 때 에반스 교수님이 나에게 얼마나 관대한 점수를 주셨는지 고마운 마음이 들었다.

그만큼 나는 기를 쓰고 열심히 했다. 다른 아이들은 세 시간이면 뚝딱 써낼 두 장짜리 페이퍼가 내게는 보름 전부터 고심해야 할 일이었다. 다른 친구들이 첨삭지도를 한 번만 받고 수정해서 제출할 때 나는 세 번이든 네 번이든 교수님이 오케이를 할 때까지 고치고 또 고쳤고, 마지막으로 친구들로부터 문법 오류를 몇 번이나 체크 받은 다음에야 제출할 수 있었다.

그렇게 열심히 했지만 나의 첫 페이퍼는 B⁻/B를 받고 말았다. 첫 학기의 올 A란 성적에 비해 너무나도 충격적인 성적! 정말 죽도록 노력했는데……. 나는 내 성적표에 처음으로 뜬 이 B라는 알파벳이 너무나 서러워 이불을 뒤집어쓰고 엉엉 울었다.

하지만 벌써부터 울면 안 되었다. 아직 이곳에 온 지 1년도 안 됐는데 벌써부터 이렇게 약해질 수는 없었다. 거울을 보니 눈물 때문에 얼굴이 퉁퉁 붓고 머리카락이 들러붙어 있었다. 나는 턱에서 뿌지직 소리가 날 정도로 어금니를 꽉 물었다. 그래, 두고 보자. 이제까지 노력이 B⁻/B밖에 안 되면 더욱 더 처절히 독하게 노력하면 되지. 내가 가장 잘하는 것은 '노력'밖에 없잖아.

나는 마치 작문 수업 한 과목만 듣는 학생처럼 나의 모든 시간과 정열을 작문에 바쳤다. 그럼에도 두 번째 페이퍼는 B, 세 번째 페이퍼는 B⁺였다. 정말이지 나에겐 피할 수 없는 성장통이었지만 그 고통이 너무 아팠다.

마지막 페이퍼를 쓸 때에는 그야말로 노력에 오기, 독기에 한(恨)까지 몽땅 투여했다. 그리고 드디어 받은 점수는 A⁻였다! 그 기쁨이란! 그것은 A⁻라는 학점 자체보다 뼈를 깎는 고통 끝에 성취한 나의 글쓰기 능력 '발전'이란 사실에서 오는 행복감이었다. 이젠 누가 나에게 페이퍼를 쓰라고 하면 멍하니 어쩔 줄 몰라 하는 것이 아니라 어디서 어떻게 시작하고, 어떤 양식으로 어떻게 논리를 전개시킬지 쓱쓱 전개도가 그려졌다. 눈물이 주르륵 흘러내렸다. 논리적 작문과 싸웠던 1년 동안의 길고도 길었던 전쟁이 끝나는 순간이었다.

비록 모든 페이퍼를 합산한 전체 학점은 B⁺를 받았지만 교수님은 나에게 이제까지 가르친 학생들 중 가장 열심히 노력하는 학생이라는 좋은 평가를 해주셨다. 그리고 후에 의대를 지원할 때 장문의 추천서도 직접 써주셨다.

2학년 첫 학기가 시작되고 며칠 지나지 않았을 때, 학교로부터 두 통의 이메일이 왔다. 한 통은 내가 상위 성적 10퍼센트 안에 들어 영예의 '디튜어(Detur)'상 수상자로 선정되었다는 내용이었고, 다른 한 통은 내가 상위 성적 5퍼센트에 안에 들어 '존 하버드 장학금'이란 명예 장학금을 받게 되었다는 내용이었다.

나는 곧바로 한국에 계신 손 선생님께 전화를 걸었다. 내 몸속에 잠자고 있던 거인을 깨워서 나를 하버드로 보내 내 인생을 180도 바꿔놓으신 분. 그래 놓고 하버드에서 버티고 있는 나보다 더 애간장을 태우며 하루도 빠짐없이 전화하시는 나의 은사. 나는 전화를 걸어 디튜어 상 수상과 존 하버드 장학금 소식을 전했다. 새벽 2시에 잠결에 전화를 받은 손 선생님은 믿을 수가 없다는 목소리로 "뭐, 뭐라고? 어서 빨리 스캔해서 나한테 보내라"고 하셨다. 내가 보낸 메일을 받아본 후에야 선생님은 실감이 나는 모양이었다.

"우리 나나 정말 장하구나. 우리 이대로 쭉 밀어붙여 끝까지 잘해보자! 하버드에서 한국인 나나의 역사를 만들어야지!"

디튜어 상 수상자는 학교 측으로부터 원하는 책 한 권을 선물로 받을 수 있었다. 안쪽 첫 페이지에 멋진 하버드 마크와 '디튜어 수상자 금나나'라는 명예 인장이 찍힌 책이었다. 나는 갖고 싶은 책으로 존 해리스가 쓴 『서바이버(Survivor)』를 골랐다. 이 책은 빌 클린턴의 백악관 시절을 분석한 책으로, 손 선생님께 선물로 드리면 분명 좋아하실 것 같았다. 나는 책을 포장하여 감사하다는 내용의 편지 한 통과 함께 선생님께 부쳤다.

나중에 여름방학 때 대구 선생님의 사무실에서 그 책을 다시 보았을 때 알게 되었다. 하버드 마크와 내 이름이 찍힌 페이지에 선명하게 새겨진 선생님의 눈물 자국. 나는 혼잣말로 중얼거렸다.

"선생님, 너무 걱정 마세요. 저 잡초잖아요. 꼭 이겨낼게요."

미국 대학에서

프리메드로 산다는 것　하버드에서 유난히 학점 관리에 철저하고 수업 중에 눈에서 가시광선이 뿜어져 나오는 학생이 있다면, 그 학생은 십중팔구 프리메드다.

프리메드(pre-med). 사실 참 한심한 말이다. 이 말은 그저 의대 진학을 준비하는 학생들을 총칭하는 말로, 그 자체로 과도 아니고 학위 과정도 아니니 말이다. 프리메드인지 아닌지는 사실 자기 자신밖에 모른다. 오늘 프리메드이다가도 내일부터는 프리메드가 아닐 수도 있다. 때려치운다고 말리는 사람도 없고, 하라고 부추기는 사람도 없다.

하지만 프리메드만의 문화는 엄연히 존재한다. 이들은 다들 학점에 목맨다는 귀신들이다. 자나 깨나 GPA, 그것만 생각한다. 시험기간에 레드불(red bull, 에너지 드링크인데 타우린과 카페인 함유량이 많아서 학생들 사이에는 잠 쫓는 약으로 쓰인다.)을 마시고 피오줌을 싸면서 지독하게 공부하는 자들이 바로 프리메드이다.

프리메드 학생들이 많은 강의는 분위기부터가 다르다. 프리메드 아이들이 강의실 앞쪽에 쫙 앉아서 이글거리는 눈빛으로 교수님이나 조교를 바라보며 노트북을 다다다 치면서 날카로운 질문을 퍼붓기 때문이다. 이런 강의를 들으면 학생들은 물론이고 교수도 조교도 숨을 제대로 쉬기 힘들다.

유감스럽게도 내가 전공하는 생화학과 강의들은 죄다 프리메드 과정과 일치했다. 강의실에 들어가면 날고뛴다는 프리메드 아이들이 강의실 곳곳에 지뢰처럼 포진해 있었다. 내 마음은 천근만근 무거워질 수밖에 없었다. 프리메드 아이들이 많으면 그만큼 A학점을 받기가 어

• 세포생물학 실험실에서 조교와 함께

려워지기 때문이었다.

프리메드 학생들은 수업에만 이렇게 열성적인 것이 아니다. 많은 아이들이 수업시간 이외에 랩(lab)에서 일을 하거나 보스턴 시내에서 자원봉사를 하는 등의 과외활동을 한다. 그리고 틈틈이 MCAT 공부까지 한다. 학점만 관리하기에도 힘에 부치는 나로서는 이 세 가지를 다 해치우는 아이들이 철인처럼 존경스럽고 부러울 따름이었다.

나 자신도 프리메드이면서, 나는 프리메드 아이들을 볼 때마다 소외감을 느꼈다. 대부분이 미국 중산층 출신의 코카시언(Caucasian)이고 의대 진학은 이미 따놓은 듯한 자신만만한 포스를 풍기기 때문이다. 이에 비해 나는 한국에서 온 국제학생이고 과연 이대로 프리메드를 해낼 수 있을지 없을지 불안하기 짝이 없는 존재였다. 간혹 국제학생 중에서도 프리메드인 아이들이 있긴 했지만 지극히 소수여서 잘 드러나지 않았다.

국제학생이 프리메드에 도전한다는 건 천재이거나 무모하거나, 둘 중 하나였다. 물론 나는 누가 보아도 무모한 축에 속했다. 홍콩에서 온 이반이라는 친구는 천재에 속했다. 보통 한 학기에 네 과목을 들으며 벅차하는 대부분의 아이들과는 달리, 이 아이는 무려 다섯 개 과목을 그것도 어려운 과목으로만 골라서 듣고 있었다. 그러면서도 랩은 물론이거니와 봉사활동, 과외활동, 태권도, 중국인 모임 등 여러 활동에 참여하면서 MCAT도 벌써부터 공부하고 있었다. 하루하루 수업을 쫓아가기 바쁜 나와는 차원이 달랐다.

하버드 프리메드는 100명 지원자 중 95명이 의대에 합격한다고 하지만, 국제학생의 경우에는 얘기가 달랐다. 미국에서 아직도 개방되지 않은 시장이 하나 있다면 그것이 바로 의과대학원이었다. 영주권이나 시민권이 없으면 미국 의대에서 쉽게 받아주지 않는 것이다. 주립 의대는 아예 입학요강에 영주권이나 시민권 미 소지자는 지원할 수 없다는 내용을 명시한다. 사립대는 그런 문구를 적지 않지만 제한이 있는 건 마찬가지다.

지난 10년 동안 하버드 의대가 받아들인 국제학생은 단 여덟 명. 예일이나 코넬은 한두 명이 고작이다. 그것도 들여다보면 캐나다인이나 영국인, 뉴질랜드인을 합격시킨 것이니, 영어에 있어서만큼은 네이티브가 우선이다. 의사는 사람의 생명을 다루는 사람이므로 영어가 모국어가 아닌 사람에게 흰 가운을 입히면 자칫 의사소통의 오해로 환자의 생명을 위험에 빠뜨리게 할 수도 있다는 인식이 있는 것이다.

처음 하버드에 올 때부터 나는 국제학생이 의대에 진학하기란 낙타가 바늘구멍에 들어가는 것보다 더 어렵다는 사실을 잘 알고 있었다. 하지만 그렇다고 불가능한 건 아니라는 것도 잘 알고 있었다. 어렵다는 걸 알기 때문에 더 도전하고 싶었고, 해낼 수 있다는 걸 알기에 더 열망했다.

나에게 의사는 피할 수 없는 운명, 꼭 통과해야만 하는 인생의 관문처럼 느껴졌다. 정확히 설명할 수는 없지만 인생에는 뭔가 거스를 수 없는 거대한 파도가 있는 듯하다. 저쪽에서 집채만 한 파도가 나를 삼킬 듯이 다가온다. 조금만 뒷걸음질치면 피할 수도 있다. 하지만 나는 피할 생각도 못하고 홀린 사람처럼 파도를 향해 나아간다. 의사가 나에겐 그런 것이었다. 단순히 꿈이라고 말할 수도, 내 인생의 목표라고 말할 수도 없었다. 그저 주어진 길, 꼭 걸어야 하는 길로 받아들여졌

시험기간 때면 늘 가슴에 책을 부둥켜안고
불을 켜둔 채로 잠들었다.
하룻밤을 샐 때마다 1년씩 나이를 먹는 기분이었다.
하지만 거울을 보면,
그 속에는 여전히 눈빛이 살아 있는 소녀가 있었다.
나에겐 그 눈빛만 있으면 충분했다.

다. 그 길을 통과하면 과연 무엇이 준비되어 있을지는 미지수였다.

어쨌든, 나는 내가 할 수 없는 것을 포기하고 잘할 수 있는 것에 집중하기로 했다. 랩에서 일하는 건 내가 도저히 할 수 없는 것이었다. 나는 화학을 너무나 사랑했지만 이상하게도 랩에만 가면 온몸에 두드러기가 났다. 내가 사랑하는 화학은 머릿속에서 지식과 지식을 맞물리며 가설을 세우고 반응을 추측하고 문제를 풀어가는 것이지 실험실에서 화학품을 다루며 연구하는 것은 아니었다. 자원봉사 역시 시간적으로 불가능했다. 과제와 페이퍼가 너무 많기 때문에 잠자는 시간을 줄이고 또 줄여도 A학점을 받을 수 있을까 말까였다. 당연히 MCAT 공부를 시작하기에도 무리였다. 그래서 '그건 어떻게든 닥치면 하겠지'라는 생각으로 멀찍이 미뤄두었다.

자연히 나에게 남은 건 성적표 하나밖에 없었다. 국제학생이라는 핸디캡에 자랑할 만한 과외활동도 없이 미국 의대에 도전하겠다니 얼마나 무모한가! 하지만 그건 미스코리아에 도전할 때에도, 경북의대를 그만두고 느닷없이 하버드를 준비할 때에도 누누이 들었던 말이었다!

나는 하버드 4년 내내 학점에 불이 붙어 아등바등 살아가는 밥맛없는 프리메드일 수밖에 없었다. 시험기간 때면 어김없이 하루에 서너 병씩 레드불을 마셔댔고, 그 때마다 어김없이 피오줌을 쌌다. 졸음을 참으며 공부하다보면 어느 순간 글자 한 줄이 여러 줄로 분산되어 보이기 시작했다. 나는 눈이 빨갛게 충혈될 때까지 빡빡 비볐다. 잠이 들면서도 불을 끄고 편안한 마음으로 두 발 뻗고 잔 적이 없다. 늘 가슴에 읽던 책을 부둥켜안고 불을 켜둔 채로 잠들었다. 얼굴은 늘 잠이 모자라 시체처럼 창백했고, 커피와 초콜릿에 찌들어 여드름 꽃을 달고 살았다. 하룻밤을 샐 때마다 1년씩 나이를 먹는 기분이었다.

하지만 거울을 보면, 그 속에는 여전히 눈빛이 살아 있는 소녀가 있었다. 목표를 알고 그것을 갈망하는 눈빛. 끝까지 포기하지 않고 달릴 각오가 된 자의 눈빛이었다. 나에겐 그 눈빛만 있으면 충분했다.

배움을 기뻐하는 자의 아름다움

유기화학 강좌,
세포가 전율하는 시간   "우와!"

　　　　　200여 명의 학생들 눈이 온통 칠판에 쏠려 있었다. 오른손으로 필기를 하면서 왼손으로는 방금 푼 문제를 지우고, 입으로는 주옥같은 지식을 끊임없이 쏟아내고 있는 에릭 제이콥슨 교수. 우리 모두 귀신에 홀린 기분으로 그의 강의를 듣고 있었다.

　교수님께서는 괴상망측하게 생긴 물질의 분자구조 슬라이드를 보여주셨다.

　"자, 여러분, 이것이 바로 항암제 중의 하나인 택솔(Taxol)이라는 물질이에요. 이 물질이 우리 몸에 들어가면 튜불린(Tubulin)과 결합하여 미세소관의 탈중합을 방해함으로써 암세포의 세포분열을 멈추게 해버립니다. 이 물질은 주목나무에서 추출되는데, 안타깝게도 한 그루

• 택솔의 분자구조

를 베어서 통째로 추출해 봐야 얻을 수 있는 택솔은 겨우 0.01퍼센트 이하입니다. 당연히 유기화학자들은 오랜 연구 끝에 택솔을 다량으로 생성하는 방법을 발견했죠. 하지만 여기에는 수십 단계의 화학반응이 필요했기 때문에 사실상 무의미했습니다. 그러다가 시간이 한참 흘러서 주목나무 잎에 택솔의 고리 부분 물질이 다량 함유된 사실이 발견되었습니다. 화학자들은 신이 났습니다. 이제 주목나무 잎에서 택솔의 일부를 추출하여 에스테르 반응을 거치기만 하면 택솔을 얻을 수 있으니까요. 여러분도 에스테르 반응을 배웠으니, 만약 그 당시에 있었다면 이 난제를 해결할 수 있었겠죠?"

등줄기가 오싹해진다. 피부의 땀구멍 하나하나가 바짝 오그라들며 오소소 소름이 돋는다. 내가 배웠던 개념이 복잡한 현실 문제를 깨끗하게 해결하는 순간, 내 몸에서 일어나는 화학반응이 있다. 충격 3분자에 회열 2분자. 여기에 탄소 두 개, 수소 여섯 개, 산소 한 개가 결합

되어 달콤쌉싸름한 칵테일을 만들어낸다. 술에 취한 듯 몽롱한 기분. 감기몸살이라도 걸린 듯 열에 들뜬 기분……. 교수님의 설명이 계속 이어졌다.

"그런데 90년대 중반 플로리다의 한 교수가 에스테르 반응을 이용하여 택솔을 합성하는 방법을 특허로 올리고, 자기 이외에는 아무도 이 방법을 사용할 수 없다고 선언을 했습니다. 자연에서 저렴하게 추출해 내던 택솔이 하루아침에 특허권을 지불해야 하는 엄청나게 비싼 약으로 둔갑하자 제약회사는 비상이 걸렸습니다. 암 환자들은 이 약을 먹기 위해 허리가 휠 정도의 돈을 지불해야 했고, 그 돈으로 부자가 된 플로리다 교수는 개인용 제트기를 타고 다니며 돈을 펑펑 썼습니다. 나중에 과학계의 비난이 거세지자 그는 못 이기는 척 재산의 반 정도인 3,000억 달러 가량을 투자해 암 연구센터를 만들었습니다. 이처럼 하나의 화학물이 인간을 울리고 웃기고, 누군가를 가난하게 만들고 동시에 누군가를 부자로 만듭니다. 단 하나의 화학물에 세포를 바꾸고 질병을 치료하고 생명을 연장할 수 있는 가공할 위력이 숨어 있습니다. 먼 훗날 여러분에게 플로리다 교수와 같은 상황이 온다면, 특허를 내는 것이 아니라 정보를 함께 공유함으로써 진정으로 암환자에게 기여할 수 있는 그런 사람이 돼야겠죠?"

1학년 때의 화학이 내게 A학점이라는 자신감과 영어를 공부할 시간을 벌어주었다면, 2학년부터의 화학은 차원이 달랐다. 화학 시간이 다가오면 나는 가슴이 콩닥콩닥 설레었다. 제이콥슨 교수님의 명강의는 200여 명 학생들의 눈길을 수업 내내 꼼짝 못하게 묶어 놓았다. 우리는 교수님의 말 한 마디에 가슴이 뛰고, 충격을 받고, 의문에 휩싸여 조바심을 냈다. 그리고 그것이 명쾌하게 풀리는 순간, 우리는 박수를 치며 전율했다.

정육각형을 그리며 끝없이 뻗어나가는 유기화학물의 분자구조. 열린 듯하면 닫히고, 닫힌 듯하면 다시 열리는 분자들의 신비로운 분리와 결합. 화학식에 맞춰 분자 그림을 그려보노라면 세상에 그렇게 아름다운 그림이 없는 듯했다.

정말이지, 유기화학은 나에겐 또 다른 세상의 발견이었다. 이 과목을 듣고 있으면 세상 모든 것이 유기화학으로 새롭게 재탄생될 수 있다는 사실에 흥분할 수밖에 없었다. 줄기세포 연구가 생명체를 복제해 내듯이, 유기화학의 반응 메커니즘은 세상의 모든 물질을 복제해 낸다. 의학이 질병을 치료하고 생명을 연장하여 더 나은 세상을 만들 듯이, 화학 역시 세상을 규명하고 인간을 규명하며 삶의 양뿐만 아니라 질에까지 영향을 준다.

나는 화학이 마구 좋아졌다. 눈을 감으면 화학물의 신비한 분자구조가 아름다운 고리를 만들며 춤을 췄다. 세상의 신비를 한 꺼풀씩 벗기는 기분, 그 진리를 하나씩 파헤치는 기분은 어떠한 것일까? 게다가 그 결과물이 공동체나 국가, 아니 전 세계에 이익이 될 수 있다면!

화학에 대한 열정은 나에게 엉뚱한 생각까지 불어넣었다. 나의 미래는 흰 가운을 입은 의사가 아니라 흰 가운을 입은 화학자가 아닐까? 새로운 신약을 개발하여 인류에 공헌하는 것이 나의 운명이 아닐까?

나는 하버드에 와서 처음으로 프리메드가 아닌 다른 길에 대해 생각해 보았다. 주변을 돌아보면 나처럼 하나의 꿈에 얽매여 살고 있는 사람은 흔치 않았다. 미국 아이들에게 전공이란 오픈 북과 같았다. 한 페

나는 화학이 마구 좋아졌다.
눈을 감으면 화학물의 신비한 분자구조가
아름다운 고리를 만들며 춤을 췄다.
세상의 신비를 한 꺼풀씩 벗기는 기분,
그 진리를 하나씩 파헤치는 기분은 어떠한 것일까?

이지를 펼쳐 놓고 읽다가도 언제든 다른 페이지로 건너뛸 수 있는 것이다.

이렇게 학생들이 전공을 바꾸는 것에 대해서 학교 측은 전혀 왈가왈부하지 않는다. 전공을 바꾸는 과정도 간단한 절차만 거치면 쉽게 끝이 난다. 꿈은 개인적인 것이며 언제든 변할 수 있다. 꿈이란 자신이 아는 정보와 지식의 테두리 내에서 만들어지기 때문에 아는 것이 많아지고 사고가 넓어지게 되면 당연히 바뀔 수 있다.

정말 이 참에 이 어려운 프리메드의 길을 그만두고 신약 개발의 길로 나의 무대를 옮겨볼까? 과학대학원 진학은 의과대학원 진학과는 달리 그리 어렵지 않다. 잘 하면 계속 하버드에서 공부할 수 있을지도 모른다. 이렇게 생각하니 눈앞에 막혀 있던 대로가 뻥 뚫리면서 가슴이 후련해졌다. 의대 진학 목표가 나를 얼마나 짓누르고 있었는지 새삼 실감이 났다.

하지만 그렇게 충동적으로 결정을 내릴 수는 없었다. 멋진 화학자가 되고 싶다는 내 열망은 아픈 사람을 고쳐주고 싶다는 내 오랜 소망과는 차원이 달랐다. 전자가 불꽃놀이 폭죽이 팡팡 터질 때의 쾌감이라면, 후자는 산처럼 커다랗게 버티고 있는 묵직한 의무감이랄까.

나를 너무나 잘 아는 손 선생님은 이렇게 말씀하셨다.

"너는 항상 시기별로 새로운 호기심에 불타오르지만 그 시기가 지나면 결국 제 자리로 돌아오지 않니. 성급하게 생각하지 말고 조금 기다려봐라. 화학자가 네가 진짜 가야 할 길이라면 머지않아 쾌감보다 더한 것이 올 거다."

하지만 그런 것은 오지 않았다. 2학년 2학기가 되어 듣게 된 쉐어 교수님의 유기화학 과목은 나의 샘솟던 열망에 빙하수를 끼얹었다. 쉐어 교수님의 강좌는 단순한 유기화학이 아닌, 유기화학과 생명과학이 만나는 새로운 차원의 실험적인 강좌였다. 한마디로 우리 몸에서 DNA가 합성되고 단백질이 생성되고 효소에 의해 물질이 분해되는 원리 등을 생물학적으로 설명하는 것이 아니라 유기화학적 메커니즘으로 재해석하는 강의였다.

강의 자체는 굉장히 재미있었다. 정말로 어떤 화학 강좌보다도 재미있게 공부했는데, 문제는 시험이었다. 시험이 터무니없을 정도로 어렵게 출제되었던 것이다. 첫 중간고사를 보았는데 점수가 40점이 약간 넘었다. 나는 기겁을 했다. 나의 하버드 시험 역사상 최저 점수가 내가 가장 좋아하고 자신 있어 하는 화학에서 뜬 것이다. 내가 공부를 소홀히 했던가? 그렇지 않았다. 나는 내 담당 조교의 수업은 물론이고 다른 조교의 문제풀이 수업에도 참관할 정도로 정말 열심히 했다. 같은 문제도 여러 번 반복해서 풀고 또 풀며 시험을 준비했다.

눈앞이 캄캄해지는데, 다른 아이들도 사정은 마찬가지였다. 성적분포도를 보니 내가 받은 40점대가 평균 점수이고 그 아래 30점, 20점 아이들이 수두룩한 것이었다. 우리는 출제방식에 문제가 있다며 조교에게 불만을 토로했다.

나는 화학에서만은 A를 놓치고 싶지 않았다. 아니, 화학에서는 A가 목표가 아니라 수강생 중에서 최고 점수를 받는 것이 목표였고 지금까지는 그 목표를 거의 실현해 왔다. 그런데 내 점수가 평균을 겨우 맞춘 40점이라니! 신약 개발의 길을 모색했을 정도로 화학만큼은 자신 있었는데…….

두 번째 중간고사와 세 번째 중간고사를 쳤지만, 나의 점수는 두 번 다 평균이었다. 어떻게 이런 일이 있을 수 있을까? 공부 그 자체는 황홀경에 빠질 정도로 재미있었는데 결과는 늘 악몽이라니!

중간고사에서 고전을 면치 못했기에 난 기말고사에서 만회하려면 정말로 월등히 잘해야 했다. 기말고사를 볼 때에는 부담을 너무 많이 가진 나머지 시험지를 받아들었는데 글자가 하나도 보이지 않았다. 글자가 커졌다 작아졌다 지렁이처럼 춤을 춰대고 머릿속은 하얘지고 가슴이 울렁거렸다. 하는 수 없이 조교에게 "도저히 시험을 못 치겠다"고 말하고는 학교 병원으로 갔다. 의사가 처방해 준 약을 먹고 한참 자고 일어나 병실에서 조교의 시험 감독을 받으며 혼자 시험을 치렀다. 그 시험에서 나는 평균보다 조금 높은 성적을 받았고, 결과적으로 최종 학점은 B^+가 되었다.

비록 하버드에서의 마지막 화학 과목에서 B^+라는 상처를 받았지만, 돌이켜 생각해 볼 때 내가 화학을 사랑했다는 사실을 부인할 수는 없다. 그 때 나는 생애 최초로 학문에 대한 생생한 희열을 경험했다. 시험 점수나 학점을 위해서가 아니라 정말로 재미있어서, 그 신기한 세계에 도취되어 밤을 새우며 공부했다. 시간이 가는 줄도 몰랐고 잠도 오지 않았다. 공부가 도를 닦는 것이라면 아마도 나는 그 때 무아지경을 경험한 것 같다.

공부가 주는 최고의 기쁨은 높은 점수를 받고 1등을 하는 것인 줄로만 알았는데, 하버드는 내게 그것보다 더 큰 기쁨이 있다는 걸 깨닫게 해주었다. 바로 모르는 걸 배우는 기쁨, 배운 것을 다시 확실하게 내 것으로 체득하는 기쁨이었다. 공자님이 말씀하신 '학이시습지 불역열

호(學而時習之, 不亦悅乎)'의 의미를 조금이나마 알 것 같았다. 배우고 때때로 익히니 또한 기쁘지 아니한가!

2학년 때 이렇게 유기화학에 매료되었다면, 3학년에 올라가서는 공중보건학과 영양학의 세상이 펼쳐졌다. 3학년 1학기 때 '조사의학(medical detective)'을 들으며 포화지방산과 불포화지방산의 세계를 탐험할 때, 나는 똑같은 희열에 휩싸여 행복하게 공부했다. 이 과목을 가르친 미셸 교수는 화장기 하나 없는 얼굴로도 여성이 얼마나 아름다울 수 있는가를 몸소 보여주는 분이었다. 교수님이 강단 위로 올라서면 마치 자체발광이라도 하듯이 온몸에서 황금빛 가시광선이 뿜어 나왔다. 그것은 한 분야를 오래 연구하고 깊은 지식을 갖춘 자만의 꾸밈없는 아름다움이었다.

교수님의 강의에 반하여 나는 자연스럽게 공중보건학에 대해 관심을 갖게 되었고, 조교의 추천으로 2학기 때 공중보건대학원의 영양학 강의를 대학원생들과 함께 듣게 되었다. 그곳에서 나는 한 학기 내내 지질(lipid)에 대해 굉장히 많은 것을 배웠다. 평소 다이어트와 비만, 비만으로 인한 질병 등에 관심이 많았기에 배우는 모든 것이 실생활로 다가왔다. 학기가 끝나갈 무렵에는 내가 배운 지방 대사 메커니즘을 바탕으로 비만을 근본적으로 해결할 수 있는 획기적인 방법을 찾고 싶다는 꿈도 품었다.

유기화학, 공중보건학, 영양학, 그리고 의학. 가만히 생각해 보면 내가 사랑하는 과목들은 모두 어느 한 영역으로 제한할 수 없는 모든 과학의 교집합 부분에 있었다. 생물학적 지식과 화학적 지식, 그리고 물리와 수학적 지식까지 총동원된 교집합이 내가 가장 학문적 회열을 느끼는 분야였다.

유기화학에서 공중보건학, 그리고 영양학에 이르는 학문적 다양성의 양적 팽창을 경험하면서도, 의사가 되고 싶다는 나의 소망에는 변함이 없었다. 다만 한 분야의 기술적인 기능인으로서의 의사가 아닌, 학문의 모든 경계를 넘나들면서 화학자, 공중보건학자, 영양학자 그리고 의사로서 창조적으로 꿈을 펼쳐가고 싶다는 새로운 소망이 보석처럼 반짝이고 있었다.

하버드에서 한 해 한 해가 지날수록, 나는 거울을 들여다보며 예전엔 내게 없었던 다른 아름다움을 찾아냈다. 잡티 하나 없이 빛나는 피부, 화장으로 만들어진 진한 눈매나 오뚝한 코, 촉촉하고 탐스러운 입술은 거기에 없었다. 미스코리아 금나나는 이제 화려한 아름다움보다는 다른 종류의 아름다움을 원하고 있었다. 배움을 기뻐하는 자의 아름다움, 지식을 갈망하는 자의 반짝이는 오라(aura)를 원했다. 비록 칙칙한 피부에 주름진 눈가, 윤기 하나 없는 푸석푸석한 머리카락을 하고 있어도, 거울 속의 내 모습이 나는 예전의 내 모습보다 훨씬 마음에 들었다.

두 번째 여름방학의

외도와 되돌아오는 길   3개월 반이라는 긴 여름방학이 되면 하버드 학생들은 색다른 경험을 찾아 세계 각지로 흩어진다. 경제나 경영을 전공하는 아이들은 홍콩이나 싱가포르로 날아가 세계적인 금융회사의 인턴이 되는 것을 가장 영광스러운 경험으로 생각한다. 순수과학이나 공학을 전공하는 아이들은 랩에서 일하거나 교수들의 연구 팀에 참여하는 등, 대학원 지원 시 필요한 이력을 만드느라 분주하다. 이밖에도 유엔 산하기구나 해비타트(Habitat, 미국에서 창설된 국제적인 민간 기독교 운동단체)와 같은 단체에 소속되어 아프리카나 동남아시아의 저개발 국가로 날아가 자원봉사를 하는 아이들도 있다.

한국 학생들은 어떨까? 물론 외국에서 색다른 경험을 하기도 하지만 대부분 한국으로 돌아가 인턴을 하거나 연구실에서 일하거나 봉사활동을 한다. 미국이란 타지에서 1년간의 긴 전쟁을 치르고 나면, 또 다른 전쟁을 위해 재충전할 수 있는 곳은 바로 부모님이 계시는 한국이기 때문이다.

나 역시 그랬다. 1년 내내 학교생활을 버틸 수 있었던 유일한 희망 중 하나가 여름이면 한국으로 간다는 기대감이었다. 하지만 막상 한국에 오고 나면 여름방학이 되었다고 마음껏 놀 수도 없었다. 무언가를 찾아 해야만 한다는 강박관념이 늘 따라다녔다. 1학년을 끝낸 후의 첫 여름방학에는 대구의 손 선생님 집에 머무르며 영어 공부도 하고 2학년 때 들을 악명 높은 유기화학을 미리 공부했다. 주말에는 부석사에 가서 공양주를 하며 시간을 보냈다.

2학년을 끝낸 후의 두 번째 여름방학, 나는 지금이야말로 MCAT 공부를 시작할 때라고 생각하고 있었다. 발 빠른 프리메드 아이들은 벌써부터 MCAT을 다 치르고 심지어 입학원서의 에세이까지 구상하고 있었다. 의과대학원은 특히 지원을 빨리 할수록 유리하다. 그래서 보통 3학년을 끝낸 여름방학이면 거의 모든 아이들이 원서접수를 끝낸다. 나로서는 발등에 불이 떨어진 상황이었다.

그 때 손 선생님이 색다른 제안을 하셨다. 한 번쯤 전혀 다른 길을 경험해 보아야 한다며 금융회사에서 인턴십을 해보자고 하신 것이다. 선생님의 논리는 이랬다. 기초과학을 공부하러 미국에 온 많은 국제학생들이 1~2년 내에 경제학으로 진로를 수정한다. 그 이유는 과학의 길 자체가 험난하고 많은 인내심을 요구하는 길이어서기도 하지만, 경제경영학이 그만큼 과학도가 도전해 볼 만한 매력적인 분야이기도 하기 때문이다. 특히 금융 분야는 수학적 논리력과 분석력을 필요로 한다. 선생님은 나중에 의대를 지원하더라도 결코 후회하지 않을 경험이 될 거라며 한번 도전해 보자고 하셨다.

이건 나에게 외도와도 같은 일이었다. 나는 MCAT 공부와 인턴십 중에 뭘 해야 할지 갈피를 잡을 수 없었다. 당장 급한 것은 MCAT이지만 인턴십은 지금 안 하면 다시는 기회가 없다는 점에서 놓치고 싶지 않았다. 이제 3학년이 되면 오로지 의대 진학만을 목표로 뛰어야 한다. 어차피 늦은 김에 MCAT을 미뤄두고 잠시 나의 또 다른 가능성에 도전해 보는 것은 어떨까.

이렇게 해서 손 선생님과 나는 금융 인턴십을 해볼 곳을 물색하기 시작했다. 보통 여름방학 때 인턴십을 하기 위해서는 겨울방학 때부터 지원서를 넣고 인터뷰를 해야 한다. 그런데 나의 경우 여름방학이 시작돼서야 인턴십을 찾기 시작했으니 쉽지는 않았다. 다행히도 하버드의 대선배님 중 한 분이 홍콩에서 금융회사를 직접 운영하고 계시기에 운 좋게 인턴십을 얻을 수 있었다.

홍콩에 가기 전까지 나는 인턴십을 위해 필요한 지식들을 공부하고 회사에서 준 선행과제를 수행하면서 한 달여를 보냈다. 출발 전날이 되어, 나는 한 달 분의 짐을 싸기 시작했다. 워낙 이곳저곳 떠도는 보따리 인생이라서 작은 여행용 짐가방 하나면 충분했다. 그런데 어느 순간부터인지 엄마가 나를 따라가야겠다며 짐을 싸고 계신 것이었다.

"너 혼자는 못 보낸다. 한 달이나 있을 텐데 눈으로 어떤 곳인지 직접 보지 않으면 마음이 안 놓여."

"엄마, 미국에서도 혼자 잘 살았는데 새삼 왜 그러세요?"

"미국에서는 학교 안에 있었으니까 마음이 놓였지. 낯선 도시에 혼자 보내는 건 안심이 안 돼."

이렇게 해서 모녀가 함께 홍콩행 비행기에 올랐다. 그 때 동생 종학이가 고3이라 한창 수능시험을 준비하며 공부 중이어서 아빠는 동생을 뒷바라지하기 위해 영주에 남으셨다.

나를 인턴으로 받아준 회사는 홍콩 금융가로 유명한 퀸즈 거리에 있었다. 센트럴역에서 좌우로 500여 미터 뻗은 퀸즈 거리는 하늘이 보이지 않을 정도로 높은 마천루로 가득 차 있었다. HSBC, J.P.모건 등 경제에 문외한인 나에게도 귀에 익은 간판들이 보이고 국제통화기금(IMF), 국제결제은행(BIS) 등 국제 금융기구들도 한 자리에 모여 있었다. 여기가 바로 말로만 듣던 아시아의 금융 허브구나. 전 세계 자본이 들어와서 아시아에 투자되고 하루에도 수많은 기업이 인수되고 합병되는 곳.

나는 준비해 온 흰 블라우스에 검은색 정장을 차려입고 첫 출근을 했다. 정말 몇 년 만에 스타킹과 구두를 신고, 머리를 깨끗하게 뒤로 넘겨 묶었다. 거울을 보니 제법 금융회사 인턴 느낌이 났다. 나는 속으로 중얼거렸다.

'그래, 모르는 거야. 지금은 어색해도 내가 이 일을 좋아하게 될 수도 있어. 일단 하기로 한 이상 어정쩡하게 하지는 말자. 온몸으로 풍덩 다이빙하는 거야!'

그건 말 그대로 태어나서 처음으로 해보는 직장생활이었다. 공부 머리와 직장에서 일하는 머리는 전혀 다르다는 말을 어른들에게 많이 들었다. 오히려 공부를 잘하는 사람들이 사회적인 개념이나 스킬이 부족해 직장에서 무능력한 직원이 될 가능성이 높다는 것이다. 정신 바짝 차리자. 지금 들어가는 곳은 강의실이 아니라 사무실이야, 나나. 눈치 코치 다 세우고 센스 있게 행동하자!

첫날부터 나에게 주어진 업무는 수백 개의 기업 리스트를 놓고 여러 데이터를 종합하여 재무구조를 분석하는 것이었다. 과연 금융회사는 모든 것이 초스피드였다. CEO인 하버드 선배님께 인사를 드리고 소속된 팀원들과 간단하게 통성명을 하고는 곧바로 실무에 돌입했다. 지금껏 배운 수학적 지식이 총동원되는 업무로, 계산을 통해 재무구조가 가장 좋은 베스트 기업을 골라내어 투자를 결정하는 것이 이 프로젝트의 목표였다.

컴퓨터 상의 수치 하나, 단위 하나에 따라 기업의 가치가 달라지고 운명이 달라진다. 금융이라는 것이 이렇게 냉정하구나. 이 숫자들만으로는 CEO의 열정이나 의지, 그 기업이 갖고 있는 철학 같은 것은 알 수가 없다. 하지만 투자의 세계에서 그런 것은 중요하지 않은 듯했다. 어떤 기업에 투자해야 가장 많은 수익을 창출할 수 있는가. 그건 가슴이 아니라 머리로 판단해야 하는 문제였다.

그래도 뿌듯하게 첫날의 일을 마치고 밤이 늦은 시간 호텔로 돌아왔더니, 기다리다 지친 엄마가 잔뜩 걱정스러운 얼굴을 하고 계셨다.

"나나야, 퇴근이 매일 이렇게 늦으면 어떡하니? 길눈도 어두운데 혼자 다닐 수 있겠니?"

나는 엄마의 말에 "문제없어요! 회사에서 호텔 앞까지 데려다주는 걸요. 엄마는 여행 좀 하시다가 먼저 한국으로 돌아가세요" 하고 명랑하게 대답했다.

하지만 다음 날도 역시 똑같은 업무를 마치고 밤이 늦어 호텔로 돌아오니 이번에는 엄마가 심각한 표정을 짓고 있는 것이었다.

"나나야, 아무리 생각해도 이건 아니다. 너 혼자 두고 떠나려니까 발이 안 떨어진다. 이렇게 낯선 곳에서 매일 여자 혼자 어두운 시간에 퇴근하고, 이건 말이 안 돼."

"회사에서 차로 데려다주는데 뭐가 걱정이에요? 일도 재미있고 회사 분들도 친절하고, 나는 좋기만 한데 엄마는 무슨 걱정이 그렇게 많으세요?"

엄마는 계속 안 된다며 여러 가지 이유를 조목조목 대셨다. 호텔 생활을 해야 한다, 밤늦게 다녀야 한다, 안전을 보장할 수가 없다 등등.

"엄마, 이제 겨우 이틀 일했을 뿐이에요. 이틀밖에 일하지 않았는데 어렵게 얻은 인턴십을 지금 와서 어떻게 그만둘 수 있어요? 하버드 선배님이 주신 기회인데 그렇게 무책임해서는 안 되잖아요."

하지만 엄마는 물러서지 않았다.

"그래, 그분한테는 정말 미안하구나. 하지만 널 여기 두고 가려니 엄마 마음이 편치가 않아. 꼭 무슨 일이 일어날 것만 같아."

그 날 밤, 나는 엄마의 온갖 걱정의 말씀을 들으며 베개로 귀를 틀어 막고 잠을 청했다. 사실은 나도 불안했다. 낯선 도시도 불안했지만 그 보다는 낯선 영역에 발을 디딘 불안함이 더 컸다. 내가 여기 왜 와 있는 걸까? 나는 대체 여기서 뭘 얻으려는 걸까? 하지만 그건 후회라기 보다는 뭔가 새로운 걸 시작하는 사람이 갖게 되는 당연한 위축감이었다. 이런 나에게 잘 할 수 있을 거라고 위로의 말을 해주시는 게 더 엄마답지 않을까? 사막에 떨어뜨려도 살아 돌아올 아이라며 나를 전폭적으로 믿어주고 초원에서 양떼를 키우듯이 방목해 주던 엄마는 도대체 어디로 간 걸까?

나는 다음 날 아침에도 절대로 보낼 수 없다는 엄마와 한바탕 승강이를 벌여야 했다. 잔소리를 들은 척 만 척 구두를 신고 호텔을 나서는 나에게 뒤에서 엄마가 소리쳤다.

"네 전공은 과학이고 네 꿈은 의사잖아. 굳이 너의 안전을 위험에 빠뜨리면서까지 전혀 다른 분야를 경험할 필요가 있는 걸까? 나나야, 제발 그냥 한국으로 돌아가자."

그런데 그게 끝이 아니었다. 오후 서너 시가 되어갈 무렵, 엄마가 쓱 사무실에 나타나신 것이다.

"나나야, 짐 챙겨서 어서 나가자."

나는 너무 놀라 아무 말도 할 수 없었다.

"제발 그냥 가자, 나나야."

엄마는 눈물까지 글썽이셨다. 나는 온몸에 맥이 풀렸다. 많은 사람들 앞에서 엄마와 싸우고 싶지 않았다. 엄마가 이렇게 내 인생에 강하게 개입한 것은 태어나서 처음이었다. 내 손목을 잡은 엄마의 손이 유난히 억세고 단호했다.

나는 그렇게 엄마에게 이끌려 어렵게 얻은 금융회사의 인턴십을 사흘 만에 그만둘 수밖에 없었다. 아무것도 모르는 나를 받아주고 짧은 시간이었지만 친절하게 가르쳐주셨던 회사 분들에게 고개를 들 수 없을 만큼 죄송했다. 홍콩을 떠나던 날 아침, 공항으로 가는 길에 회사에 들러 한 분 한 분에게 사죄의 말씀을 드렸다.

한국으로 돌아오는 비행기 안에서 나는 엄마의 솔직한 마음을 구구절절 들을 수 있었다. 엄마는 미안하다는 말을 수백 번도 넘게 반복하면서도 그럴 수밖에 없었던 이유를 열심히 설명해 주셨다.

"나에게 중요한 건 첫째도 너의 안전, 둘째도 너의 안전, 셋째도 너의 안전뿐이야. 그 무엇도 네 안전과는 바꿀 수 없어."

하지만 시간이 지나면서 나는 엄마가 그렇게까지 하신 데에는 내 어린 나이로는 이해할 수 없는 더 큰 이유가 있을 거라는 생각이 들기 시작했다. 그 때 엄마가 내 손목을 잡아끌고 나오면서 했던 이야기들……. "여긴 네가 있을 곳이 아니야. 여기 있는 너는 내 딸 같지가 않아" 하신 말씀이 귓가에 맴돌았다. 엄마는 나를 잘 알고 있었다. 어차피 나는 과학으로 돌아올 것이라는 걸.

초반에 이런 우여곡절을 겪은 탓에, 그 해의 여름방학을 나는 허무하게 날려버렸다. 일찌감치 하버드로 돌아와 MCAT 교재를 붙들었지만, 머리에 피리처럼 구멍이라도 뚫린 듯 모든 것이 새어나갔다.

하지만 그처럼 멍하게 하루하루를 보내면서도, 한편으로는 가슴속에서 하나의 확신이 떼굴떼굴 몸을 굴리며 커져가고 있었다. 그 확신은 마치 쇠똥구리가 굴리는 경단처럼 처음에는 먼지 한 톨에 불과했지만 마침내 내 몸집보다 더 커졌다. 그것은 내가 가야 할 길은 과학의 길이고 의사의 길이라는 것. 그것이야말로 가장 나나다운 길이라는 것!

개학할 무렵이 되자 내 머릿속은 그 어느 때보다도 명쾌해졌다. 나는 엄마에게 전화를 걸었다. 엄마를 사랑한다고. 엄마가 나를 사랑해 주는 것만큼은 못하겠지만 나도 말할 수 없을 만큼 엄마를 사랑한다고. 수화기 너머로 미소 짓는 엄마의 모습을 느낄 수 있었다.

진실을 외면하려 할 때

준비되지 않은 시험,
폭풍과 지진의 MCAT 2007년 6월, 또다시 여름방학이 시작되었다. 지난 1년 역시 내가 한 일이라고는 성적에 매달려 아등바등 살아간 것밖에 없었다. 책상 한 귀퉁이에 MCAT 교재를 쌓아 놓고 하루에 한 페이지라도 보자고 다짐했건만, 날마다 떨어지는 과제와 페이퍼와 시험을 감당하는 것만도 나에겐 벅찬 일이었다.

어쨌든 3학년 내내 A와 A⁻로 성적표를 가득 채울 수 있었던 건 인정해줄 만한 결실이었다. 하지만 4월이 가고 5월이 가고 마침내 6월이 왔을 때, 나는 보이지 않는 손에 목이 졸리는 듯 중압감에 시달리고 있었다.

그 무렵 대부분의 프리메드 학생들은 모든 의대에 공통으로 제출되는 1차 공통 입학원서를 신나게 쓰고 있었다. 그런데 내가 하는 일은 뭔가? 이제 겨우 MCAT 시험을 치르겠다며 교재의 첫 페이지를 넘기고 있었다.

불안과 초조에 휩싸여, 나는 대구 손 선생님 집에 머물면서 MCAT 공부에 돌입했다. 책상 앞에 앉아 있으면 시계 초침이 째깍째깍 돌아가는 소리에 심장이 쿵쿵 뛰었다. 방학을 맞아 미국에서 공부하는 선생님의 쾌활한 딸 민희가 돌아왔지만 사모님은 수험생이 있다며 말도 크게 못하게 하셨다. 나의 초조함이 옮겨 붙어 사모님과 민희까지도 하루 종일 안절부절못했다.

그 때 내 모습을 지켜보는 사람의 마음이 살얼음판이었다면, 내 마음은 바짝 타들어가는 숯이었다. 마음이 약해지니 모든 것이 후회스러웠다. 왜 좀더 일찍 MCAT 공부를 시작하지 않았던 걸까? 잠을 30분이라도 더 줄여서 미리 공부하고 시험을 봐두었어야 했던 것 아닐까? 왜 나는 기숙사에서 열리는 프리메드 모임에도 나가지 않았던 걸까?

다른 프리메드 학생들은 2학년 때부터 하버드 의대생인 기숙사 튜터가 주관하는 프리메드 모임에 나가서 정보를 교환하고 지원 일정을 잡는 등 차근차근 절차를 밟아나갔다. 그런데 나는 요리조리 핑계를 대면서 모임에 나가지 않았다.

'꼭 가야 할 필요는 없잖아? 거기 참석한다고 뭐 뾰족한 수가 있겠어? 인터넷에도 정보는 충분해.'

하지만 내가 모임에 나가지 않았던 진짜 이유는 다른 프리메드들과 나 자신을 비교하고 싶지 않아서였다. 나와는 전혀 다른 차원에서 여유만만하게 의대 진학을 준비하는 그들과 같은 자리에 있고 싶지 않아서였다. 그건…… 너무 비참하니까.

나는 진실을 외면하려 했던 것이다. 내가 처한 현실을 보지 않으려한 것이다. 한편으로는 오만했던 것이다. 나는 행운아니까. 나는 경험삼아 도전했던 미스코리아 선발대회에서도 뜻하지 않게 진이 되었고, 하버드에도 철썩 붙었으니까. 조금 늦으면 어때. 나는 나만의 방식으로 합격할 거야. 보여줄 거야……

하지만 이렇게 궁지에 몰려 위태로운 마음으로 MCAT 공부를 하면서, 나는 내가 철저히 틀렸다는 걸 인정할 수밖에 없었다. 나만의 방식으로 합격한다? 세상에 그런 일은 있을 수 없었다. 적어도 입시에 관한 한, 수많은 사람들이 겪고 또 겪어 그 경험을 통해 갈고닦아 놓은길이 가장 현명한 길이고 가장 안전한 길이다. 나는 그 사실을 알면서도 무시한 것이다. 왜? 내가 갈 수 없는 내 능력 밖의 길이기 때문에……

8월이 오고, 나는 MCAT 시험을 치르기 위해 일본으로 날아갔다. MCAT은 내 나라 내 조국에서 치를 수도 없는 머나먼 시험이었다.

코딱지만 한 호텔 방에 들어가 실전문제집을 붙잡고 있는데 눈물만주룩주룩 흘렀다. 흐느낌이 강물이 되고 바다가 되어 나는 소리 내어엉엉 울고 있었다. 방안 가득 손 선생님이 주신 찬송가 테이프를 틀어놓고, 오른손에는 염주를 왼손에는 사모님이 주신 부적을 쥐고, 부처님과 하나님 그리고 산신령님을 부르며 울부짖었다. 뭐든 붙잡지 않으면 미쳐버릴 것만 같았다.

그 날 밤, 침대 위에서 자고 있는데 방이 우르르르 소리를 내며 요란하게 흔들렸다. 지진이었다. 도대체 저 지진의 의미는 무엇이란 말인가? 불운을 예고하는 신호인가? 어차피 안 될 거라는 암시인가? 나는 태아처럼 웅크리고 또다시 울기 시작했다. 내일 장장 여섯 시간이나 걸리는 MCAT 시험을 치러야 하는데 우느라 잠 한숨 자지 못했다.

그렇게 눈이 퉁퉁 부어서 다음 날 아침 시험장으로 갔다. 일본 대학에서 공부하는 미국 아이들, 미국 의대를 가려는 일본 아이들이 나와 같은 시험을 치르기 위해 꾸역꾸역 모여들었다.

시험 시작 30분을 앞두고 미세하지만 또다시 흔들림이 느껴졌다. 여진이었다. 그래, 저 지진은 나의 불안함이야. 내가 나를 믿지 못하는 의심과 공포야……. 시간은 흐르고 한 과목이 끝나고 또 한 과목이 끝났다. 나는 무슨 시험이 이어지는지, 시간이 얼마나 주어지는지, 아무 생각도 없이 머리가 하앴다. 어렵게 공부했던 일반화학과 유기화학도, 물리와 생물도, 영어와 에세이도 뭘 어떻게 풀어야 하는지 알 수가 없었다. 그저 영원일 것만 같은 그 여섯 시간이 빨리 흐르기만을 바랐을 뿐이다.

대구로 돌아왔을 때 나는 전쟁에서 패배한 패잔병 같은 심정이었다. 손 선생님과 사모님, 그리고 민희가 모두 하나가 되어 나를 위해 기도했다는 말을 듣고 눈물이 하염없이 흘렀다. 이렇게 나에게 더 많은 것을 기대하는데, 내가 더 많은 것을 할 수 있다고 믿어주는데, 나는 왜 그것을 보여줄 수 없는 걸까?

첫 시험에서 만족스러운 성적을 내지 못한 나는 3주 후 다시 한 번 더 MCAT 시험을 치르기 위해 또다시 도쿄행 비행기를 탔다. 출발하면서부터 대기 상태가 불안하더니 제주도 상공에서 비행기가 난류에 휩싸여 요동을 쳤다. 이대로 추락하는 것이 아닐까? 불안 불안하게 나리타공항에 도착했다. 공항 청사를 나서자 퍼붓는 비와 함께 아름드리나무를 뿌리째 뽑아갈 듯한 무시무시한 바람이 내 몸을 덮쳤다. 하늘에서 레이저 쇼라도 열린 듯 수십 번의 번개가 치고 또 수십 번의 벼락이 이어졌다. 정말 요란한 환영인사가 아닌가. 지난번에는 지진이더니, 이번에는 폭풍이야? 눈물이 아니라 헛웃음이 나왔다.

두 번의 MCAT 시험을 다 치르고 나자 개학이 열흘밖에 남지 않았다. 한국에 와 있으면서 부모님과 동생의 얼굴도 보지 못한 여름이었다. 나는 또다시 짐을 쌌다. 얼마나 끔찍한 4학년 1학기가 기다리고 있을까? 나는 과연 살아남을 수 있을까?

에세이, 에세이, 에세이

**72개의 에세이,
긴 겨울의 시작**　　　　　"나나, 이렇게는 안 돼. 차라리 그냥 1년을 기
　　　　　　　　　　　다리렴. 좀더 꼼꼼하게 준비해서 내년 6월에
지원하는 게 좋겠어."

　기숙사 튜터가 걱정스러운 얼굴로 말했다. 하지만 나는 계속 고집을
피웠다.

　"그럴 순 없어요. 1년을 그렇게 허무하게 보낼 수는 없어요. 이왕 이
렇게 된 것 그냥 해보겠어요."

　"너는 지원 시기도 너무 늦었고 게다가 국제학생이야. 이대로는 합
격이 힘들어."

　"그래도 해볼래요."

　튜터는 깊은 한숨을 쉬었다.

"나나, 내 얘기 잘 들어. 어쩌면 산골짜기에 있는 의대만이 너를 불러줄지도 몰라. 그런 의대라도 갈 거야?"

나는 침을 꼴깍 삼켰다. 그리고 튜터의 눈을 피하며 대답했다.

"어느 의대라도 좋아요. 불러만 주면 가겠어요."

하지만 그건 진심이 아니었다. 나는 큰 목표를 원했다. 여기까지 어떻게 왔는데……. 나를 위해 준비된 것이 그것밖에 안 될 리가 없어. 그럴 리가 없어…….

새 학기가 시작되고, 나는 다른 프리메드 아이들보다 3개월이 뒤진 시점에서 1차 공통 지원서를 준비하고 있었다. 나는 아직도 갖은 이유를 대며 나의 상황을 정당화시키고 있었다. 누가 뭐래도 나는 GPA가 좋아. 전공만 따지면 거의 만점에 가까운 평점이잖아? 기숙사 튜터의 얘기에 흔들리지 말자. 오히려 진학 상담 튜터는 내 평점이 아주 좋고 이력도 독특하니까 희망적이라고 말해주었어. 스탠포드가 나랑 제일 잘 맞을 거라며 "Take it easy!"(여유를 가져!) 하며 웃었잖아?

하지만 GPA를 빼고 나의 의대 진학은 매 단계마다 삐걱거리고 있었다. 학기가 시작되자마자 나는 10여 명의 교수님들에게 추천서를 부탁했다. 물론 이 추천서는 내가 직접 볼 수는 없고 기숙사의 학생 파일을 담당하는 분이 모아서 보관하고 있었다. 내가 지원 학교의 리스트를 드리면 그분이 학교 이름 하에 모아둔 추천서를 각 학교로 보내게 되어 있었다.

그런데 어느 날 그분에게서 연락이 왔다. 의대에 지원할 때는 추천서 원본뿐만 아니라 기숙사 의대 튜터가 요약한 요약본까지 첨부해야 한다는 것이었다. 나는 그제야 튜터에게 달려가 요약을 부탁했지만,

나는 바보였다. 나는 멍청하고 미련하기 짝이 없었다.
도대체 무슨 생각으로 학기 중에 26곳이나 되는 의대에 지원을 한 것일까?
머리가 어떻게 된 것이 아닐까?

• 화학 강의실에서 공부하다가 잠깐 잠든 모습

튜터는 너무 늦었다며 요약을 거절했다. 방학 때 가져왔어야지 이제 와서 학기 중에 해 달라고 하면 어쩌느냐는 것이었다. 추천서 요약에 시간이 많이 걸릴뿐더러, 지금은 내년에 의대에 지원할 학생들의 추천서 업무를 보고 있다는 얘기였다.

나는 매달렸다. 무작정 "플리즈, 플리즈……" 반복하며 애원을 했다. 결국 마음이 약해진 튜터가 요약을 해주긴 했지만, 그동안 의대 진학 미팅에 나가지 않아 이런 사태를 초래한 나 자신이 그렇게 어리석게 느껴질 수가 없었다.

이미 학기는 시작되었고 하버드의 어려운 강의는 나에게 어떤 자비도 베풀지 않았다. 교수님들은 여전히 수십 권의 참고도서 목록과 수백 페이지의 숙제를 내밀었고 강의 시작마다 돌발 퀴즈 질문을 던지며 학생들의 실력을 수시로 체크했다. 스터디 그룹은 여전히 팽팽한 긴장감을 유지하며 돌아가고 있었고, 아이들은 서로 안 그런 척하면서 냉혹한 경쟁을 계속하고 있었다.

나는 이 모든 소리 없는 신경전과 자기와의 싸움에 넌덜머리가 나면서도, 그래도 포기할 수 없는 그 알량한 학점 때문에 악으로 깡으로 버티며 공부했다. 10월 초순, 나는 무려 26개의 의과대학원에 1차 공통지원서를 냈다. 손 선생님이 최근 5~10년간 국제학생을 한두 명이라도 받아준 이력이 있는 의과대학원의 리스트를 뽑아주셨고, 나는 주사위를 여러 번 던지는 심정으로 그 모든 대학에 원서를 냈다. 그래, 이제 됐어. 이제 한 시름 놓았어. 이제 기다리기만 하면 돼.

하지만 나는 바보였다. 나는 멍청하고 미련하기 짝이 없었다. 도대체 무슨 생각으로 학기 중에 26곳이나 되는 의대에 지원을 한 것일까?

머리가 어떻게 된 것이 아닐까? 10월 중순부터 한 곳 한 곳 메일이 날 아오기 시작했다. 그것은 나의 지원서를 잘 받았다는 내용과 2차 지원서에 필요한 에세이를 제출하라는 내용이었다. 거기에는 다분히 철학적이고 심오한, 골치 아픈 주제가 두세 개씩 제시되어 있었다.

'금나나 학생, 당신은 왜 그 수많은 메디컬 스쿨 중에서 우리 학교를 지원했습니까? 400단어로 써주세요.'

'금나나 학생, 인생에서 당신이 겪은 최악의 경험은 무엇이며 그것을 어떻게 극복했습니까? 1,000단어로 써주세요.'

'금나나 학생, 학업을 제외하고 당신이 가장 내세울 만한 자신의 세 가지 특징은 무엇이고 그것이 당신이 의사가 되는 데에 어떤 역할을 할 수 있다고 생각합니까? 1,000단어로 써주세요.'

메일이 한 통씩 날아올 때마다 나는 숨이 턱턱 막혔다. 나는 의사가 되고 싶다. 정말로 의사가 되고 싶다. 그래서 지원을 한 것이다. 그거면 됐지 뭘 더 알고 싶은가. 왜 너희 학교를 지원했냐고? 그건 너희가 미국 의대인데다가 그나마 국제학생을 받아주는 학교이기 때문이야. 그 외에 뭐 더 그럴 듯한 이유가 있어야 하는 거야?

나는 매일 밤 써도 써도 꾸역꾸역 날아오는 에세이를 쓰느라 사력을 다해야 했다. 에세이의 주제는 학교마다 다 달랐고, 설사 같은 주제라 해도 다른 답을 써야 했다. '왜 우리 학교에 오려고 하는가?'라는 똑같은 질문이라도 하버드에 가려는 이유와 스탠포드에 가려는 이유는 엄연히 달라야 했다. 학교마다 특색이 있고, 잘하는 분야가 있고, 다른 학교와 차별되는 문화가 존재하기 때문이었다. 그걸 정확히 이해하고 진심을 담아 에세이를 써야 입학사정관의 마음을 움직일 수 있었다.

26개 대학에서 요구한 에세이는 한 학교당 두세 개씩 총 72개였다. 하루에 한 개를 써도 72일이 걸리는 에세이를 나는 한 달 남짓 되는 시간 안에 모두 완성해야 했다. 세상에서 가장 두려운 일이 에세이를 쓰는 일인데……. 내가 하버드에 와서 가장 많은 도전을 받고 나 자신에 대해 가장 큰 회의를 가지게 했던 것이 에세이인데……. 지금 나는 72개의 에세이에 둘러싸여 기숙사 방에 홀로 감금되어 있었다. 종이 위에 쓰인 질문을 곱씹어 읽고 있노라면 글자들이 꼬물꼬물 움직이는 징그러운 벌레처럼 느껴졌다. 그것들이 손가락을 타고 얼굴로 올라와 목을 조이고, 눈을 파먹고, 얼굴 위의 모든 구멍으로 기어들어가 뇌세포를 하나씩 터뜨리며 갉아먹는 소리가 들렸다.

징글징글한 괴물들……. 잔인하고 냉정하고 가차 없는 괴물들……. 나는 그들의 협박을 받으며 하루 24시간 글만 써야 했다. 쓰다 쓰다 까무러쳐 잠이 들면 괴물들이 킥킥 웃는 소리, 깔깔 비웃는 소리에 소스라치게 놀라 깨어났다. 나나, 정신 차려! 여기서 지면 안 돼. 일어나! 일어나서 다시 글을 써!

보스턴의 춥고 음울한 긴 겨울이 돌아왔다. 캠퍼스 가득 눈이 쌓이고 하늘은 온통 음산한 잿빛 구름으로 뒤덮여 있었다. 학생들은 저마다 도서관이나 기숙사 방에 처박혀 두문불출이었다. 간혹 두꺼운 코트와 머플러로 온몸을 휘감은 아이들이 창백한 얼굴로 캠퍼스를 걷는 모습이 보였다. 우리는 하버드라는 거대한 성에 갇혀버린 좀비들이 아닐까? 공부에 몸과 마음과 영혼까지 팔아버린 좀비들…….

나는 지금 영원히 끝나지 않는 악몽을 꾸고 있는 게 아닐까? 이곳에서 빠져나가고 싶다. 영주로 날아가고 싶다. 엄마 품에 안겨 엉엉 울고 싶다. 아빠에게 하소연하고 응석을 부리던 작은 소녀 나나로 돌아가고 싶다. 부석사의 햇살 많은 따뜻한 겨울, 언제나 듬직한 무량수전의 배흘림기둥, 이른 새벽 절 전체를 고요하게 감싸던 은은한 타종소리, 내 고향의 냄새…….

그 해 겨울은 폭식증조차도 내 스트레스를 해결해 주지 못했다. 나는 자라처럼 온몸을 오그라뜨리며 나의 두꺼운 껍질 속으로 기어들어 갔다. 아무도 만나고 싶지 않았고 말도 하고 싶지 않았다. 그냥 이대로 사라져버렸으면. 나로부터 벗어났으면. 내가 나인 걸 잊어버렸으면…….

마지막 의지와 용기,
시간을 버티는 것

룸메이트인 엘리슨이 병원에 다녀왔다. 핏기 없는 노란 얼굴이 금방이라도 쓰러질 것만 같았다.

"엘리슨, 괜찮니? 의사가 뭐래?"

"……"

"엘리슨……."

그녀는 아무 말 없이 내게 작은 약병을 내밀었다. 치미는 울음을 참느라 얼굴은 일그러지고 가슴은 심하게 들썩거렸다.

"하루에 세 알씩 먹으래. 밤에는 수면제도."

나는 약병을 보았다. 프로잭(Prozac). 미국의 우울증 환자들이 가장 많이 먹는다는 항우울제 약이었다. 내가 그 약의 의미를 깨닫고 놀라는 순간, 엘리슨은 그대로 얼굴을 감싸며 울음을 터뜨렸다. 안 돼, 엘리슨. 내 앞에선 제발 울지 마. 네가 울면 나도 버티기 힘들어. 나도 같이 울어버릴지 몰라……

내가 72개의 에세이를 쓰느라 만신창이가 되어가고 있을 때, 엘리슨은 엘리슨대로 생애 최악의 겨울을 맞이하고 있었다. 그녀는 지금까지 일곱 개 금융회사에 면접을 보았지만 모두 떨어졌다. 부모님은 부모님대로 더 이상 경제적 지원을 해줄 수 없으니 빨리 직장을 잡으라고 그녀를 압박하고 있었다. 취직을 못 할 경우 엘리슨은 그대로 고향으로 돌아가 매일 부모님의 잔소리를 들으며 살아야 할지도 몰랐다. 궁지에 몰린 고양이처럼 엘리슨은 하루 종일 안절부절 손톱을 물어뜯거나 전화로 부모님과 대판 다투거나 혹은 방에 처박혀 울기만 했다.

엘리슨의 병명이 불안장애(anxiety disorder)라면 나도 같은 병을 앓고 있을 것이 분명했다. 72개의 에세이는 그런대로 차곡차곡 쌓여가고 이제 마무리될 날이 눈앞에 있었지만, 나는 터널 끝의 빛을 향해 나아가기보다는 끝을 알 수 없는 수렁 속으로 빠져들고 있었다. 빠져나오려고 아무리 발버둥을 쳐도 검은 수렁이 날름날름 혓바닥을 내밀며 내 몸을 서서히 빨아들이는 기분이었다. 새벽녘 옆방에서 새어나오는 엘리슨의 울음소리를 듣고 있노라면 이러다가 나도 미쳐버릴 수 있겠다는 생각에 정신이 번쩍 들었다. 안 돼. 이대로 나를 잃을 수는 없어. 나를 지켜야 해! 나는 후다닥 운동복을 갈아입고 MP3 플레이어를 챙겨서 지하 체육관으로 내려갔다. 고즈넉하게 불이 켜진 새벽 2~3시 경의 체육관에는 아무도 없었다. 나는 MP3 플레이어의 볼륨을 최대치로 높이고 러닝머신 위로 올라가 뛰기 시작했다. 눈물이 줄줄 흐르는 대

나는 견디기로 했다.
내가 열일곱 살에 원형탈모증을 겪어야 했던 시간처럼,
원했던 대학에 떨어져 울고불고했던 시간처럼,
나에게는 아무리 힘들어도 그 감정들을 생생히 맛보고
고통의 중심에서 허우적거려야 할 의무가 있었다.

로 그냥 내버려두었다. 빗물처럼 쏟아지든 강물처럼 흘러내리든 그냥 두었다. 그렇게 한 시간 가까이 정신없이 뛰다보면 눈물이 마르고 대신에 땀이 흐르는 시점이 찾아왔다. 그렇게 나는 러닝머신을 달리면서 미치지 않고 하루하루를 버텼다.

엘리슨의 증상은 프로잭을 먹은 이후로 서서히 호전되어 갔다. 매일 밤 펑펑 울던 엘리슨이 말짱해진 얼굴로 페이퍼를 쓰고 있는 모습을 보고 있자니 이 모든 것이 게임 같고 거짓말 같았다. 나도 엘리슨처럼 프로잭을 먹어야 하는 걸까? 그걸 먹으면 기분이 좋아질까? 다시 나 자신이 좋아지고 세상 모든 것이 사랑스럽다는 기분을 느낄 수 있을까? 과연 약으로 얻게 되는 그런 가짜 기분은 진짜 기분과 똑같을까? 인간의 감정이라는 것은 결국은 약간의 호르몬과 약간의 신경전달물 질들의 조합에 의한 뇌 속의 화학작용일 뿐이다. 엔도르핀과 사이토카 인을 조합하면 행복이란 감정이 만들어지고, 도파민과 다이돌핀을 조 합하면 감동과 쾌감이 만들어지고, 에피네프린을 주입하면 혈압이 상 승하면서 흥분을 한다. 우리가 느끼는 우울증, 패배감은 세로토닌과 노에피네프린 그리고 도파민을 줄이고 대신 부신피질 호르몬인 코르 티솔의 수치를 높인 결과이다. 감정이 과연 이러한 화학물질의 조합이 라면 우리는 무엇 때문에 이토록 큰 슬픔과 고통을 견뎌야 하는 걸까? 그냥 약국에 가서 행복해지는 약을 주세요, 사랑에 빠지는 약을 주세 요, 나 자신을 좋아하고 믿게 만들어주는 약을 주세요, 하고 주문을 하 는 편이 빠르지 않을까?

하지만 나는 약물치료나 상담치료 없이 끝까지 이 게임을 견디기로 했다. 그 이유는 내가 다른 때가 아닌 바로 지금 이 시기에 이런 감정을 느껴야 하는 데에는 분명히 그럴 만한 이유가 있을 것이라 생각했기 때문이다. 그것은 내가 열일곱 살에 스트레스로 원형탈모증을 겪어야 했던 시간처럼, 혹은 고등학교 졸업을 앞두고 원했던 모든 대학에 떨어져 울고불고했던 시간처럼, 분명히 이유가 있을 것이었다. 나에게는 아무리 힘들어도 그 감정들을 생생히 맛보고 고통의 중심에서 허우적거려야 할 의무가 있었다.

엘리슨이 마지막 의지와 용기를 발휘하여 병원에 갔다면, 나의 마지막 의지와 용기는 시간을 버티는 것이었다. 시간……. 미치지 않고 부디 봄까지만 버티자. 하루하루를 견뎌내자. 봄이 오면 모든 상황이 끝날 것이었다. 봄이 오면 보스턴의 우울한 하늘에도 구름이 걷히고 파란 대기권이 그 맑은 모습을 드러낼 것이었다. 나, 그때까지만 버티자. 좀더 많이 뛰고, 좀더 울면 돼. 눈물에 헐어 살갗이 따끔거려도, 빨개진 눈이 터질 듯 아파도…….

시간을 보내기 위해서 나는 뭐든지 했다. 배가 터지도록 초콜릿을 먹기도 했고, 이틀을 내리 죽은 사람처럼 잠을 자기도 했다. 낮에는 프리실라를 붙잡고 하소연을 했고, 밤에는 손 선생님께 전화를 드려 알아들을 수 없는 말을 중얼거리며 훌쩍거렸다. 그리고 새벽에는 울면서 홀로 러닝머신에 올라가 뛰었다. 그렇게 하루하루를 견뎌냈다.

당신의 진심은 어디에 있나요?

가지 않는 시간

기다림의 고통　　　　"나나, 입술 좀 그만 뜯어! 피가 나잖니!"

프리실라가 황급히 휴지를 주면서 소리쳤다.

피? 나는 거울을 꺼내 입술을 살폈다. 보드라운 구석이 전혀 없을 정도로 거칠고 너덜너덜한 내 입술. 아랫입술 중앙에 조각칼로 파 놓은 듯한 생채기가 있고 그 사이로 빨간 피가 줄줄 새나오고 있었다.

"너 벌써 한 시간째 책은 한 줄도 안 읽고 입술만 뜯고 있었던 거 아니?"

"뭐, 내가 그랬어?"

프리실라는 걱정스러운 듯 길게 한숨을 쉬었다.

도서관에서 공부에 열중하고 있던 프리실라를 카페로 불러낸 건 바로 나였다. 나는 도저히 기숙사 방에 앉아 있을 수가 없었다. 당장 준비해야 할 중간고사와 몇 개의 페이퍼 숙제가 있는데도 불구하고 도무지 마음을 잡을 수가 없었다. 한번 열중하기 시작하면 서너 시간은 화장실도 안 가고 책상 앞에 앉아 있을 수 있는 나인데 그 즈음엔 10분, 아니 채 5분도 앉아 있을 수가 없었다. 일어서서 안절부절못하고 서성거리며 나는 손톱을 물어뜯거나 입술을 잡아 뜯었다. 가뜩이나 피로와 영양 불균형으로 각질이 심한 입술이 보기 흉할 정도로 망가졌다.

도대체 나는 지금 뭘 하고 있는 걸까?

그래, 나는 지금 기다리고 있는 거야. 내가 지원한 26개 의대에서 나에게 인터뷰 초대 메일을 보내주기를.

72개의 에세이를 쓰느라 사력을 다한 만큼, 나는 하루하루를 온통 기다림에 매달리고 있었다. 내 모든 시간, 내 모든 에너지, 내 모든 생각과 움직임, 호흡 하나와 세포 하나까지 모두 기다림에 매달리고 있었다. 기다림에 이토록 많은 에너지가 필요할 줄은 미처 몰랐다. 그런데 왜 내가 이토록 목매고 있는 거지? 기다림은 그냥 시간일 뿐인데. 시간이 가면 저절로 끝나는 일인데. 내가 할 수 있는 일은 아무것도 없는데. 왜 이렇게 힘이 드는 걸까?

책을 아무리 들여다봐도 읽히지가 않았다. 페이퍼를 쓰려고 해도 한 시간이 넘도록 백지에 단 한 글자도 쓰지 못했다. 나는 5분이 멀다하고 아웃룩을 열었다. 메일이 왔을까, 안 왔을까? 왜 오지 않는 걸까?

역시 내가 지원을 너무 늦게 해서 기회가 오지 않는 걸까? 혹은 내 에세이가 큰 감동을 주지 못한 걸까? 아냐, 내가 외국인이라서 벌써 떨어뜨린 건지도 몰라. 만약 그렇다면 어떻게 하지?

언제쯤 결정이 되는지 그 시기만 알 수 있어도 이 정도로 초조하지는 않았을 것이다. 미국 대학원은 지원 기간도 인터뷰 기간도 따로 정해져 있는 것이 아니니 일주일을 기다려야 할지 한 달, 아니 몇 달을 기다려야 할지 알 수가 없었다.

"제발 날 좀 어떻게 해줘⋯⋯."

나는 프리실라에게 전화를 했다. 차라리 컴퓨터가 없는 장소로 간다면 책이 그나마 눈에 들어오지 않을까? 사람들이 복작거리고 약간은 소란스러운 장소로 간다면 그나마 시간이 흐르고 있다는 현실감을 느낄 수 있지 않을까?

우리는 카페에서 만나 공부를 시작했다. 하지만 소용이 없었다. 프리실라는 곧바로 책에 머리를 파묻고 공부에 열중하기 시작했지만, 나는 여전히 초조함을 떨치지 못하고 입술만 잡아 뜯고 있었다. 피가 흐를 때까지.

"나나, 네가 그렇게 초조해하건 그렇지 않건 결국 시간은 흐를 거야. 그러니 다 떨쳐버리고 공부에 집중하자, 응? 나나."

프리실라의 어른스러운 충고. 하지만 단세포인 내가 한 번에 하나의 정보밖에 처리하지 못한다는 걸 프리실라도 잘 알고 있었다. 지금 내 머릿속에는 온통 의대, 의대 진학뿐이었다. 마치 심리학의 '백곰증후군(white bear syndrome, 백곰에 대해 생각하지 말라고 말할수록 백곰이 더 생각나는 현상)'처럼, 의대에 관련된 생각을 피하려면 피할수록 내 머리는 더욱 더 의대 생각에 사로잡혔다.

중간고사가 다가오고 있어. 시험은 어쩔 거니? 차라리 책상에 본드처럼 달라붙어 미친 듯이 72개의 에세이를 쓰던 그 때가 오히려 마음은 더 편했던 건가? 72개의 기나긴 에세이 전쟁이 겨우 끝났다고 기뻐했는데, 이제 다시 나는 주체할 수 없는 내 마음과 싸워야 했다. 마음과의 전쟁. 그건 내가 태어나서 겪어야 했던 어떤 전쟁보다도 더 어려운 전쟁이었다.

인터뷰 1
보스턴 의대　　　"나나 금, 당신은 어떤 사람인가요? 당신에
　　　　　　　　　　대해서 말해주세요."

　"……."

나는 크게 심호흡을 했다. 보스턴 의과대학원 신입생 면접실. 나를 면접하는 사람은 보스턴 의대 부학장이자 수석 입학 사정관인 로버트 위즈버그 박사였다. 그는 날카로운 듯하면서도 인자한 표정으로 나를 지그시 바라보며 답변을 기다리고 있었다.

나는 그가 던진 흔하디흔하면서도 가장 중요한 질문에 준비된 답변을 하기 시작했다.

"한국에서 저는 최초의 의대생 출신 미스코리아였습니다. 그것만으로도 사람들은 모든 걸 가졌다고 말했지요. 하지만 저는 행복하지 않았습니다. 예쁜 옷을 입고 아름답게 화장을 하고 TV와 신문에 소개되면서 많은 조명을 받았지만, 집으로 돌아오는 마음은 여전히 허전했습니다. 그 허전함의 근원은 무엇일까? 나는 치열하게 고민하고 그 답을 깨달았습니다. 더 큰 세상으로 나가 최고가 되고 싶었습니다. 오직 미국 의대에 도전하기 위해 저는 한국에서 준비된 의사의 길을 버렸습니다. 4년의 하버드 프리메드 생활은 결코 쉽지 않았습니다. 영어도 힘

들었고 미국 시민권자가 아니면서 감히 의대에 도전하겠다는 불확실함에 흔들리기도 했습니다. 하지만 저는 어려운 목표에 도전할수록 살아 있다는 충만함을 느낍니다. 저는 끈기와 의지가 강한 사람입니다. 수없이 넘어져도 다시 일어설 각오로 미국행을 택했고 지금 여기까지 왔습니다."

부학장은 나의 말에 중간 중간 고개를 끄덕였고 "정말요!", "그렇군요!" 하며 추임새를 넣어주기도 했다. 그는 두 번째 질문을 던졌다.

"그런데 나나 금, 당신은 왜 그토록 의사가 되길 원합니까?"

역시 예상된 질문. 그러나 대답하기가 너무나도 어려운 질문이었다.

"아주 어릴 적부터 제 주변에는 아픈 사람이 많았습니다. 외할아버지는 제가 태어나기 전에 간경화로 돌아가셨고, 외삼촌 두 분도 같은 병으로 젊은 나이에 돌아가셨습니다. 남편과 자식을 잃은 슬픔에 할머니 역시 젊은 나이부터 당뇨와 관절염에 시달렸고 지금도 여전히 아프십니다. 저는 한 사람의 아픔이 그 가족과 사회에 주는 깊은 슬픔을 알고 있습니다. 단 한 명의 아픈 사람을 치료할 수 있다면 수십 명의 사람이 행복해질 수 있다는 것을 알고 있습니다. 어릴 적부터 저는 할머니가 아픈 것이 너무나 슬펐고 오직 할머니를 치료해 드리고 싶다는 마음으로 의사의 꿈을 키웠습니다. 지금은 내가 의사가 된다면 할머니뿐만 아니라 수많은 사람을 도울 수 있다는 걸 알고 있습니다. 아픈 사람들을 돕고 싶습니다. 아픈 사람들과 그들의 가족에게 행복한 웃음을 돌려주고 싶습니다. 그게 제가 의사가 되고 싶은 이유입니다."

나는 의사가 되고 싶은 나의 절실함이 인터뷰어의 가슴에 닿길 바라며 한 문장 한 문장 감정을 실어 호소하듯 말했다. 하지만 부학장의 반응은 의외였다.

"당신의 말을 잘 들었습니다. 하지만 무슨 이유인지 제겐 진정성이 느껴지지 않는군요. 누구나 가족의 질병에는 가슴이 아프기 마련입니다. 할머니를 치료해 주고 싶다는 것 외에 당신이 의사가 되고 싶은 보다 근본적인 이유는 없습니까?"

나는 당황했다. 보다 근본적인 이유? 내가 72개의 에세이를 쓰면서 파헤치고 파헤쳐본 이유는 이것밖에 없었다. 나는 그저 무작정 아픈 사람을 고쳐주고 싶을 뿐이다. 그런데 학장은 내게 보다 근본적인 이유를 제시해 달라고 말하고 있었다.

나는 복잡해진 머리를 쥐어짰다. 뭐든 말해야 했다.

"저는 한국에서도 과학고를 나왔고 하버드에서도 기초과학을 전공했습니다. 저는 과학을 아주 좋아합니다. 하지만 그렇다고 평생 실험실에서 연구를 하며 살고 싶지는 않습니다. 저는 과학을 통해 사람과 교류하고 싶습니다. 제가 알고 있는 과학적 지식이 사람들의 삶에 도움이 되길 원합니다. 의사의 길이야말로 그 두 가지를 연결하는 최고의 길이라 생각됩니다."

하지만 학장은 고개를 저으며 이렇게 말했다.

"당신의 말은 논리적으로는 다 맞습니다. 하지만 여전히 진심이 느껴지지 않네요."

나는 내가 지원한 26개 의대 중 나를 처음으로 불러준 보스턴 의대에서 면접을 보고 있는 중이었다. 26개 의대 중 나를 면접실까지 불러준 곳은 보스턴대를 포함해 불과 다섯 개 의대뿐이었다. 나는 첫 면접부터 이렇게 잘못되고 싶지 않았다. 전체의 20퍼센트를 이렇게 허무하게 놓쳐버릴 수는 없었다. 어떻게든 인터뷰어의 마음에 드는 답변을 해야 했다.

"다음 질문을 하겠습니다. 많은 의사들이 의사가 된 후에 자신의 삶을 후회합니다. 그 이유가 뭐라고 생각합니까?"

나는 잠시 고민한 후 내 생각을 말했다.

"한계를 느껴서가 아닐까요? 의사로서 모든 환자를 고치고 싶지만 약이나 수술로 치료할 수 있는 질병에는 한계가 있으니까요. 또 아직도 불치병이 너무 많고 규명되지 않는 질병도 너무나 많으니까요."

내 대답에 그는 고개를 저으며 반박했다.

"제 생각은 다릅니다. 그 사람들은 그저 의사가 멋져 보여서 의대에 온 거죠. 확고한 의지가 없었고 자신이 정말 원하는 꿈이 뭔지 찾으려는 노력이 부족했기 때문이에요. 이런 사람들이 의대에 오는 건 그들 개인의 삶에도, 사회적으로도 큰 소모죠."

나를 바라보는 부학장의 눈이 냉정하게 느껴졌다. 순간적으로 그의 눈이 '나나 양, 당신 역시 그런 사람들 중의 한 사람이 아닌가요?'라고 말하는 것만 같았다.

몇 가지 추가 질문이 이어진 후, 인터뷰는 그렇게 끝이 났다. 의자에서 일어나 면접실을 나서는데, 이건 이미 떨어진 면접이라는 예감이 강하게 들었다. 나는 부학장에게 내가 의사가 될 재목이라는 확신을 주지 못했다. 국제학생임에도 불구하고 기꺼이 합격시키고 싶을 만큼 깊은 인상을 심어주지도 못했다. 첫 인터뷰는 실패였다.

나를 제외한 아홉 명의 다른 지원자들은 인터뷰를 끝낸 후 특유의 포커페이스를 짓고 있었다. 4년이 흘렀건만 나는 아직도 미국 아이들의 저런 무표정한 얼굴에 적응이 되지 않았다. 인터뷰가 어려웠다, 실수를 너무 많이 했다, 떨어질 것 같다, 이렇게 우는 얼굴을 하면 어디가 덧나는 걸까? 다들 팔짱을 끼고 서서 속내를 알 수 없는 표정으로 "My interview was great!"(내 인터뷰는 아주 좋았어!)라고 말한다. 나는 시험문제를 절반밖에 풀지 못한 아이나 아예 하나도 풀지 못하고 백지를 낸 아이가 남들 앞에서 아무렇지 않은 얼굴로 "Yeah, it was easy. I think I did it great."(시험은 쉬웠어. 잘 본 것 같아.)라고 말하는 것을 수없이 목격했다. 오늘따라 그들의 이러한 무표정과 가식이 견딜 수 없이 싫었다. 이봐, 이건 고등학교 수업시간에 보는 쪽지시험이 아니라구! 우리의 미래를 좌우할 수 있는 보스턴 의대의 면접시험이란 말이야! 단 한 명이라도 인간적으로 떠는 모습을 보여주면 안 되겠니?

인터뷰가 끝난 후 프로그램에 따라 보스턴 대학병원 투어가 남아 있었다. 학교 관계자는 우리를 응급실과 중환자실, 입원 병동 등으로 데리고 다니며 병원 시설에 대해 열심히 설명을 해주었다. 다른 지원자들은 으리으리한 시설에 감탄사를 내뱉으며 여유만만하게 웃거나 질문을 던졌지만, 나는 아직도 머릿속 가득 면접의 장면 장면을 곱씹으며 자기 의심과 회의와 의문과 씨름 중이었다.

학장은 왜 의사가 되고 싶다는 내 말에서 진심을 느낄 수 없었던 걸까? 단순히 의사 전달의 실패일까? 왜 그는 내가 치밀하게 계산해 수백 번도 더 연습했던 답변을 마음에 들어 하지 않았던 걸까? 혹시……정말로 내 말에 진심이 없었기 때문일까? 번지르르한 말로 멋진 답변을 만들어냈지만, 정작 그 안에 내 마음을 담지는 못했던 게 아닐까?

무슨 소리야? 내가 의사가 되길 얼마나 갈망해 왔는데! 오직 지금 이 순간을 위해서 지난 4년 아니 내 인생 모두를 바쳤는데! 진심이 없다니! 그렇다면 지난 25년 동안 쏟아 부은 열정과 노력과 시간은 다 뭐란 말이야? 내가 나 자신에게 거짓말을 했다는 거야?

그렇지는 않다. 나는 정말 의사가 되길 원한다. 다만, 미국이 나를 받아들여주지 않으면 나는 여기서 무너질 수밖에 없다. 미국이 나를 거부하면, 그렇다면 모든 걸 버리고 여기까지 달려온 나의 노력이 물거품이 되는 것이다. 내가 아무리 의사를 운명이라 받아들이고 그것만이 내 소명이라고 생각해 봤자 아무 의미가 없는 것이다.

등줄기가 서늘했다. 지금껏 단 한 번도 생각해 보지 않았던 상황이 갑자기 머릿속에 떠올랐기 때문이다. 26개 의대에 지원하여 받은 다섯 통의 인터뷰 초대. 만약 이 다섯 개 의대에서 모두 떨어진다면? 그러면 나는 어디로 가야 하지? 내 인생은 어떻게 되는 거지?

가이드가 벙긋벙긋 입을 크게 움직이며 설명을 했지만 내 귀에는 소리죽임 버튼을 눌러 놓은 것처럼 하나도 들리지 않았다. 지금까지 구축해 온 꿈과 진로에 대한 나의 모든 논리와 이론이 와르르 무너지고 있었다. 간절히 원하기만 하면 이루어진다고 믿었다. 내가 해야 할 일은 그저 열정과 믿음을 가지고 주어진 현실 하나하나에 최선을 다하면서 목표를 향해 나아가는 거라고 생각했다. 그런데 지금 이 현실은 무엇일까? 나는 어차피 안 될 일에 매달려온 것인가?

당신의 말은 논리는 맞지만 진심이 느껴지지 않는군요. 당신의 진심은 어디에 있나요? 진심은 무엇인가요? 학장의 말이 꿈틀꿈틀 뇌 속을 헤집으며 돌아다녔다. 그게 아니에요. 내 말은 진심이었어요. 왜 내 진심을 몰라주나요? 당신들이 내 진심을 몰라주는 한, 나는 이곳에서 의사의 꿈을 이룰 수가 없어요.

마음 저편에서 희망이라는 굵은 가지가 '툭' 하고 부러지는 소리가 들렸다. 빨리 이 냉정한 곳을 떠나고 싶었다.

'불합격'이라는 미스터리

인터뷰 2
예일 의대   "미스코리아였다니, 참 특이한 이력을 가졌군요."

"예."

"사실 제 와이프도 아이오와 주의 뷰티 퀸 출신이랍니다. 그리고 우리 예일 의대에도 뷰티 퀸 출신 학생이 한 명 있지요."

"아, 그래요?"

"뷰티 퀸이 의대에 지원할 경우 차라리 그 이력을 숨기는 편이 낫지 않나 고민을 많이 할 수밖에 없죠. 우리 예일 의대 학생의 경우도 졸업 후 레지던트 지원을 할 때 자신이 뷰티 퀸 출신이라는 걸 말할까 말까 고민을 하더군요. 하지만 나나 양, 당신은 그걸 숨기지 않고 솔직하게 오픈해서 오히려 감동을 주었습니다. 서로 다른 두 고리를 아주 멋지게 연결시켰습니다. 당신을 하버드로 이끌고 미국 의대에 도전하게 만든 그 뿌리가 바로 미스코리아에 있다는 것. 에세이를 읽은 모든 사람들이 감명을 받았답니다."

어떻게 된 걸까? 예일 의대에서 나를 인터뷰하고 있는 이 은발의 신사는 시종일관 나를 향해 미소를 짓고 칭찬을 퍼붓고 내가 하는 모든 말에 맞장구를 치고 있었다. 그는 이미 서류심사 단계에서부터 내가 마음에 든 모양이었다. 나와 마주하자마자 이 학생은 꼭 합격시켜야겠다고 이미 마음을 결정한 것 같았다.

은발의 교수는 인터뷰를 마치고 나가는 나를 다시 불러 세우더니 씩 웃으며 이런 말까지 했다.

"나나 양, 우리 예일 의대에서 당신을 꼭 다시 뵙기를 기대합니다!"

뭐지, 이 말은? 합격? 그래, 합격인가 봐! 몸속에서 아드레날린이 치솟는 것이 느껴졌다. 지옥은 끝났어. 드디어 의대에 가는 거야!

보스턴 의대에서의 첫 인터뷰를 겪고 난 후 열흘 정도가 지났다. 그 열흘이 나에게는 영원이었을 만큼 힘들고 괴로운 나날이었다. 나는 내 말에서 진정성을 느낄 수 없다던 보스턴 의대 부학장의 말을 곱씹으며 정체성 혼란과 자신감 상실 사이에서 허우적거리고 있었다. 자기혐오와 우울증과 자폐증의 모호한 경계를 넘나들며, 나는 사람을 만나는 것도 피하고 심지어 엄마와 아빠의 전화도 피하고 있었다. 밤에는 침대 위에서 끙끙거리며 잠을 청하다가 미치기 일보직전이 되어 벌떡 일어났다.

나는 리웨이에게 도움을 청했다.

"리웨이, 나도 술이라는 걸 마셔볼 때가 된 것 같아."

리웨이는 3학년에 올라와서 느지막하게 알게 된 중국인 친구였다. 수학 시간에 우연히 옆 자리에 앉게 되었는데, 알고 보니 소방용 문을 사이에 두고 같은 커크랜드 하우스의 옆집에 살고 있는 건실한 청년이었다. 컴퓨터 게임을 좋아하고 탁구를 좋아하는 리웨이는 비단결 같은 고운 마음씨에 성실하고 근면하면서 모든 하버드 학생들과 마찬가지로 천재적인 면도 갖추고 있었다. 내가 폭풍과 지진을 겪으며 눈물의 MCAT 시험을 치를 때에, 리웨이는 불과 일주일 동안 공부해 아주 높은 점수를 받았다. 밤새워 컴퓨터 게임을 하느라 눈이 빨개도 리웨이는 스터디 준비를 대충 해오는 법이 없었다. 꼼꼼하게 요약해 페이퍼를 만들고 예상 문제도 뽑아오는 등 성실 그 자체였다.

어느새 리웨이는 프리실라와 맞먹을 정도로 나의 단짝 친구가 되어가고 있었다. 우리는 볕이 좋은 날 함께 운동복을 갖춰 입고 찰스 강변을 달렸다. 도무지 공부가 손에 잡히지 않는 날에는 함께 탁구도 쳤다. 리웨이는 중국 여자아이들은 대개 탁구를 잘 치지만 한국 여자아이가 이 정도로 치는 건 처음 봤다며 감탄을 했다.

내게 리웨이는 절대로 'No'라고 말하는 법이 없는 친구였다. 같이 밥 먹을래? 그래. 같이 숙제할래? 그래. 같이 운동할래? O.K.

"술을 먹게 해줄래?"

"그래."

지하 체육관 소파에서 즉흥적인 술 파티가 벌어졌다. 나의 룸메이트 엘리슨과 리웨이의 룸메이트가 한 자리에 모였고, 어느새 소문을 들은 아이들이 하나 둘 모여들었다. 나는 종학이가 한국에서 보내온 오징어 땅콩과 새우깡을 들고 갔다.

"나나, 처음이니까 맥주만 마셔."

리웨이가 캔 맥주의 뚜껑을 따주면서 염려인지 걱정인지 한마디 했다. 나는 맥주 캔을 입에 대고 한 모금 마셨다. 비릿한 노란 액체가 식도를 따라 흘러들어가자 수많은 거품들이 뽀글거리며 장기를 마사지했다. 나는 새우깡 하나를 먹었다. 평소보다 훨씬 더 좋은 맛이었다.

바로 그 날이 시작이었다. 내가 술을 마시게 된 건.

보스턴의 음울한 겨울. 진학과 취업에 대한 고민으로 돌아버릴 것만 같은 나날들. 하버드 학생들에겐 사교가 있는 술자리만이 유일한 위안이었다. 이 위험하고도 잔인한 시기, 혼자 기숙사 방에 처박혀 신세를 한탄하는 것보다는 여러 사람들과 어울려 술을 마시는 편이 정신건강에 훨씬 좋은 것이 사실이었다. 주말이면 열두 개의 하우스가 서로 돌아가며 공식 혹은 비공식의 파티를 벌였고, 나도 이 무렵부터 하나 둘 참여하기 시작했다.

내친 김에 나는 학교 밖의 바나 클럽에도 가보기로 했다. 그런데 여기에는 술 이외에도 몸치장이라는 멋진 오락거리가 하나 더 있었다. 나는 파티에 가기 위해 옷장 깊이 넣어두었던 드레스도 꺼내고 화장도 했다. 내가 화장을 하다니, 이게 몇 년 만인가! 아이섀도를 바르고, 마스카라를 하고, 볼 터치와 핑크빛 립스틱도 바르니 새로운 나나가 되는 듯한 느낌이었다. 화장을 한 나는 그렇게 힘들어 보이지도 않았고 그렇게 우울해 보이지도 않았다. 밝게 생글생글 웃어도 전혀 어색하지 않았다. 낮 동안에 어깨에 쌓인 무거움과 우울함이 툭툭 떨어지는 것이 느껴졌다.

'현실도피야. 잠깐의 위안일 뿐이야.'

내 안의 내가 힐난조로 말했지만 나는 상관없었다.

'나도 알아. 지금 내게 필요한 게 바로 그거야.'

나는 피나콜라다를 알게 되었고 진토닉과 카미카제, 그리고 모히토를 알게 되었다. 알코올이 주는 위안과 그 짜릿한 쾌감에도 익숙해져 갔다. 주변 사람들은 술을 마시는 나를 열렬히 환영했다. 그건 '접근금지'라는 푯말이 사라지고 울타리가 걷히는 것이나 다름없었다. 술을 마신 나는 더 많이 웃고, 더 많이 얘기할 수 있었다. 1~3학년 때는 소원했던 한국인 학생들과도 급속도로 가까워졌다.

"나나야, 다른 건 몰라도 술은 절대로 마시지 마라. 당부한다."

엄마 아빠의 목소리가 귓가를 맴돌았지만, 나는 고개를 세차게 흔들며 떨쳐냈다.

"엄마 아빠 미안……. 이번만은 나도 어쩔 수가 없어요. 제발 조금만 봐주세요."

대신에 절대로 인사불성이 될 정도로는 마시지 않는 것으로 엄마 아빠에 대한 죄책감을 달랬다. 나는 밤 12시가 넘으면 마차가 호박으로 변해 놀란 신데렐라처럼 말짱해진 정신이 되어 기숙사로 돌아왔다.

딱 하루, 필름이 끊긴 적이 있었다. 아마도 처음 마셔본 새로운 칵테일 때문이었을 것이다. 절친한 동생 한 명에게 기숙사로 데려다 달라고 부탁한 것이 마지막 기억이었다. 그런데 그게 전부가 아니었다. 하필이면 이 날 엄마와 아빠, 그리고 손 선생님이 대구에서 함께 식사를 하시다가 나에게 위로차 국제전화를 건 것이었다. 나는 내가 무슨 짓을 하는지도 모른 채 휴대전화를 붙잡고 꼬부라진 혀로 세 분에게 차례로 술주정을 했다. 특히 손 선생님의 가슴을 찢어놓고 말았다.

"제가 얼마나 힘든지 선생님이 아세요?"

간단하게 말하자면 방황, 좀 더 거창하게 표현하자면 진통 혹은 성인이 되기 위한 성장통이었을 것이다. 예전의 나는 힘들 때는 애벌레처럼 더 딱딱하게 웅크리고 혼자만의 세상에 빠지곤 했었다. 하지만 이렇게 풀어지고 발산하며 보낼 수도 있다는 걸 처음으로 알게 되었다. 결국 다음 날이면 아무것도 나아진 것이 없는 똑같은 현실로 돌아갈 수밖에 없다는 걸 알면서도, 나는 울지 않고 하룻밤을 보낼 수 있었고 그만큼 봄을 기다리는 날이 하루 줄어들었다는 사실에 안도했다.

이렇게 열흘간의 방황 끝에 다시 주어진 면접의 기회. 나는 아무 기대도 하지 않았고 그저 하던 대로 해보자는 심정이었다. 의식구조가 와르르 무너져서 이제는 내가 정말 원하는 게 의사인지 뭔지도 불분명했다. 내가 아무리 진심이라고 우겨봐야 미국인들이 믿어주지 않는다면 그것은 진심일 수가 없는 것이다. 더 이상 상처받기 전에 차라리 그냥 포기하는 게 낫지 않을까? 내 안의 목소리가 달콤한 혀로 포기하라고, 이 게임은 어차피 안 되는 거라고 나를 설득하고 있었다.

그런데 지금 예일 의대에서는 면접관이 나서서 미스코리아라는 내 경력이 마음에 들고 다시 나를 예일 의대에서 보고 싶다는 것이다. 접었던 기대감이 흥분으로 출렁거렸다.

학교로 돌아와 기숙사 튜터에게 예일 의대에서의 면접 분위기를 그대로 전달해 주었다. 튜터는 기뻐했다.

"분위기가 그랬다면 이건 거의 합격이나 다름없어! 축하해, 나나! 국제학생인데다 서류도 늦게 내서 가능성이 없다고 생각했는데. 이건 기적이야!"

기뻐해도 되는 걸까? 정말 합격하는 걸까?

이제 이 긴긴 고통의 시간이 드디어 끝나는 걸까?

나는 내 예감과 튜터의 말을 믿기로 했다.

예일 의대 합격!

실로 오래간만에 나는 '희망'과 '성공'이라는 두 단어를 떠올리고 있었다.

• 2008년 2월, 예일 의대 인터뷰를 마친 후 학교 앞에서

가슴이 쿵쾅거렸다. 기뻐해도 되는 걸까? 정말 합격하는 걸까? 이제 이 긴긴 고통의 시간이 드디어 끝나는 걸까? 그래, 나는 합격이야. 이 번에는 정말이야.

나는 내 예감과 튜터의 말을 믿기로 했다. 예일 의대 합격! 이제 곧 희소식이 전해질 것이다. 부모님과 종학이와 손 선생님과 그 가족들에게 합격의 기쁨을 전할 수 있을 것이다. 나를 믿어주고 나에게서 용기를 얻는다는 한국의 수많은 어린 학생들 앞에 당당하게 나설 수 있을 것이다.

박수 소리가 머지않았다. 실로 오래간만에 나는 '희망'과 '성공'이라는 두 단어를 떠올리고 있었다.

도전과 끈기, 야망, 믿음의 추락

'나나 금, 귀하가 예일 의대에 지원해 준 것에 대해 다시 한 번 심심히 감사드립니다. 안타깝게도 귀하의 입학 신청을 받아들이지 못해 유감입니다……'.

툭. 나는 서류 봉투를 떨어뜨렸다. 불합격……. 그럴 리가. 그럴 리가 없어. 이건 뭔가 잘못된 거야. 내가 인터뷰를 얼마나 잘 봤는데. 나를 다시 볼 수 있기를 바란다고 인터뷰어가 얼마나 친절하게 말했는데. 불합격이라니. 그럴 리가 없어!

내 안의 자아가 악악 비명을 지르며 절규하는 소리가 들렸다. 나는 내일이면 코넬 의대의 인터뷰 시험을 보기 위해 뉴욕행 비행기를 타야 한다. 손 선생님이 그곳에서 나를 맞아주실 것이었다. 선생님을 만나면 웃으면서 이렇게 말하고 싶었다.

"By the way, I've been just accepted to Yale." (그런데 말이죠, 저 막 예일 의대에 합격했어요.)

그건 나를 위해 그 싫어하는 비행기 여행을 감수하고 뉴욕까지 와주신 손 선생님에게 최고의 선물이 될 것이었다. 그렇게만 된다면 선생님과 나는 아무 부담 없이 편한 마음으로 코넬 의대의 면접시험을 치르고 곧바로 북쪽으로 차를 몰아 다트머스 의대와 앨버트 아인슈타인 의대로 인터뷰 여행을 떠날 수 있을 것이었다.

그런데 예일은 나를 거부했다. 그토록 큰 기대감을 안겨주고, 그토록 합격에 대한 강한 확신을 심어주고, 가만히 있던 나를 흥분과 기대로 설레게 만들어 놓고는 퍽 하고 뒤통수를 쳤다. 배신감……. 처음 드는 감정은 배신감, 그리고 분노였다.

나에게 도대체 왜 이러는 거야? 니들이 그렇게 잘났니? 니들이 원하는 게 뭐니? 내가 아무리 GPA가 좋고 감동적인 에세이에 화기애애한 인터뷰를 치러도 그 알량한 미국 시민권이 없다는 거, 그게 문제니? 결국 그거였어? 결국 니들이 원한 건 100퍼센트 퓨어 미국산 증명서, 바로 그것뿐이잖아! 그럼 애초에 나 같은 걸 왜 불러서 인터뷰를 한 거야? 왜 나에게 희망을 불어넣은 거야?

그 날 나는 뜬눈으로 밤을 지새우며 오만 가지 생각으로 몸부림쳤다. 대부분은 예일에 대한 분노와 미움이었고 나 자신에 대한 실망과 혐오, 그리고 이것이 내 인생의 한계라는 수치심, 절망감이었다.

동이 터올 무렵 내 안에는 아무것도 남지 않았다. 더 이상 나 자신에게 기대할 것도, 나 자신을 위해 노력할 것도 없었다. 공항으로 떠나야 할 시간에 맞춰 알람 벨이 울렸지만 내 안에서는 아무런 공명도 일어나지 않았다. 나는 기계적으로 세수를 하고 가방을 집어 들고 기숙사 현관 앞으로 나아가 차를 탔다. 나는 아무것도 느끼지 않을 것이고 아무것도 아파하지 않을 것이다. 잘 하려고 애쓰지도, 최선을 다하지도 않을 것이다.

비행기 안에서, 나는 내 안에 오래 전부터 자리 잡아 위기의 순간마다 큰 역할을 해주었던 것들이 하나씩 창문 밖으로 추락하는 것을 지켜보았다. 제일 먼저 열정이 슬픈 표정을 지으며 창문 밖으로 몸을 날렸다.

'안녕 나나, 내가 없으면 너는 더 이상 이룰 수 없는 꿈에 괴로워할 필요가 없을 거야.'

뒤를 이어 도전과 끈기가 쌍둥이처럼 손을 잡고 급강하했다.

'하하, 나나! 처음부터 우리는 너와 인연이 아니었어. 다른 주인을 찾아갈 거야.'

이윽고 야망, 용기, 믿음, 확신 등도 깔깔깔 야유를 퍼부으며 구름 위로 깡충 뛰어내렸다. 그들은 모두 나를 바라보며 손을 흔들었다. 드디어 나로부터 벗어나 자유로워져서 기쁘다는 듯.

공항에 내려 손 선생님을 만났을 때, 나는 바람이 지나갈 때마다 몸속에서 피식피식 소리가 날 정도로 텅 빈 상태였다. 대신 나는 최후의 힘을 짜내어 멀쩡한 나나를 연기했다. 선생님께 걱정을 끼쳐드릴 수는 없었기 때문이다.

"아직 예일에서는 연락 없었지?"

선생님의 동그랗고 착한 눈을 바라보며, 나는 천연덕스럽게 "없었어요" 하고 거짓말을 했다.

　나는 선생님이 빌린 렌트카에 올라타서는 과장된 목소리로 보스턴
의 날씨가 어쩌구 뉴욕의 날씨가 어쩌구 하며 쓸데없는 잡담을 늘어놓
기 시작했다. 선생님은 코넬 의대로 차를 모느라 지도를 여러 장 펼쳐
놓고 가는 길을 연구 중이셨다. 그 옆모습을 바라보고 있자니 눈시울
이 뜨거워지며 눈물이 흘렀다. 나는 황급히 고개를 창문 쪽으로 돌렸
다. 그리고 철부지처럼 원더걸스의 '텔미'를 흥얼거리기 시작했다.

내 인생의 겨울, 성장통

대답조차 포기해 버린

나머지 인터뷰   "나나 금, 왜 당신은 의사가 되려고 하나요?"

"……."

코넬 의대의 면접관이 진지한 얼굴로 내게 질문을 던졌다. 또 그 질문. 수없이 생각하고 수없이 연습했지만 내가 절대로 정답을 찾을 수 없었던 그 질문.

"글쎄요. 저는…… 제가 왜 의사가 되려고 하는지 잘 모르겠어요."

면접관이 황당한 표정으로 내 얼굴을 다시 쳐다보았다.

"의사가 되고 싶은 이유를 모른다니요? 무슨 일인가요, 나나 금?"

나는 전혀 떨리지 않았다. 오히려 차분하고 편안했다. 이제야말로 하고 싶은 말을 다 할 수 있을 것 같았다.

"의사가 되고 싶은 이유를 안다고 생각했어요. 과학을 좋아하고, 사람을 좋아하고, 그래서 의사가 되면 과학과 휴머니즘을 연결시켜 일할 수 있으니 나에게 딱 맞을 거라고 생각했어요. 지난 25년간 한 가지 목표만 바라보며 뛰어왔고, 저의 이런 열정이 내가 왜 의사가 되고 싶은지, 내가 얼마나 간절히 원하는지를 대변할 수 있다고 생각했어요. 그런데 다른 학교 인터뷰에서 이런 답변을 하니, 면접관이 진심이 느껴지지 않는다고 하더군요. 내 답변에 왜 진심이 없다고 느낀 건지 그 이유를 알아내려고 노력했지만, 알 수가 없었어요. 지금은 뭐가 뭔지 모르겠어요. 내가 왜 의사가 되고 싶은지, 그게 내 진심인지."

면접관은 놀라고 얼떨떨한 표정으로 나를 바라보았다. "왜 의사가 되려고 합니까?"라는 질문은 의대 면접실에서 반드시 주어지는 질문으로 지원자들은 논리와 감성을 총동원하여 최대한 인상적인 답변을 하려고 애를 쓰기 마련이었다. 그런데 한국에서 왔다는 이 국제학생은 뭐란 말인가? 의자에 깊숙이 앉아 자조적인 답변을 늘어놓고 있었다. 가슴에는 하버드 명찰을 달고서 말이다!

면접관은 이후로도 서너 개의 질문을 더 했지만, 나는 질문에 명확하게 답변하기보다는 내 감정을 넋두리하듯 나열할 뿐이었다. 인터뷰는 예정된 한 시간보다 15분이나 일찍 끝났다. 면접관도 더 이상 질문할 필요성을 못 느꼈을 것이다.

"어? 왜 이렇게 일찍 끝났지?"

손 선생님의 반응에 나는 활짝 웃으며 말했다.

"와, 저 인터뷰 정말 잘했어요!"

순진한 선생님은 내 말을 100퍼센트 그대로 믿고는 기뻐하셨다.

"잘 됐구나! 예일에서도 인터뷰를 잘 봤고 코넬에서도 인터뷰를 잘

봤으니 확률이 점점 늘어가는구나!"

다트머스로 이동하면서, 선생님은 예일과 코넬과 다트머스에 모두 합격한다면 과연 어느 의대에 가면 좋을지 기분 좋은 상상의 나래를 펴기 시작하셨다.

"매사추세츠도 춥긴 하지만 잔인한 뉴햄프셔의 겨울만큼은 못하지. 다트머스는 정말 춥다. 공부하는 환경도 정말 고립적이고. 나는 네가 앞으로 4년은 뉴욕에 있었으면 좋겠다. 거긴 추위도 도시 특유의 열기가 있으니까. 예일 의대도 좋긴 하지만 그래도 코넬이 내과뿐만 아니라 외과, 심장혈관, 간질환, 정신과 등등에서 모두 랭킹 10위 안에 들지. 나는 네가 코넬로 갔으면 좋겠다."

나는 뭐라 드릴 말씀이 없었다. 그저 차창 밖의 흰 구름을 멀뚱히 쳐다보았을 뿐이다.

'이대로는 안 돼. 나나, 선생님께 사실을 말씀드려.'

내 안의 내가 죄책감을 느끼며 몸서리쳤다. 하지만 나는 여러 가지 이유로 그 죄책감을 묵사발 냈다. 아직 갈 길이 멀었다. 뉴햄프셔로 차를 몰아 다트머스에 가야 하고, 다시 뉴욕으로 돌아와 앨버트 아인슈타인에서도 면접을 치러야 했다. 지금 내가 사실을 말하면 이 긴 인터뷰 여행길이 선생님에게도 지옥으로 변하고 말 것이었다.

'지옥을 견디는 건 나 하나만으로 충분해.'

나는 그렇게 내 거짓을 합리화했다.

다트머스에 도착했을 때 선생님은 녹초가 되어 차 안에서 잠을 청하셨고, 나는 아무 걱정 없는 토끼처럼 깡충거리며 인터뷰 장으로 들어갔다. 내가 하버드 명찰을 달고 돌아서자 10여 명의 학생들이 경계심이 가득한 얼굴로 나를 쳐다봤다. 나는 씨익 웃어주었다.

'걱정들 마. 나는 이 인터뷰를 망치러 왔으니까.'

다트머스의 면접관도 어김없이 나에게 "왜 의사가 되고 싶습니까?"라고 물었다. 나는 코넬에서보다도 더 황당한 답변을 했다. "나도 내가 왜 의사가 되려고 하는지 모르겠어요. 교수님은 왜 의사가 되었나요?"

면접을 마치고 나와서, 나는 선생님께 모든 것이 다 잘 되고 있다는 뉘앙스를 풍겼고 활짝 웃으며 학교 정문 앞에서 기념 촬영까지 했다. 다트머스, 어차피 나는 너와 어울리지 않아. 나를 그냥 지나가는 관광객이라고 생각해 주렴.

다음 날, 다시 뉴욕으로 돌아와 마지막 인터뷰 장소인 앨버트 아인슈타인 의과대학원으로 향했다. 선생님은 초조해하며 이런저런 주의 사항을 말해주셨지만, 나는 한쪽 귀로 듣고 한쪽 귀로 흘려버렸다. 인터뷰 차례를 기다리면서 한 시간 가량 차 안에서 쿨쿨 잠까지 잤다.

인터뷰는 역시 똑같았다. 나는 될 대로 되라는 식으로 답변을 했고 면접관은 실망감이 역력한 표정으로 마지막 말을 했다.

"나나 양, 하버드에서 여기까지 오시느라 수고하셨습니다. 안녕히 가세요."

면접실 문을 닫으면서, 나는 나의 문제가 무엇인지 한 가지 분명하게 느낄 수 있었다. 나는 의사가 될 수 없다. 아니, 적어도 지금은 의사가 될 준비가 전혀 돼 있지 않다. 보스턴 의대며 예일이며 코넬, 다트머스, 그리고 앨버트 아인슈타인까지, 이들 면접관들은 바보가 아니다. "진심이 느껴지지 않는다"던 보스턴 의대 부학장의 말은 어쩌면 사실일지도 모른다. 이들은 누가 의사가 될 자인지, 누가 그 어려운 4

온몸에 구멍이 숭숭 뚫리고
그 사이로 나의 꿈, 나의 영혼이 쉭쉭 소리를 내며 흘러나오고 있었다.
하지만 나나, 조금만 더 버티자.
손 선생님이 저기서 날 보고 웃으며 손짓을 하시지 않니?

• 2008년 3월 뉴욕, 모든 인터뷰를 마치고
손희걸 선생님과 선생님의 딸 민희와 함께

년의 메디컬 스쿨을 견뎌내고 훌륭한 의사가 될 자인지 한눈에 꿰뚫어 볼 수 있다. 내가 아무리 구구절절하게 의사에 대한 나의 열정을 늘어 놓더라도 이들 눈에는 뻔히 보였을 것이다. 학점이나 MCAT 성적표 등, 의대에 들어가기 위한 조건은 다 갖추었을지 몰라도 진짜 중요한 마음 자세는 부족하다는 것이.

온몸에 구멍이 숭숭 뚫리고 그 사이로 나의 꿈, 나의 영혼이 쉭쉭 소리를 내며 흘러나오고 있었다. 이제 나는 완전히 빈껍데기가 될 것이다. 목표 없는 나나, 꿈이 없는 나나는 시체나 다름이 없다. 하버드로 돌아가면 침대에 널브러져 시체놀이나 하면 되겠다. 하지만 나나, 조금만 더 버티자. 손 선생님이 저기서 날 보고 웃으며 손짓을 하시지 않니? 조금 있다 선생님의 딸 민희도 만나서 함께 뉴욕 여행을 하기로 했잖아. 나는 코트 자락을 동여매어 빠져나오는 것들을 간신히 막았다. 그리고 크게 손을 흔들며 선생님에게로 뛰어갔다.

불합격 통지서,
예상된 결과

내가 다섯 개 의대의 인터뷰를 모두 끝낸 2008년 3월 즈음, 다른 프리메드 학생들은 이미 합격이 결정되어 느긋한 4학년 2학기를 보내고 있었다. 여름부터 일찍 지원한 학생들의 경우 이미 2007년 크리스마스 이전에 합격통지서를 받아 놓고 최고의 선물과 함께 금의환향했다. 하버드에서의 남은 3개월은 그들에겐 느긋한 휴가나 다름이 없었다. 그들은 보스턴의 여러 병원에서 아르바이트를 하거나 자원봉사를 하면서 그 반년을 의미

있게 채우고 있었다.

하지만……. 나는 그들과는 전혀 다른 세상에 살고 있었다. 그들에
겐 합격통지서와 휘황찬란한 미래, 그리고 주변 사람들의 축하와 꿈을
성취한 자만이 누릴 수 있는 기쁨 그리고 여유가 있었다. 하지만 나에
겐 세 통의 불합격 통지서와 대기자 명단에 올랐다는 이도 저도 아닌
두 통의 편지, 그리고 상처받은 자존심과 공허함, 패배의식만이 남았
을 뿐이었다.

그랬다. 나는 26개의 의과대학에 지원을 해서 오직 다섯 건의 인터
뷰 요청을 받았고, 그 중 세 개 대학에서 거절을 당했다. 보스턴 의대
와 코넬 의대로부터는 나를 합격 대기자 명단에 올려놓았으니 결과를
기다려 달라는 정중한 편지를 받았다. 피식 웃음이 나왔다. 보스턴 의
대는 망쳤다고 생각했던 첫 번째 인터뷰였다. 게다가 코넬에서는 내가
왜 의사가 되려고 하는지 나도 모르겠다며 배짱 인터뷰를 하고 나왔
다. 이 두 대학이 나를 대기자 명단에 올려놓았다는 게 내게는 불가사
의였다. 아무렴 어때? 어차피 나는 의대에 가지 않을 텐데. 설사 대기
자 신세에서 합격자로 운명이 바뀌더라도 나는 의대에는 가지 않을 거
야! 싫어!

가끔 함께 공부했던 프리메드 아이들이 누구는 하버드로, 누구는 프
린스턴으로, 혹은 예일이나 존스 홉킨스로 간다는 사실을 떠올릴 때마
다 나는 화가 치밀었다. 그 아이들은 나만큼 GPA도 좋지 않고 나만큼
잘하지도 않았어! 늘 조교와 하는 문제풀이 시간에 내가 가르쳐주었잖
아. 그런데 왜 그 아이들은 되고 나는 안 되는 거야? 내가 국제학생이
라서?

하지만 내가 저지른 그 준비 없는 도전과 막무가내 인터뷰를 돌이켜 보면 나의 패배는 당연한 결과였다. 국제학생이라는 건 실패의 이유가 될 수 없었다. 나는 준비가 덜 됐던 것이다. 그걸 알면서도 나는 인정하지 못해 도리질을 치고 있었다.

3월의 끝자락인데도 보스턴의 날씨는 여전히 춥기만 했다. 나는 부모님과 손 선생님 가족에게 나의 불합격 사실을 알렸다.

"최선을 다했지만 내 한계가 여기까지인가 봐요."

이미 혼자서 충분히 울었기 때문인지 더 이상 눈물은 나오지 않았다.

"이제 어떻게 할 거니?"

긴 위로의 말 끝에 엄마가 물었을 때, 나는 "몰라요. 당분간은 아무것도 묻지 마세요" 하며 신경질적인 반응을 보였다. 다 귀찮았다. 엄마가 하는 위로의 말들이 귓가에서 푸슬푸슬 재가 되어 날리는 것이 느껴졌다.

"나나야, 네가 실패해도 성공해도 언제나 너는 나의 자랑스러운 딸이다."

아빠의 사랑이 담뿍 담긴 말도 소용이 없었다. 아빠가 나를 자랑스러워해 봤자 무슨 소용인가! 나 스스로 내가 부끄러운데. 나 자신이 내가 미워 죽겠는데…….

"나나야, 괜찮다. 기다렸다가 또 도전하면 되잖아."

엄마 아빠의 말에 나는 뭔가 집어던지고 싶은 충동을 가까스로 참아야 했다. 뭐라고요? 다시 도전하라고요? 그 지옥을 또 시작하라고요? 저는 이제 막 그곳을 빠져나왔어요. 그런데 다시 돌아가라니요? 정말 너무들 하시네요!

나는 더 이상 엄마 아빠에게 하소연하고 엄마 아빠의 말에 용기를 얻는 작은 소녀 나나가 아니었다. 미국이라는 나라, 하버드라는 살벌한 전쟁터로 온 이후 나의 삶은 이미 엄마 아빠가 보호하고 관리할 수 있는 울타리를 넘어서고 말았다. 내가 부딪치는 고민들, 내가 감당해야 할 문제들은 엄마 아빠가 한 번도 겪어본 적이 없는 상상 밖의 일들이었다. 할 수만 있다면 엄마의 전화 한 통에 힘을 얻어 다시 책상 앞으로 돌아갔던 과학고 시절의 나나로 돌아가고 싶었다. '사랑한다'는 아빠의 문자 메시지에 가라앉았던 기분이 좋아지고 힘이 샘솟았던 그 시절의 나나로.

하지만 나는 이미 너무 멀리 떠나왔다. 이제 엄마 아빠의 충고는 내 삶에 아무런 도움을 줄 수 없었다. 두 분은 미국에서 살아본 적이 없고, 미국 대학을 다녀본 적도 없고, 미국 의대에 지원했다가 떨어져본 적도 없었다. 그러니 두 분이 아무리 좋은 말씀으로 위로를 하려고 해도 나의 마음은 이렇게 말할 뿐이었다.

'아니에요, 아니에요. 그렇게 쉽게 말하지 마세요. 엄마 아빠는 제 상황을 절대로 이해할 수 없어요.'

대신 하버드에 온 이후로 내가 더욱 기대고 의존한 사람은 손 선생님이었다. 선생님은 미국 생활을 오래 했고 미국에서 대학을 나오셨다. 또 유학원을 경영하면서 수많은 학생들을 미국 대학으로 보내셨다. 선생님은 미국에서 아시아인, 특히 코리언으로 살면서 겪어야 하는 숱한 고난과 장애물에 대해 잘 알고 계셨다. 그럼에도 불구하고 나를 하버드로 이끌고, 노력만 한다면 의대에도 진학할 수 있다고 꿈을 불어넣어주셨다. 나는 학교생활의 크고 작은 모든 일에 선생님께 조언을 구했고 선생님의 말이 하늘이라고 생각하며 따랐다. 위기의 순간마다 선생님께 전화를 걸어 펑펑 울거나 혼이 나야 정신을 차렸다.

하지만 지금 나의 상황은 그것조차도 불가능했다. 나는 선생님의 얼굴을 볼 수 없었다. 목소리를 들을 자격도 없었다. 나만의 슬픔과 패배감에 빠져 실컷 괴로워하다가도, 문득 손 선생님이 나로 인해 겪고 있을 슬픔과 실망감을 떠올리면 내 고통은 사치라는 생각이 들었다. 국제학생으로서 다섯 개 대학에 인터뷰 초대를 받은 것만 해도 1,000 대 1의 경쟁을 뚫은 굉장한 수확이라며 애써 만든 논리로 나를 위로해 주시는 선생님. 하지만 그 속은 피눈물을 흘리고 있다는 걸 내가 모를 리 없었다.

중간고사가 다가오고 있었지만 나는 아무것도 손에 잡히지 않았다. 수업도 싫고 스터디도 싫었다. 꽃샘추위보다 더 추운 보스턴의 잔인한 봄과, 그럼에도 불구하고 점점 초록색으로 옷을 갈아입고 생기를 더해 가고 있는 하버드 교정도 꼴 보기 싫었다. 나는 손가락 하나 까딱하기 싫은 무기력증에 빠져들고 있었다. 세상은 멀쩡한데 내가 있는 공간만 아래로 아래로 가라앉는 기분이었다.

하버드 마지막 학점

나를 향한 냉소와
텅 빈 마음

기억 속의 나는 삶의 단 한 순간도 목표가 없었던 적이 없었다. 자의식이라는 것이 본격적으로 형성되기 시작한 여덟, 아홉의 나이부터 나는 늘 목표와 함께해왔고 그걸 성취하고 싶어 안달했다. 목표는 내게 강한 열정과 도전의식, 끈기와 오기까지 함께 주었다. 목표 때문에 나는 늘 수많은 계획으로 분주한 아이였다. 하루 종일 열에 들떠 꿈에 대해 중얼거렸고, 매일매일의 목표량과 그 성취량을 측정하며 나를 분석하고 응원했다.

그 시절 나는 밤마다 하늘을 나는 꿈을 꿨다. 구름과 바람에 몸을 맡기면 어디든 가고 싶은 곳에 갈 수 있었다. 나는 부석사와 소백산, 영동선 철길이 내려다보이는 내 고향 영주의 상공 위를 날다가 한반도가 한눈에 들어오는 태평양 위를 날았고, 마침내 지구를 한눈에 바라보며 대기권 밖으로 뻗어나갔다. 내 주위에는 따뜻한 태양과 구멍이 송송 뚫린 달과 붉은 화성과 신비로운 금성이 궤도에 맞물려 돌아가고 있었다. 나는 이 모든 것의 주인이었다.

하지만 이제 나는 더 이상 날지 않는다. 날려고 뛰어보지만 무거운 두 다리가 허공에서 몇 번의 발길질만 하다가 그냥 주저앉을 뿐이다. 열정도 희망도, 영혼까지도, 모두 빠져나간 빈껍데기 육체는 축축하고 검은 가스로 가득 차 무겁게 가라앉았다. 나는 지금 어디에 있는 걸까? 어디로 가는 걸까? 예전의 내 인생은 x, y 좌표 상의 함수처럼 명확했다. 아무리 어려워 보이는 문제도 분명한 목표, 목표로 가는 지도와 주변 사람들의 충고와 조언, 그리고 나 자신의 의지로써 꾸준히 공략하면 1차 방정식의 함수처럼 똑 떨어지는 정답을 찾을 수 있었다. 하지만 지금은 아니다. 내가 따라왔던 삶의 법칙들, 내가 믿어왔던 가치들은 모두 틀렸다. 나는 그것들을 잘게 찢어서 하늘을 향해 냅다 던졌다.

'최선을 다하면 꿈을 이룰 수 있어!'

'계속 노력하면 반드시 이룰 수 있어!'

'세상에 한계는 없고 이룰 수 없는 꿈도 없어!'

부메랑처럼 돌아오는 것들을 분쇄기에 넣고 가루로 갈아서 하수구에 버렸다. 그렇지 않아. 세상은 아무리 노력해도 이룰 수 없는 꿈들로 가득해! 사람들의 삶을 봐! 그들도 한때는 칭기즈칸처럼 원대한 가슴과 나폴레옹처럼 드높은 기상, 알렉산더 대왕과 같은 확고한 신념으로 가득 차 있었어. 그런데 지금은 어때? 다들 누군가에게 고용된 직원으로, 작은 사업체의 임원으로 사회라는 거대 시스템의 한 부속물이 되어 적당히 만족하며 살고 있잖아. 그들이 현명한 거야. 헛된 꿈을 꾸며 괴로워하기보다는 자기 한계를 인정하고 순응하며 사는 것이 옳아. 너도 이제 그만 너의 한계를 인정하시지.

나는 온몸에 시니시즘의 방패를 두르고 나 자신에 대해 냉소를 퍼부으며 수업에 들어가고 스터디에 참석했다. 반쯤 코마 상태에서 수많은 초콜릿 바를 씹어댔고 친구들과 시내로 나가 수백 달러어치의 화장품을 사 모으기도 했다. 중간고사가 다가오고 있었지만 아무런 감각이 없었다. GPA? 그게 뭐 어때서? 4년 동안 나의 세계관이자 종교였던 것이 지금은 그저 한 장의 종이 조각, 서류 한 장으로만 느껴졌다. 될 대로 되라지. 나는 내 인생을 향해 가운데 손가락을 내밀었다.

하지만 그 와중에도 나에게는 너무나 오래돼서 버릴 수 없는 지병이 있었다. 바로 '성실'이라는 촌스럽고 짜증나는 오랜 버릇이었다. 성실은 내 피부와도 같아서 훌훌 벗어 던지려 해도 벗겨지지 않았다. 나는 페이퍼가 꼴도 보기 싫어 미루고 미루면서도 결국 마감 전날 밤을 새우며 꾸역꾸역 열 장을 채워 냈다. 교수님이 내준 숙제는 이번에는 절대로 하지 않을 거라고 배짱을 부리다가도 막상 그 날이 다가오면 쫓기는 심정으로 컴퓨터 앞에서 숙제를 하고 있는 나 자신을 발견하곤 했다. 나는 생각했다. 최악의 상태에서도 완전히 망가지지 못하는 바보. 망가질 용기도 없는 멍청이…….

목표도 사라지고 열정도 떠나고, 패기와 용기, 도전의식도 모두 작별을 하고 사라진 지금, 쓸데없는 성실만이 남아서 나를 괴롭히고 있었다. 이놈을 어떻게 떼어버릴 수 없을까? 그럼 나는 완전히 자유로워질 텐데…….

그렇게 나는 봄을 맞았다.

죽을 것 같은 아픔
여기가 바닥인가   아프다. 마음이 아프다. 아니, 이 찌를 듯한 아픔은 마음 때문이 아니라 몸 때문인 것 같다. 벌써 몇 시간 전부터 나는 침대에서 일어나라고 내 몸에 명령을 내리고 있지만 몸은 요지부동 말을 듣지 않는다. 나는 떠지지 않는 눈을 간신히 열고 축 늘어진 내 손과 다리를 내려다보았다. 그것들은 마치 죽은 새 모양을 하고 널브러져 있었다. 나는 다시 한 번 그들을 향해 명령을 내렸다. 일어나. 수업에 가야지. 공부를 해야지. 하지만 아무 반응이 없었다. 눈가에서 눈물이 주르륵 흘러내렸다.

'이건 슬퍼서 우는 게 아니라 아파서 우는 거야.'

한참이 지나서야 나는 상황판단을 할 수 있었다. 온몸이 열로 들끓었다. 어딘가에서 규칙적인 고통이 리듬을 타고 계속되고 있었다. 콕콕, 날카로운 송곳으로 찌르는 듯한 고통. 끼익끼익, 톱질을 하는 듯한 고통이 5초 간격으로 밀려왔다. 그 때마다 나는 "으윽" 하며 작은 신음소리를 냈고 자동적으로 눈물이 흘렀다.

세상에 이런 아픔도 있었나? 이때껏 내가 겪었던 아픔은 기껏해야 감기와 너무 많이 먹었을 때의 소화불량, 그리고 너무 많이 뛰었을 때의 호흡곤란이 고작이었다. 하버드 4년 내내 그 어떤 위기 앞에서도 철통처럼 버텨주었던 나의 체력은 어디로 간 걸까?

몇 주 사이에 내 마음의 고통이 육체까지 파고들어가는 것을 나는 전혀 몰랐다. 나는 여전히 많은 사람과 어울리며 허기진 사람처럼 먹어대고 의미 없는 농담에 멀쩡한 얼굴로 깔깔 웃어댔다. 친구들에게 나는 여전히 머리 하나가 껑충 더 크고 튼튼한 하체를 가진 여전사 나나였다. 그런 내가 쓰러지다니…….

침대에서 일어나, 어서! 침대에서 일어나, 나나. 근 서너 시간 만에 나는 돌덩이 같은 내 팔다리가 약간의 반응을 하는 것을 느낄 수 있었다. 뭘 해야 하지? 그래, 옷을 챙겨 입고 식당으로 가자. 그곳에서 오렌지주스를 한 모금 마시고 따뜻한 브로콜리 스프로 위를 채우는 거야. 그럼 아무렇지도 않은 듯 다시 살아날 수 있을 거야.

나는 층계 난간에 기대어 거의 미끄러지다시피 식당으로 내려갔다. 오렌지주스를 한 컵 가득 따라 메마른 입가로 가져갔다.

"으아악!"

다음 순간, 나는 턱을 감싸 쥐며 식당 바닥에 나뒹굴고 있었다. 칼로 도려내는 듯한 시린 통증이 잇몸을 뽑아버릴 듯 관통하고 있었다. 마치 전기고문을 당하는 것 같은 통증. 이가 와르르 빠지고 잇몸이 흐물흐물 녹아버리는 것 같은 통증.

나의 비명소리는 식당뿐만 아니라 커크랜드 하우스를 통째로 날려버릴 만큼 날카롭고 높았다. 사람들이 몰려들고 그 중에 나를 아는 사람들이 놀란 얼굴로 나를 일으키려 했다.

"나나, 무슨 일이야? 어디가 아픈 거야?"

나는 여전히 작은 비명을 계속 지르며 울고 있었다. 아팠다. 이런 아픔을 겪느니 차라리 죽는 게 낫다고 생각할 정도로 아팠다..

리웨이의 도움으로 30여 분 후 나는 학생 병원에서 진찰을 받았다.

의사는 치아에 문제가 있는 것 같다며 보스턴 시내로 나가 정식으로 치아 엑스레이를 찍어보라고 권했다. 그리고 몇 알의 진통제를 처방해주었다.

하지만 진통제는 아무 소용이 없었다. 나는 밤새도록 통증이 밀려올 때마다 숨을 멈추고 흐느꼈다. 잇몸의 고통이 얼굴 뼈마디 전체로 번지고, 이제 뇌 속까지 저릿저릿 파고들었다. 부처님! 하나님! 왜 나에게 이런 고통을 주나요? 나를 의대에서 떨어뜨리고 절망의 구렁텅이에 빠뜨린 것만으로는 부족했나요? 마음의 고통만으로 충분하지 않았나요? 하루하루 가까스로 버티고 있는 내게 왜 이런 시련을 또 주시나요?

원망과 설움의 흐느낌 사이로, 부석사 큰스님의 말씀이 떠올랐다.

"나나야, 모든 일에는 반드시 이유가 있다. 모든 고통에는 반드시 그것을 견뎌야 할 이유가 있다……. 오직 난행(難行)을 능히 행하는 자만이 힘을 얻을 수 있단다……."

나는 충분히 아프지 않았나 보다. 지금까지 나는 아마도 엄살을 부렸나 보다. 아직까지도 더 받아야 할 벌이 남아 있었나 보다. 단 하루의 치통이 지난 몇 달간 겪었던 정신적 고통보다도 더 끔찍하다니! 이깟 치통이 내가 받은 영혼의 상처, 패배, 좌절과 절망보다 더 고통스럽다니!

이런 아픔도 모르고 의사가 되려고 했다니! 그래, 바로 그거야! 이런 아픔도 모르고 감히 의사가 되려고 한 내게 신이 마땅한 고통을 선물해 주시는 거야. 벌하는 거야.

다음 날, 나는 아무것도 먹지 못하고 핼쑥해진 얼굴로 컴퓨터 앞에 최악이다. 바닥이다.
나는 의대 진학에 실패했고 내 치아는 모조리 흔들리고 있으며
나의 하버드 마지막 학점은 D이다.
두 눈에서 뜨거운 산성비가 줄줄 흘렀다.
뺨이 타는 듯이 아팠다.

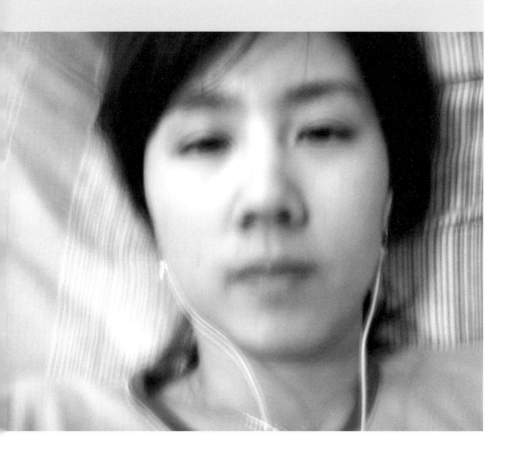

앉았다. 찬물은 입에도 대지 못하고 따뜻한 물을 식혀 혀로 할짝할짝 핥아먹었다. 학교 이메일에 로그인을 했다. 조교가 보내주는 중간고사 성적을 확인하기 위해서였다.

신경생물학, 패스('Pass or Fail'이라고, 학점을 따로 부과하지 않고 합격 pass 혹은 불합격fail만 따지는 하버드의 수강 제도가 있다).

약물심리학, 패스.

세포생물학, C.

한국사, D.

…….

헛. 헛헛. ㅎㅎ……. ㅎㅎㅎ……. 흑흑흑. 입에서 웃음인지 울음인지 알 수 없는 소리가 흘러나왔다. 최악이다. 바닥이다. 나는 의대 진학에 실패했고 내 치아는 모조리 흔들리고 있으며 나의 하버드 마지막 학점은 D이다.

4년 전 올 A의 성적표를 받고 열정에 들떴던 내 모습이 떠올랐다. 다시는 돌아갈 수 없는 시간. 이제는 허무한 꿈이 되어버린 시간……. 두 눈에서 뜨거운 산성비가 줄줄 흘렀다. 뺨이 타는 듯이 아팠다.

내가 돌아가야 할 곳

죽기 아니면 살기

다시 하버드로　　　　"서울행 대한항공 KE085기의 탑승이 시작되었습니다. 탑승 수속을 마친 승객들은 7번 게이트로 탑승해 주세요."

뉴욕 JFK 국제공항. 나는 한 손에 티켓을 들고 부들부들 떨고 있었다. 내 옆에는 커다란 슈트케이스 하나와 어깨에 메는 검은 배낭, 그리고 손 선생님이 있었다. 선생님은 까맣게 타들어가는 얼굴로 내 눈치만 살폈다. 두 손을 어찌해야 좋을지 몰라 호주머니에 넣었다 뺐다가 반복하면서.

나는 결심을 해야 했다. 이대로 한국으로 돌아갈 것인가, 아니면 다시 하버드로 갈 것인가.

"선생님⋯⋯, 선생님이 하라는 대로 할게요."

나는 울먹이며 말했다. 하지만 선생님은 고개를 저었다.

"나나야, 이건 네가 결정해야 할 문제다. 부담 갖지 말고 그냥 네 마음이 시키는 대로 해라. 나는 어느 쪽이든 괜찮다."

결정의 시간이 20분밖에 남지 않았다. 나는 원망의 눈초리로 선생님을 바라보았다. 선생님, 그냥 나에게 이렇게 하라고 지시해 주시면 안 되나요? 예전에 저에게 영어를 가르쳐주실 때처럼 말이에요. 그 땐 꼭 봐야 할 참고서와 외워야 할 단어들과 앞으로의 계획을 분명하게 짜주셨잖아요. 왜 지금은 저에게 이 모든 짐을 다 지우시나요?

선생님의 휴대전화와 내 휴대전화가 번갈아가며 울려댔다. 엄마로부터 온 전화가 분명했다. 나는 받지 않았다. 선생님이 한참을 기다리다가 하는 수 없이 수화기를 드셨다.

"예, 나나 어머님. 아뇨, 아직 탑승하지 않았습니다. 나나가 결정을 내리길 기다리고 있습니다."

수화기 너머로 엄마가 비행기를 타게 해선 안 된다고, 어떻게든 설득해서 보스턴으로 돌려보내라고 애원하는 소리가 들렸다. 선생님은 침착하게 대응하셨다.

"그렇게 못하겠습니다. 애처로워서 그렇게 잔인하게는 못하겠습니다. 이번 일은 그냥 나나에게 맡깁시다. 나나가 결정하게 그냥 둡시다."

선생님은 나를 바꿔 달라는 엄마를 끝까지 설득하고는 전화를 끊으셨다. 이제 남은 시간은 10분밖에 없었다. 이대로 뛰어 탑승 수속을 해야만 비행기를 탈 수 있었다. 나는 운동화를 신고 있는 내 두 발을 내려다보았다. 뛸 거니 말 거니? 나나, 어떡할 거니?

결국, 나는 뛰지 않았다. 시계 초침이 째깍째깍 돌아가고 이제 비행기는 활주로를 달리고 있을 것이다. 선생님은 편안한 표정이 되어 의자에 앉으셨다. 나는 여전히 내 두 발과 대화 중이었다.

'왜 뛰어가지 않았니? 하버드에 미련이 남아서?'

두 발이 대답했다.

'미안해……. 사실 나는 지금 뛸 용기가 없어.'

'뭐라고? 그럼 보스턴으로 돌아갈 용기는 있는 거야?'

'미안해……. 사실 그것도 자신이 없어.'

'정말 너무해! 날더러 어쩌라고? 눈 딱 감고 뛰었어야지! 날더러 하버드로 어떻게 돌아가라는 거야?'

어느새 나는 흐느끼고 있었다. 선생님이 뒤에서 나를 부르셨다.

"나나, 뚝. 제발 그만 좀 울어라. 울더라도 여기 와서 내 옆에서 조용히 울어라. 사람들이 쳐다보지 않니."

나는 꺼억꺼억 울면서 선생님 옆으로 다가가 앉았다. 결국 한국에는 돌아가지 않았다. 남은 길은 하버드로 돌아가는 것뿐이다. 나는 결정하지 않았지만 내 두 발이 제멋대로 그렇게 결정해 버렸다. 내 마음은 늘 이렇게 몸에게 지고 만다.

치통에 까무러치고 D라는 성적표에 마음 한 조각이 죽어버렸던 그날, 봄방학이 시작되었고 나는 뉴욕으로 왔다. 이곳에서 나는 치과 진료를 받았고 치신경이 죽어가고 있다는 진단을 받았다. 치과 의사는 내게 최근에 무슨 큰 심리적인 압박을 받은 적이 있냐고 물어보았다. 내가 하버드 졸업반이라고 말하자 그는 이해할 수 있다며 고개를 끄덕이고 말했다.

"I've been there." (나도 그곳에 가봤죠.)

미국인들은 이렇게 하나의 경험을 하나의 장소(there)처럼 말한다. 자신도 겪어봤다는 뜻이다. 하지만 과연 내가 가본 그 장소가 이 사람이 가본 그 장소와 똑같은 장소일까? 나는 고개를 저었다. 미국인들, 당신들의 표현은 틀렸어요. 거긴 나 혼자만 가본 나만의 장소예요. 나만의 지옥이에요. 그러니 이해한다는 말은 하지 말아요……

치신경이 죽어가고 있다는 건 내가 폐경기를 겪는 50대 여성의 잇몸을 가지고 있다는 뜻이었다. 심각할 경우 치아가 다 빠져 틀니를 하고 나머지 인생을 살아야 할지도 몰랐다. 이봐, 나는 이제 겨우 스물여섯이야! 아직 결혼은커녕 연애도 못 해봤어! 스물여섯에 이 빠진 할머니가 되란 말이야? 게다가 나는 미스코리아란 말이야!

하버드 4년이 내게 남긴 것이 결국 끔찍한 패배와 D라는 성적표, 죽음보다 더한 치통, 그리고 틀니란 말인가? 나는 정신이 번쩍 들었다. 의대 진학. 그래, 그건 실패했어. 실패한 거 인정해. 하지만 그렇다고 내가 그토록 치열하게 노력했던 하버드에서의 4년까지도 실패로 돌릴 것인가? 의대에 실패했다고 해서 그 시간까지 무의미한 것으로 내팽개칠 것인가? 내가 그토록 열광했던 화학은? 그토록 재미를 느껴 설레며 들었던 유기화학과 물리와 생물은? 그 순수한 학문적 희열까지도 모두 거짓말은 아니었잖아? 그 순간순간이 다 의대에 가기 위한 희생만은 아니었잖아?

이대로 졸업할 수는 없었다. 4학년 2학기가 절반쯤 흘렀다. 아직 늦지 않았다. 지금이라도 휴학을 하고 1년 동안 재충전을 하자. 그러면 힘을 내서 마지막 학기를 다시 시작할 수 있을 거야. 내 성적표의 D학점을 깨끗이 지우고 새로 쓸 수 있을 거야. 지금 이대로는 내 몸 하나 추스를 수 없어. 나는 쉬어야 해.

나는 제일 먼저 손 선생님에게 휴학 계획을 말씀드렸다. 선생님은 반반이었다. 끝까지 최선을 다하라고 말하고 싶지만 그게 얼마나 어려운지 알기 때문에 강요할 수는 없다고 말씀하셨다. 하지만 부모님은 달랐다. 부모님은 몇 달 남지도 않은 시간을 또다시 1년으로 늘일 필요가 있냐고 하셨다. 부모님은 아직 기말고사가 남았으니 열심히 하면 충분히 만회할 수 있다며 조금만 힘을 내주길 바랐다.

하지만 휴학에 대해 말하면 말할수록 나는 그게 얼마나 편하고 쉬운 해결책인지 깨닫게 되었고 점점 그것만이 정답이라는 확신에 찼다. 휴학을 하면 그 끔찍한 D학점은 사라질 것이고 나는 여전히 하버드 학생으로 목숨을 연장할 수 있다. 이 얼마나 매력적인 해결책인가!

사실 미국 아이들에게는 휴학은 별 것도 아니었다. 그들에게는 꼭 4년 안에 졸업해야 한다는 강박관념도 없었고 졸업하자마자 곧바로 대학원에 가야 한다는 법칙도 없었다. 많은 아이들이 1~2년을 쉬면서 학교 밖에서 사회 경험을 했고, 졸업 후에도 대학원으로 직행하기보다는 2~3년 직장생활을 한 후에 비즈니스 스쿨이나 메디컬 스쿨에 들어가는 경우가 허다했다. 미국 아이들은 대학 공부만으로는 아무것도 증명할 수 없다는 것을 잘 알고 있었다. 미국은 경험을 소중히 여기는 사회로 대학 졸업장 이외에도 풍부한 사회봉사 경험, 혹은 직장에서의 인턴 경험, 현장에서의 실무자 경험을 요구했다. 이런 분위기 속에서 학생들은 학문적 성취와 필드에서의 현장 경험이라는 두 가지 요소를 모두 갖추기 위해 애를 썼다. 방학 때는 인턴십을 찾아 세계 각지로 흩어졌고 짧게는 6개월에서 길게는 1~2년 휴학을 하여 자신만의 전문 분야에서 일하고 돌아오곤 했다.

나는 이렇게 엄마 아빠를 설득했지만 소용이 없었다. 두 분에게 휴학은 도피였다. 2개월만 더 버티면 졸업이었다. 두 분은 최후의 발악이든 뭐든 끝까지 해서 마침표를 찍기를 바라셨다.

공항에서 안절부절못하고 결정을 내리지 못하던 그 때, 아마 나의 두 발은 이 말을 하고 싶었던 것 같다.

'나나, 내가 탑승구를 향해서 뛰지 않았던 건 네가 도망치려는 걸 알기 때문이었어.'

나는 헉, 하며 숨을 멈췄다.

'미국 아이들이 휴학을 하는 건 경험 때문이야. 하지만 너를 봐. 너는 지금 도피하고 싶어 안달하는 거잖아. 더 이상 싸울 힘이 없어서 포기하려는 거잖아!'

'너무해. 그렇게 잔인하게 말할 필요는 없잖아!'

'현실을 직시해, 나나. 도망치다니, 나나답지 않아!'

'나나답지 않다니? 뭐가 나나다운 건데?'

이제 두 발은 웃고 있었다.

'계속 도전하는 것. 끝까지 포기하지 않는 것. 그게 나나야.'

나는 아무 말도 할 수 없었다. 오랜 침묵이 흘렀다.

'이제 나는 어쩌지?'

내가 마침내 질문을 던졌을 때, 두 발이 벌떡 힘을 주고 일어났다. 두 팔이 배낭을 멨고 한 손으로 슈트케이스를 끌어당겼다.

'보스턴으로 돌아가. 하버드로 돌아가.'

어느새 내 입도 같은 말을 하고 있었다. 나는 손 선생님께 이렇게 말했다.

"보스턴으로 가겠어요. 죽기 아니면 살기로 버텨볼게요."

Time for plan B

새로운 기회

컬럼비아 영양대학원   하버드로 돌아온 나를 기다리고 있는 것은 낯
선 곳에서 날아온 한 통의 이메일이었다.

'나나 금, 당신에게 저희 컬럼비아 영양대학원의 석박사 프로그램
을 안내드립니다. 컬럼비아 영양대학원은 당신의 지원서를 기다리고
있습니다.'

메일에는 대학원에 관한 약간의 정보와 함께 지원과 관련한 일정이
안내되어 있었다.

왜 이런 메일이 나에게 온 걸까? 아마도 내가 컬럼비아 의대에 보냈
던 지원서가 같은 대학 소속인 영양대학원으로 전달된 것인 듯했다.
메일의 내용 중 문장 하나가 나의 관심을 끌었다.

'저희 영양대학원은 의사, M.D., 치과 의사, 보건 관련 종사자 등이

재교육을 위해 등록할 정도로 심도 있는 학습과 연구를 제공합니다. 의학과 관련된 진로를 모색하는 사람들에게 최고의 선택이 될 것입니다.'

나는 곧바로 컬럼비아대학의 홈페이지에 접속하여 영양대학원에 대해서 조사하기 시작했다.

'Institute of Human Nutrition.' 이곳은 내가 지원했던 의과대학원에 소속된 연구기관이자 컬럼비아대학의 독립된 영양대학원이기도 했다. 일반적인 영양학 석박사 과정뿐만 아니라 의대생들을 위한 심화과정, 의학박사 학위과정 등이 모두 제공되는 꽤 큰 규모의 대학원이었다.

나는 영양대학원 안에 있는 여러 연구 파트들을 눈여겨보았다. 동맥경화 연구센터, 허버트 어빙 암 연구센터, 나오미 베리 당뇨병 연구센터, 비만 연구센터……

순간, 뱃속 어디선가 따뜻한 기운이 피어오르는 것이 느껴졌다. 작은 구슬 같은 따뜻한 기운, 혹은 작은 불씨 같은 뜨거운 기운이 떼굴떼굴 몸을 굴리며 커지고 있었다. 이게 뭘까? 이 느낌은 뭘까? 나는 놀라서 배 위에 손을 얹었다.

나는 이 느낌을 잘 알고 있었다. 지난 25년간 늘 함께해온 이 익숙한 느낌. 그것은 호기심이었다. 열정이었다. 내가 호기심을 느낄 때 내 몸에서 일어나는 물리적인 반응이었다. 뜨거운 열기가 배꼽 안쪽을 간질이다가, 점점 뜨겁고 강해져 딱딱한 구슬이 되었다가, 공처럼 커져서 가슴까지 가득 부풀고, 그리고 마침내 치밀어 오르며 온몸을 향해 폭발하는 것이다. 잠들었던 세포가 깨어나는 느낌. 죽었던 육체가 살아

나는 느낌……. 마치 생명의 여신이 빈껍데기 육체에 숨결을 불어넣는 그런 느낌…….

그 순간 나는 며칠째 나를 괴롭히고 있던 치통이 절반 이상 달아나는 상쾌함을 맛보았다. 텅 빈 내 몸속으로 떠났던 것들이 하나씩 돌아오는 것을 느낄 수 있었다. 비행기 밖으로 뛰어내렸던 열정, 도전, 용기, 패기 등이 그 머나먼 마일리지를 엉금엉금 걸어 다시 나를 찾아온 것이다.

'너도 힘들었겠지만 우리도 무척 힘들었단다.'

'나나, 우리가 있을 곳은 바로 너야. 잘못했어. 이제 다시는 떠나지 않을게.'

나는 복받치는 설움을 토해내듯 꺼억꺼억 울기 시작했다.

'미안해. 미안해. 용서해. 나를 용서해. 내 모든 나약함과 내 모든 비겁함을 용서해 줘. 고마워. 고마워. 돌아와줘서 고마워. 나를 버리지 않아서 정말 고마워. 너희들이 필요해. 왜냐하면…… 너희들이 없으면…… 나는 나나가 아니야. 나나일 수가 없어…….'

눈물이 흘렀지만 나는 더 이상 가슴이 터질 듯 답답하지도, 머리가 돌아버릴 듯 아프지도 않았다. 그렇게 시원하게 울어본 것은 몇 달 만에 처음이었다. 카타르시스. 눈물은 지난 몇 달간의 내 상처를 어루만지고, 그곳을 붕대로 감싸주고, 이제 모든 것이 제자리를 잡을 거라고, 모두 괜찮을 거라고 다정하게 속삭였다.

'괜찮아. 괜찮아. 너는 잘 견뎠어. 너는 실패한 게 아니야. 너는 이긴 거야.'

한참을 그렇게 울고 난 후, 거울 속의 나는 후련한 표정을 짓고 있었다. 두 눈은 다시 반짝였고 볼은 건강한 홍조로 물들어 있었다.

나는 손 선생님에게 전화를 걸었다.

"선생님, 제가 지금 이메일을 보낼 테니 이것 좀 보세요! 굉장해요!"

수화기 너머로 환하게 밝아지는 선생님의 표정이 보이는 듯했다.

다운타임을 없애는 플랜 B

미국 아이들이 잘 하는 말 중에 'Time for plan B'라는 말이 있다. 첫 번째 계획인 플랜 A가 실패했으니 이제 두 번째 계획인 플랜 B를 시작할 때라는 뜻이다. 미국 아이들에게는 항상 플랜 B가 준비되어 있었다. 그래서 어느 한 계획이 틀어졌다 해도 크게 좌절하지 않고 곧바로 다음 계획으로 넘어가는 신축적인 모습을 많이 보았다.

데이빗의 경우가 그랬다. 데이빗은 고등학교 시절부터 그야말로 단 한 번의 실패 없이 탄탄대로 학자의 길을 걷고 있다. 우수한 성적으로 조기지원을 통해 하버드에 입학했으며 졸업 후 곧바로 하버드 경제학 대학원으로 골인했다. 내년에 박사과정을 다 끝내게 될 데이빗은 대학에서 교수 자리를 얻거나 중국으로 건너가 개인 연구 프로젝트를 진행하거나 혹은 취업을 하는 세 가지 안을 세워두었다. 내가 "너 같은 천재가 무슨 대안이 두 개씩이나 필요하냐"고 묻자 데이빗은 눈알을 굴리며 이렇게 대답했다.

"I'm just a genius among geniuses among geniuses……." (나는 수많은 천재 중의 천재 중의 천재일 뿐이야.)

신축 계획을 세우는 데 있어서는 프리실라나 리웨이 같은 국제학생도 마찬가지였다. 사실 프리실라는 이중국적이라서 미국 의대를 가는 데 아무런 걸림돌이 없었다. 하지만 본인 스스로 라티노(Latino, 미국에 거주하는 아메리카계 시민)가 미국의 주류사회로 진입하기는 매우 어렵다며 고국 브라질로 돌아가는 길을 선택했다. 프리실라는 일단은 브라질에서 2~3년 정도 일하며 재충전을 하고, 그 다음에 미국 의대에 도전하겠다는 계획을 세웠다. 참, 그 사이에 오래 사귄 남자친구와 결혼할 계획도 갖고 있다.

리웨이는 그야말로 많은 대안을 갖고 있었다. 그의 대안은 중국 대학원으로 진학하거나 독일 대학원으로 진학하거나 혹은 취직을 하거나 셋 중 하나였다. 리웨이는 이미 하버드에 오기 전에 독일에서 고등학교를 다녔기 때문에 독일어도 능통했다. 이 모든 대안을 들고 조율하다가 그는 J.P.모건에 취업하여 홍콩으로 가는 길을 택했다. 공부는 늦어도 괜찮지만 사회 경험은 어린 나이에 반드시 해봐야 한다는 생각 때문이었다.

아이들은 이 모든 플랜을 오랜 기간을 두고 동시 진행했다. 대학원에 원서를 넣으면서 동시에 기업에도 원서를 넣었고 그 와중에도 다른 경로에 대한 가능성을 열어두었다. 프리메드 학생들의 경우도 모든 시간을 빼앗아가는 의대 지원을 하면서도 시간을 쪼개 각 금융회사에 지원을 하고, 그것도 모자라 대학원에도 지원했다. 그래서 마침내 한두 가지 계획이 실패하더라도 다운타임(downtime, 원뜻은 컴퓨터나 기계가 고장 나서 쓸 수 없는 시간. 혹은 몸이 아프거나 마음의 고민이 있어서 정상 생활을 못 하고 방황하는 시간) 없이―혹은 최소한의 다운타임 후―

곧바로 플랜 B로 넘어가는 것을 볼 수 있었다.

아마 나의 실수는 그들처럼 꿈이 열려 있지 않았다는 데 있었을 것이다. 나에게는 의대 진학 이외에는 그 어떤 플랜도 없었다. 나는 언제나 'All or Nothing'이었다. 스무 살 때 처음 미국 땅을 밟아 라스베이거스 카지노에서 룰렛 게임을 했을 때도, 나는 갖고 있던 칩을 한 번호에 몽땅 걸었다. 하버드에 와서도 친구나 연애, 동아리 활동 등은 모두 포기하고 오로지 GPA, 성적표에 내 모든 것을 걸었다. 무려 26개의 의과대학원에 지원서를 내면서도 다른 대학원에 지원할 생각은 조금도 하지 않았으며, 기업에 지원할 생각은 머리를 스친 적도 없었다.

나는 단세포, 한 번에 하나 이상을 생각하지 못하는 외곬이다. 심지어 공부를 할 때도 나는 고지식하다. 생물을 공부할 때는 책상 위를 싹비우고 오직 생물책 하나만 펼쳐 놓는다. 수학을 공부할 때는 책상 위에 수학 교과서와 공책 그리고 연필밖에 없다. 이 책 저 책 다 펼쳐 놓고 한쪽에는 모든 참고도서를 층층이 쌓아 놓고 공부하는 아이들과는 상당히 다르다.

덕분에 나는 엄청난 대가를 치러야 했다. 나는 하나의 꿈과 목표에 중독이 되어 그것만이 전부라고 생각했다. 그만큼 그 꿈이 실패했을 때 길고 처절한 다운타임을 견뎌야 했다. 나는 꿈에 대한 강한 열망은 좋은 것이라고 배웠다. 사람은 한 우물을 파야 하며 애타게 원하고 노력해야만 쟁취할 수 있다고 배웠다. 하지만 이제 내가 깨달은 것은 지나친 열정은 자기파괴적일 수도 있다는 것이다. 열정은 폭발적이고 역동적이어서 목표를 향해 뛰어가는 속도나 그 집중력만큼은 그 무엇과도 비교할 수 없다. 하지만 동시에 열정은 부딪쳐서 상처를 내고 폭발해서 목숨을 위태롭게 한다.

이제 나는 열정보다 더 큰 가치로 '기다림'을 꼽는다. 기다림은 힘이 세지도 않고 빠르지도 않다. 하지만 그 무엇보다도 오래 지속된다. 안 되면 포기하고 체념하는 것이 아니라 또다시 찾아올 기회를 맞이하기 위해 준비를 하면서 될 때까지 계속 기다린다. 열정이 오직 최단 거리의 직선로를 원한다면 기다림은 수많은 커브 길과 우회로를 묵묵히 견딘다. 지금은 아니라도 언젠가는 반드시 될 거라고 믿으면서 순간순간에 최선의 선택을 하는 것이다.

3학년 때 나를 공중보건학과 영양학의 세계로 이끌어주었던 미셸 교수님은 대학을 졸업하고 의대에 가서 무려 3년이라는 시간을 보냈지만 뒤늦게 자신의 길이 아님을 깨닫고 다시 공중보건대학에 들어가 박사학위를 마친 분이었다. 그렇게 우회하느라 마흔이 가까워서야 공부를 끝냈지만 교수님에겐 마침내 긴 기다림이 결실을 맺은 자만이 가질 수 있는 행복한 기운이 있었다. 수업 때마다 나는 교수님이 강의를 하는 매 순간을 감사히 즐기고 있다는 걸 분명하게 느낄 수 있었다.

먼 기다림의 차원에서 바라본다면, 지금 내가 26개의 의대에 떨어졌다는 건 그저 한 과정에 불과하다. 그게 뭐? 세상이 끝난 것도 아니고 하늘이 무너진 것도 아닌데. 그리고 다시는 기회가 없는 것도 아니잖아? 기회는 만들면 되고 기다리면 또 오는 거야. 내가 한국 입시에서 꼭 가고 싶었던 대학에 떨어졌을 때 그게 끝이라며 절망했지만 다시 하버드라는 기회가 왔던 걸 나는 기억했다. 삶은 그렇게 계속된다. 포기하지 않고 계속 준비하며 기다리는 사람에게는 반드시 기회가 온다.

나는 컬럼비아 영양대학원 지원을 결정했고 곧바로 합격을 통보받았다. 이것이 나의 플랜 B이다. 미국 아이들은 플랜 B에 대해 말할 때 꼭 이렇게 덧붙이곤 한다.

"때로는 플랜 B가 더 좋은 결과를 가져올 수도 있어."

인생은 초콜릿 상자와 같아서 열어보기 전에는 어떤 초콜릿이 들어 있는지 알 수가 없다. 나는 나에게 열려 있는 이 초콜릿 상자에 조심스럽게 손을 뻗었다. 맛을 보고 후회할 수도 있다. 혹은 그 새로운 맛에 반할 수도 있다. 영양학에서 새로운 꿈을 발견할 수도 있고, 혹은 그것을 바탕으로 다시 의사의 꿈으로 돌아가는 계기가 될 수도 있다. 어느쪽이든 좋다. 나는 준비를 하며 기다릴 거니까!

내가 싸워야 했던 것, 나 자신

오브리가다,
감사의 맛
　　　　　　　지혜 언니에게서 전화가 왔다.

　　"졸업하기 전에 패컬티 클럽(faculty club, 학교 내에서 교수들만 출입이 가능한 고급 레스토랑)에서 밥 한번 안 먹어볼 테야?"

　언니 안에는 늘 호기심이 반짝거리는 소녀가 살고 있다. 나는 1초도 망설이지 않고 대답했다.

　"먹어볼 테야!"

　천재 첼리스트 장한나를 닮은 언니는 하버드 과학대학원에서 박사 과정을 밟고 있는 천재 물리학도이다. 언니의 뇌는 지구상의 주파수를 초월하여 아스트랄계(Astral, 별나라 혹은 영혼들의 세계)에서 활동한다. 언니는 치과 진료를 받으러 가기 전에 치의대의 전공서적 한 권을 후

딱 읽고 가는 무서운 면이 있다. 물리 숙제를 하기 전에는 맥주를 한 잔 마셔서 뇌를 느슨하게 풀어주어야 쉬운 문제에 적응할 수 있다는 언니. "인간과 외계인이 만날 확률은 참새와 해파리가 만날 확률과 같다"거나 "1+1은 절대로 2가 아니다"라는 심오한 말을 던지는 언니는 4차원도 모자라 식스 시그마 밖에서 노는 소녀다.

지혜 언니는 내가 3학년 때 들었던 물리 수업의 조교들 중 한 명이었다. 내 담당 조교는 아니었지만 나는 언니의 설명을 듣는 게 좋아서 내 담당 조교를 제쳐두고 질문이 있을 때마다 언니를 찾아갔다. 나는 언니의 두 눈을 좋아한다. 그건 정말 커다란 검은 보석이 박힌 것처럼 반짝반짝 빛난다!

그 날의 멤버는 나와 지혜 언니, 그리고 내가 아끼는 듬직한 1학년 후배 부강이, 언니의 대학원 동기 에드와 칼이었다. 교수식당이라 언니는 에메랄드빛 드레스를 차려 입고 나왔고 남성 멤버들은 모두 넥타이를 맨 정장 차림이었다. 나도 검정 원피스로 살짝 예의를 갖췄다. 하버드 교수식당은 학부 학생들은 접근이 불가능한 곳이다. 오직 지혜 언니의 '빽'이 있기에 가능한 만찬!

클래식 선율에 맞춰 우리는 평소답지 않게 조근조근 얘기를 나누었다. 나이프와 포크를 열심히 놀려 주방장이 자신 있게 추천한 스테이크와 생선 요리, 파스타를 먹으면서 간간이 프랑스 산 메독 와인으로 목을 축였다.

"나나야, 다가오는 졸업과 하버드에서 이룬 모든 크고 작은 승리들을 축하한다!"

언니는 이 말과 함께 나에게 정성들여 빼곡히 쓴 편지를 전했다. 그

속엔 먼저 공부해 온 선배로서 힘들었던 점, 극복했던 일, 그리고 힘들 때마다 본다는 글귀가 적혀 있었다.

지혜로운 이의 삶

유리하다고 교만하지 말고, 불리하다고 비굴하지 말라.

무엇을 들었다고 쉽게 행동하지 말고, 그것이 사실인지 깊이

생각하여 이치가 명확할 때 과감히 행동하라.

벙어리처럼 침묵하고, 임금님처럼 말하며,

눈처럼 냉정하고, 불처럼 뜨거워라.

태산 같은 자부심을 갖고, 누운 풀처럼 자기를 낮추어라.

역경을 참아 이겨내고, 형편이 잘 풀릴 때를 조심하라.

재물을 오물처럼 볼 줄도 알고, 터지는 분노를 잘 다스려라.

때로는 마음껏 풍류를 즐기고, 사슴처럼 두려워할 줄 알며,

호랑이처럼 무섭고 사나워라.

이것이 지혜로운 이의 삶이니라.

눈시울이 뜨거워졌다. 대학원생으로서 미리 학문의 성장통을 겪은 언니답게, 언니는 나의 딜레마와 고충을 꿰뚫고 있었다. 늘 철없을 정도로 순수한 소녀인 줄만 알았는데 이토록 성숙할 줄이야.

언니는 '크고 작은 승리'라고 말했다. 내가 내세울 만한 승리란 고작 나 자신을 견디고 참아낸 것밖에 없는데……. 좋은 성적표를 받은 것이나 의대 진학에 실패한 것이나 컬럼비아 대학에 합격한 것은 별일이 아니다. 더 큰 승리는 나 자신을 지켜낸 것. 포기하지 않고, 미치거나

나 자신을 지켜낸 것,
포기하지 않고, 미치거나 자살하지 않고,
하버드 4년을 생존해 낸 것,
언니는 그것을 '크고 작은 승리'라고 말해준 것이다.

• 패컬티 클럽에서 지혜 언니와 함께

자살하지 않고, 하버드 4년을 생존해 낸 것. 언니는 바로 그것을 승리라고 말해준 것이다.

아마도 지금쯤 하버드 졸업반의 모든 학생들이 그렇게 자신만의 승리를 자축하고 있겠지. 남들에게는 절대로 보여주지 않았던 자신들의 나약함을 딛고, 꽁꽁 싸매고 감추었던 회피와 포기와 비겁의 순간들을 딛고, 마침내 졸업을 맞은 자신들의 승리를 축하하고 있겠지. 그래, 나는 의사가 되려고 하버드에 온 것이 아니었어. 나는 나를 만나기 위해, 나와 부딪쳐서 이기기 위해 하버드에 왔던 거야. 상처받기 쉽고, 여리고, 세상 사람들의 기대와 판단에 이리저리 휘둘리는 나약한 내 실체와 마주하기 위해 온 거야.

그제야 모든 것이 분명해졌다. 그 수많은 위기와 실패, 바닥까지 떨어진 추락, 그리고 좌절. 왜 나에게 이런 시련을 주느냐고 하늘을 원망했었다. 왜 하필 나에게? 하지만 그건 나에게만 떨어진 시련이 아니었다. 나뿐만 아니라 모든 하버드생들, 아니 이 땅의 모든 젊은이들이 숨 쉬는 모든 순간마다 견뎌야 하는 똑같은 시련이었다.

우리가 싸워야 했던 대상은 하버드의 수많은 천재들도 아니었고, 살벌한 프리메드들도 아니었고, 의과대학원이나 비즈니스 스쿨도 아니었다. 그것은 우리 자신이었다. 우리 자신의 나약함, 수많은 단점들과 싸워야 했던 것이다.

내가 과연 이겼을까? 그래, 의심하지 말자. 나는 나를 이겼다. 나는 나의 바닥을 보았고 거기서부터 다시 기어 올라왔다. 쳐다보기조차 싫었던 내 자아와 마주했고 그걸 부둥켜안고 끌고 나왔다. 나는 수많은 상처를 입었지만, 더 강해졌다. 나는 성장했다. 엄마 아빠, 나 이제 아무 죄책감 없이 나의 승리를 자축해도 되겠지요? 나 이제 나 자신과 화해해도 되겠지요?

나는 나의 메인디시로 나온 빨간 야채 소스에 허브가 부슬부슬 뿌려진 하얀 쌀밥과 난을 바라보았다. 이것이 바로 내 승리를 축하하는 음식이다. 그 동안 흘린 눈물과 땀, 세상에 대한 믿음과 나에 대한 사랑, 그리고 자랑스러움이 모두 응축된 한 끼의 따뜻한 식사이다.

치통은 많이 가라앉았고, 나는 이 음식이 너무나 기대되어 가슴이 터질 지경이었다. 밥 한 술을 소스에 촉촉이 적셔 작은 난 조각과 함께 한 입에 넣었다. 입 안 가득 재료의 신선함이 퍼졌다. 소스에 적신 밥알은 한 알 한 알 통통 터졌고 난은 부드럽게 씹히며 혀로 녹아들었다. 나는 그 맛을 무엇이라 정의해야 할지 알 것 같았다. 오브리가다. 이 맛의 이름은 오브리가다(Obrigada)였다. 내 친구 프리실라가 쓰는 '감사하다'는 뜻의 포르투갈어 오브리가다. 감사합니다. 감사합니다. 이 맛을 영원히 잊지 않겠습니다……

난행을 행하며
끝까지 걸어온 길　　　　오랜만에 용기를 내어 부석사 큰스님께 전화를 드렸다. 큰스님은 내가 의대를 포기하고 싶은 충동을 느낄 때마다 늘 그래선 안 된다며 나를 제자리로 돌려놓으려 애쓰신 분이었다. 2학년 여름방학 때 홍콩의 금융회사로 인턴십을 떠날 때도 의사가 될 사람이 글이나 한 자 더 보지 그런 건 왜 하냐며 못마땅해 하셨다. 내가 중간 중간 "전공을 바꿔볼까요?" 하며 애매

"실패란 상대적인 거야.
네가 여기서 좌절을 하면 실패지만,
이것을 뛰어넘어 전화위복의 기회로 삼는다면
그건 실패가 아니라 좋은 경험이 될 터이니
이보다 더 좋은 수행이 어디 있겠니?"

• 2008년 7월 부석사 법회 때

한 소리를 할 때도 진지한 표정으로 "사람이 한번 결심을 했으면 그 길을 끝까지 가야지 왜 자꾸 고민을 하냐?"며 뜨끔하게 야단쳐주셨다. 그 어느 누구보다도 나의 미국 의대 도전에 적극적인 지지를 보내시고 관심을 가져주셨기에 불합격 소식을 알려야만 했을 때는 죄송하기 그지없었다.

크게 실망하실 것이라 생각했는데 큰스님은 오히려 따뜻한 목소리로 반겨주셨다.

"나나야, 정말 잘 해냈다. 너는 이제 인생에서 큰 고비를 하나 넘었어."

"스님, 정말 죄송해요."

"아니다, 그렇지 않아. 내가 너에게 의대에 가라고 말한 건 꼭 합격을 해야 한다는 게 아니었다. 처음 정한 목표를 향해 흔들리지 말고 끝까지 가보라는 뜻이었지. 지금까지 겪은 고난은 의사가 되고 안 되고의 문제가 아니었다. 감당할 수 없을 정도로 힘든 어려움이 왔을 때 너 자신과 정면으로 부딪칠 것이냐 피할 것이냐의 문제였어. 너는 끝까지 달렸고 그것으로 네가 겁쟁이가 아니라는 걸 증명해 냈다. 너도 이제는 의사라는 굴레를 벗어버리고 새로운 뜻을 펼쳐보거라!"

큰스님께서는 내가 성취감에 젖어 기뻐할 때는 넘치지 않도록 꾸짖어주시고, 내가 좌절로 힘들어할 때는 용기를 북돋아주셨다. 이번에도 역시 큰스님은 미국 의대라는 거대한 장벽 앞에 힘없이 무너져버린 나에게 다시 일어설 수 있는 용기를 주고 계셨다. 하지만 수포로 돌아가버린 지난 4년간의 힘든 시간들이 아직도 내 마음속에 커다란 상처와 고름 덩어리로 남아 있었다. 난 스님께 여쭈었다.

"스님, 4년이라는 시간을 바쳐서 아무 결과도 내지 못했는데 과연 제가 스님의 칭찬을 받을 자격이 있을까요?"

스님은 차분한 목소리로 답하셨다.

"나나야, 병을 고치는 사람도 의사지만 마음을 고치는 사람도 의사란다. 의사의 길이 꼭 한 가지만 있는 건 아니라는 얘기지. 그리고 넌 다른 결과를 얻지 않았니? 네가 의대를 가겠다는 결심을 하고 공부를 했기 때문에 그렇게 좋은 성적을 낼 수 있었던 것이야. 의대란 목표가 없었다면 넌 그만큼 최선을 다하지 않았을지도 모르지."

나는 스님의 말씀을 곱씹으며 조용히 듣고만 있었다. 스님은 계속해서 말씀을 이어가셨다.

"인생은 하나의 수행이다. 갈고 닦으면서 나아가야 해. 하나의 고비를 넘으면 또 다른 고비가 오고, 그것을 넘어야지만 앞으로 나아갈 수 있지. 원하는 결과를 얻지 못한 너에겐 지금 상황이 실패라고 여겨질 수도 있다. 하지만 실패란 상대적인 거야. 네가 여기서 좌절을 하면 실패지만, 이것을 뛰어넘어 전화위복의 기회로 삼는다면 그건 실패가 아니라 좋은 경험이 될 터이니 이보다 더 좋은 수행이 어디 있겠니? 네가 만약 이번에 의대에 합격을 했다면 넌 틀림없이 넘쳐흘렀을 것이다. 나나야, 일이 뜻대로 되기를 바라지 마라. 일이 뜻대로 되면 뜻을 가벼운 데 두나니, 일이 뜻대로 되지 않음을 수행으로 삼아라."

나는 이제야 스님이 오래 전에 나에게 해주신 말씀, "난행을 능히 행하는 자만이 힘을 얻을 수 있다"는 말의 의미를 이해할 수 있을 것 같았다. 우리가 살아가면서 진정 중요한 것은, 저항이 최대라고 느낄 때에 그것을 뚫고 나아갈 수 있는 힘을 기르는 것이다. 저항 앞에서 물러나 포기하기 시작하면, 또 다른 저항이 왔을 때에도 포기할 것이고, 계속 이 악순환을 되풀이할 것이다. 하지만 그 저항을 이겨낸다면, 또 다른 도전에서 어려움이 닥치더라도 그것을 극복할 수 있는 힘이 생길 것이다.

나는 이번의 의대 도전을 통해 최대저항에도 불구하고 나아가는 법을 배웠다. 어쩌면 다음에 닥쳐올 저항은 이것보다 더 클 수도 있다. 죽고 싶다고 느낄 만큼 고통스러울 수도 있다. 하지만 나는 그 때도 되새길 것이다. 그건 내가 꼭 겪어야 할 수행, 나를 더욱 강하고 성숙하게 만들어주는 경험이란 걸. 그렇기에 내가 살아온, 그리고 앞으로 살아갈 모든 과정들 하나하나를 아끼고 귀중하게 생각할 것이다.

실패를 기억하는 용기

한국사 성적 B
아름다운 마무리　　　이제 내가 하버드에서 저지른 최악의 실수를 만회해야 할 일이 남아 있었다. 바로 나로 하여금 하버드로부터 도망칠 궁리를 하게 만들었던 C와 D라는 학점을 제 자리로 돌려야 했다.

　1학년 입학부터 4학년 1학기까지, 총 7학기 동안 나는 아름다운 성적표를 유지해 왔다. 올 A를 받았던 1학년 1학기 이후로 나의 성적표는 거의 대부분 A와 A⁻라는 금실과 은실로 수놓아져 있었고, 가끔 B⁺라는 홍실이 군데군데 악센트처럼 매듭을 짓고 있었다. 전공과목만으로 따지면 나의 평점은 4.0 만점에 3.92였고 비전공도 3.78로 상당히 높은 수준이었다.

　그런데 4학년 2학기 악몽의 인터뷰를 치르던 시점에 첫 중간고사를 보았고 거기서 처음으로 C와 D라는 최악의 성적을 받은 것이다.

세포생물학에서 받은 C라는 점수는 그렇다 치고, D라는 점수는 도대체 어떻게 된 걸까? 게다가 이건 '두 개의 한국'이라는 제목의 한국사 과목의 점수가 아닌가. 세상에, 나는 코리언이잖아? 코리언이라면 설사 발로 시험을 보더라도 만점을 받아야 하는 게 한국사였다.

4학년 2학기 수강신청을 할 때, 나는 최대한 학점 받기 쉬운 과목을 선택하여 공부 부담을 줄이고자 했다. 26개 의대에 지원한 이후의 파장이 큰데다가 인터뷰를 하러 돌아다니면서 학점까지 신경 쓰기는 힘든 상황이었기 때문이다. 그래서 총 네 과목 중 가능한 두 과목은 'Pass or Fail'(이 경우 합격만 하면 되기 때문에 중간 정도로만 따라가면 된다.)로 듣기로 했다. 전공과목인 세포생물학은 어쩔 수 없이 수강해야 하므로 신청을 했고, 마지막으로 고른 것이 교양 역사 중에 있던 한국사였다.

그 때 이 강의를 먼저 들은 사람들이 나에게 조언을 했었다. 한국사를 강의하는 액커트 교수가 의외로 점수를 짜게 주는 편이니 다른 강의를 듣는 것이 나을 거라는 것이었다. 하지만 나는 속으로 '설마. 내가 한국인인데 한국사에서 A를 못 받으면 어디서 A를 받겠어'라고 만만하게 생각했다. 중·고등학교 시절에 소홀하게 공부했던 한국 현대사를 제대로 알고 싶다는 호기심도 있었고, 미국의 학자들이 우리 역사를 보는 시각이 궁금하기도 했다.

그런데, 막상 뚜껑을 열어보니 하버드에서 배우는 한국사는 내가 고등학교 시절에 배웠던 한국사와 개념이 상당히 달랐다. 내게 역사 공부라는 것은 교과서 안에 실린 수많은 팩트(fact)를 줄줄 외우는 것이었다. 그런데 하버드에서 배운 역사는 '팩트란 존재하지 않는다'는 사고에서 출발했다. 역사는 반드시 누군가의—주로 권력자 혹은 승자의—주관적 인식에 의해 덧씌워져 기록되기 때문에 과거 그 시점에 실제로 무슨 일이 일어났는지 파악하기란 거의 불가능하다. 따라서 역사를 올바로 인식하기 위해서는 이러한 덧씌워진 역사를 잘 분석하여 최대한 팩트에 가깝게 재해석해야 한다는 것이었다.

하버드는 얼마나 많은 역사적 지식을 갖고 있느냐에는 전혀 관심이 없었고, 그보다는 '너는 이것을 어떻게 해석하느냐? 너의 해석을 쓰라'고 요구했다. 더구나 어떤 해석이든 근거와 논리가 타당하다면 극과 극의 다른 해석도 모두 옳은 것으로 인정을 해주었다. 나에게는 아주 낯선 방식의 역사 공부였다.

수업이 진행될 때마다 나는 자주 액커트 교수의 역사관으로부터 도전을 당하는 기분이 들었다. 그는 '한국전쟁은 북한이 일으킨 침략전쟁'이라는, 우리에게는 너무나 상식적이고 기본적인 사실조차도 '주장' 혹은 하나의 '가능성' 정도로 생각하고 있었다. 우리가 그토록 거품을 물고 비난하는 친일파에 대해서도 배신자, 변절자가 아닌 '조정자(accommodator)'라는 말을 썼다. 그들이 누군가는 반드시 했어야 할 일본과 조선 국민 사이의 가교 역할을 했다는 것이다. 분단의 원인에 대해서도 우리처럼 '강대국 때문이다!'는 단순한 논리보다는 조선시대 말부터 벌어진 국내 정세, 일제 치하의 영향, 그리고 광복 이후의 정치 상황과 국제 정세 등을 종합적으로 고려해서 판단할 문제라는 열린 사고를 갖고 있었다.

차라리 포츠담 회담이 어느 나라가 관련된 회담이며 언제 일어났냐고 물어주면 얼마나 좋을까? 대한민국 임시정부가 어떻게 수립됐냐고 물어주면 얼마나 좋을까? 하지만 액커트 교수는 늘 팩트가 아니라 해석을 원했다. 그것도 아주 독창적인 해석을.

언제나 느끼는 거였지만 나는 인문학을 공부하는 데 있어서 문제가 많은 학생이었다. 과학고 시절부터 늘 숫자와 공식과 화학기호들에 둘러싸여 살아온 때문인지, 나에겐 글을 읽고 주제를 파악하고 그에 대한 내 생각을 글로 표현하는 데 상당한 무리가 따랐다. 생각해 보면 고등학교를 졸업한 이후로 내가 소설책을 몇 권이나 읽었는지 손가락을 꼽기가 부끄러울 정도다. 늘 붙잡고 있었던 건 과학 교과서와 참고서, 문제집이 대부분이었기에 어느새 나에게는 이야기의 구조를 파악하는 능력, 이야기를 이해하고 재미를 느끼는 능력이 퇴화되어 버린 것이다.

그러니 당연하게도 한국사 수업은 나에게 외계어 수업처럼 느껴질 수밖에 없었다. 첫 중간고사에서 시험 문제를 읽고 나는 머릿속이 하얘졌다.

'한국의 분단은 내재적 원인이 강한가, 외재적 원인이 강한가? 입장을 선택하고 설명하라.'

나는 꼼꼼히 외워둔 얄타밀약설과 미국의 태평양 방어선, 신탁통치와 친일파 처리 문제, 상해 임시정부, 좌우 이념 대립 등등을 생각하며 이것을 하나로 연결시켜 보려고 노력했다. 하지만 그래서 그것이 내재적이라는 건지 외재적이라는 건지 결론을 내릴 수가 없었다. 어쨌건 나는 외재적이라는 입장을 선택해서 펜을 잡고 글을 쓰기 시작했지만 무슨 말을 하는지 횡설수설 논리가 잡히지 않았다. 결과적으로 나는 전혀 포인트가 없는 글을 제출했고 당연하게도 D라는 최악의 학점을 받은 것이다.

기말고사를 앞두고 나는 상준이에게 도움을 청했다. 상준이는 한국에서 민사고를 졸업하고 나와 똑같은 2004년에 하버드로 온 동생이었다. 그는 졸업 후 하버드 케네디 스쿨 정치외교학과에 진학이 예정돼 있었다.

처음에는 푸념어린 걱정으로 말을 시작했다.

"나는 과학도니까 과학만 배우면서 학교를 다닐 수는 없는 걸까? 과학만 공부해도 끝이 없는데……. 물론 역사가 중요한 건 알겠는데, 그건 역사학자들이 하면 되잖아!"

내 말에 상준이가 답했다.

"하하, 누나! 지금은 투덜거려도, 언젠간 이 강의를 들을 수 있어서 영광이었다고 생각할 날이 올 걸요?"

"그게 무슨 뜻이야?"

"누나, 우리가 중·고등학교 때 배운 역사는 구석기 시대부터 조선시대까지 초점이 맞춰져 있고, 근현대사에 와서는 흐지부지해지잖아요. 그런데 액커트 교수님 강의는 조선 말부터 현재까지 초점을 두기 때문에 역사가 살아 있는 것처럼 피부에 와닿을 걸요?"

"그게 뭐?"

나는 아직도 요점을 파악하지 못하고 있었다.

"역사적인 관점에서 보았을 때 우리나라가 당면한 가장 큰 문제는 남북분단이잖아요. 액커트 교수님은 우리가 분단이 될 수밖에 없었던 근본적인 원인의 시작점을 조선시대 말부터 보고, 그 이후에 누적되어

가는 원인들을 하나하나 살펴보는 거예요. 솔직히 우리나라 20세기 역사는 세계 그 어느 나라보다도 역동적이었다고 해도 과언이 아니거든요. 조선 왕정이 무너지고 일제 치하와 해방, 한국전쟁과 분단, 그리고 눈부신 경제 성장과 민주화 혁명에 이르기까지, 이 모든 것들과 오늘날 정치·경제·사회와의 연결 고리가 아주 뚜렷하거든요. 비록 이 부분을 우리나라 학교 교과과정에서는 소홀히 하지만, 올바른 근현대사 이해야말로 우리에게 현실을 정확히 직시하고 근본적인 원인을 꿰뚫어볼 수 있는 지혜를 길러주는 거예요."

이게 바로 모든 사람이 역사를 공부해야 하는 이유였구나! 이렇게 중요한 걸 왜 난 중·고등학교 때 한 번도 진지하게 고민을 해보지 않았을까?

이 날 대화를 나눈 이후로 나는 상준이를 통해 역사의 거대한 이야기 틀과 그것을 이해하는 것이 한 개인의 삶에 얼마나 중요한지를 천천히 배울 수 있었다.

"역사는 인간을 단지 박식하게 만들 뿐만 아니라 현명하게 만들어주지요."

"역사는 자아인식이에요. 내가 어떤 역사관을 가졌는가가 바로 나 자신을 말해줘요."

또 한 가지, 상준이는 역사를 제대로 알려면 반드시 많은 자료를 읽어야 하고 토론을 해야 한다는 걸 가르쳐주었다. 특히 근현대사를 공부할 때는 조선, 중앙, 동아 일보에 나오는 논설과 한겨레와 경향 신문에 나오는 논설, 그리고 액커트 교수님의 입장을 잘 비교해 보라고 했다. 그러면 각각의 해석의 차이를 알 수 있고, 이로부터 나만의 역사관을 형성하는 데 많은 도움이 될 거라는 것이었다. 정말 이 방식대로 공부해 보니 역사가 신기할 정도로 재미있었다.

이렇게 상준이의 도움으로 나는 역사라는 개념에 한 발을 내디딜 수 있었다. 때마침 서울대 사학과 교수님 한 분이 안식년으로 하버드에 오셔서 그 과목을 청강하고 계셨기에 그분의 도움도 많이 받았다.

역시 노력 앞에서 불가능이란 없는가 보다. 나는 열 장 분량의 페이퍼에서 A⁻를 받았고, 또 성적은 모르지만 기말고사도 괜찮게 보아서 학기말의 최종 성적은 B가 되었다. D에서 B까지 올린 것도 감격스러웠지만, 더 큰 수확은 역사와 조금은 친해졌다는 것, 전혀 모르고 살았던 한국의 현대사에 대해서 약간은 할 말이 생겼다는 것, 역사는 과거형이 아니라 현재완료진행형이란 것을 몸소 느끼게 되었다는 것이다. 이전까지 나에게 역사란 하나의 고리타분한 과목으로서 시험을 치기 위해 암기해야 했던, 과거의 에피소드였다. 그러나 이제 역사는 과거의 사건이 현재의 우리에게 어떠한 영향력을 미치는지 그 유기적인 인과관계를 제시하여 현재를 더욱 충실하게 살게 하는 학문의 종점으로 인식되고 있다.

이렇게 하여 한국사는 나의 아름다운 성적표에 유일한 오점, B로 남았다. 하지만 나는 오점이라고 부르지는 않을 테다. 이 B는 내가 긴 방황을 겪고 마침내 제 자리로 돌아온 승리의 상징이므로 '아름다운 마무리'라고 부르고 싶다.

'과정'도 중시되는
하버드의 학점제도
C와 D라는 점수를 받고는 학교를 휴학하고 싶을 정도로 충격을 받았었지만, 사실 하버드의 학점제도를 볼 때 그것이 그렇게 큰 일은 아니다. 물론 프리메드였던 나로서는 심각했지만 말이다.

하버드의 학점제도는 시험 한 번으로 뭔가 판가름 나게 되어 있지도 않고, 한 번 실수가 모든 것을 결정하게 되어 있지도 않다. 내가 받은 C와 D는 첫 중간고사의 점수로, 이것은 단 10~20퍼센트 정도가 반영되는 점수였다. 중간고사만 1~3회에 걸쳐 치러지고 기말고사도 있기 때문에 열심히 공부해서 좋은 점수를 받으면 얼마든지 만회할 수 있다. 또 시험만이 아니라 숙제와 페이퍼도 있고 실험과 수업 참여도 점수도 있다. 이 모든 것을 몇 퍼센트 비율로 반영할지는 과목에 따라서, 혹은 교수와 조교의 재량에 따라서 달라진다.

세포생물학에서 받은 C라는 점수를 보고 내가 처음으로 보인 반응은 눈물도 충격도 아니고 '헛' 하는 자조의 한숨이었다. 그 때의 나는 어쩔 수가 없었다. 나는 추락할 때까지 추락했고 더 이상 날아오를 수 없을 것만 같았다. 하지만 모든 것을 받아들이고 다시 시작하기로 한 다음 C라는 점수를 들여다보니 이건 아무것도 아니었다. 그야말로 내 마음이 만든 점수일 뿐, 마음만 제대로 회복하면 얼마든지 바꿀 수 있는 것이었다.

일단 하버드에서 대부분의 강의는 시험을 보고 나면 '성적분포도'가 나온다. 학생들은 이 분포도에서 자신의 위치를 확인하여 대강의 성적을 예측할 수 있다. 정확한 계산법은 아니지만 보통 '평균' 근처의 학생들은 B~B$^+$를 받는다. '평균'과 '평균+표준편차' 사이의 아이들은 B$^+$ 또는 A$^-$를 받고, '평균+1.5×표준편차'보다 높은 아이들은 A를 받는다.

지금까지 대부분의 내 전공과목 점수는 성적분포도 상에서 평균을 기준으로 적어도 표준편차 1.5단계 이상이었다. 그런데 세포생물학에서 평균보다 표준편차 두 단계나 아래인 C가 나왔다는 건, 당시 내 상태가 정상이 아니었다는 것으로밖에는 설명할 길이 없다. 그 때 나는 인터뷰 초대 메일을 기다리느라 하루 온종일 입술을 물어뜯으며 안절부절못하고 메일만 체크하고 있었다. 책을 어떻게 보았는지, 개념을 제대로 이해했는지도 모른 채 문제도 제대로 파악하지 못하고 시험을 봤다. 원래대로 공부했다면 절대로 C를 받을 수 없는 과목을 뭔가에 홀려서 그렇게 망쳐버린 것이다.

다행히 잔인했던 봄방학 기간에 나는 모든 것을 추스르고 다시 책상 앞으로 돌아갈 수 있었다. 봄방학이 끝나고 본 두 번째 중간고사에서 나는 A$^-$를 받았다. 만족스럽지는 않았지만 그 정도면 고개를 끄덕일 수 있는 점수였다. 고마운 것은 하버드는 두 번의 중간고사 점수 중에서 잘 나온 점수에 퍼센티지를 더 많이 준다는 것이었다. 덕분에 최종 학점에 나의 C는 10퍼센트만 반영되었고 A$^-$는 20퍼센트가 반영되었다. 그 후 기말고사에서 B$^+$를 받고 그 밖에 숙제와 페이퍼, 참여도 등이 좋았기 때문에 최종 성적은 B$^+$를 받을 수 있었다.

하버드에서 나는 교수와 조교가 학생의 최종 성적을 결정할 때 상당한 고민과 진통을 겪는 것을 많이 보았다. 한 학생의 성적을 B로 줄지 B$^+$로 줄지, 우리가 보기에는 큰 차이가 없는 문제를 두고 이견을 갖고

• 하버드 야드의 전경과 세포생물학 강의실

설전을 벌이는 경우도 있었다. 그리고 이 경우 주로 교수들이 조교의 의견을 받아들이는 것으로 결론이 나곤 했다. 특히 수학과 과학은 거의 조교가 수업을 끌어간다 해도 과언이 아니기 때문에 조교의 의견은 상당한 파워가 있다.

내가 부러워했던 것은 미국의 모든 평가 문화에는 한국엔 없는 것이 있다는 점이었다. 바로 '정성'이었다. 학생 한 명의 실력을 평가할 때, 우리나라는 대부분 시험 성적을 가지고 일률적으로 판단한다. 시험을 치고 그것을 컴퓨터에 입력하면 곧바로 학생의 성적이 결정되는 것이다. 철저히 결과 중심의 평가 시스템인 셈이다.

하지만 하버드에서 본 미국의 평가 시스템은 결과와 과정을 동시에 고려하고 있었다. 시험성적 외에도 학생이 써 낸 페이퍼, 그 페이퍼를 써 내기까지 학생이 기울인 노력, 그리고 한 학기 동안 학생이 해당 과목에 보여준 열의 등이 모두 평가의 대상이 된다. 교수와 조교의 오피스 아워에 얼마나 열심히 찾아왔나, 수업 시간에 얼마나 적극적으로 참여했나, 학기 초에 비해 학기가 끝날 무렵에는 얼마나 많은 학문적 발전을 이루었나 등등이 모두 고려된다.

사실 학교 측으로 보자면 시험성적만으로 모든 것을 판단하는 결과 위주의 평가 시스템이 간편할 것이다. 컴퓨터에 성적을 입력하는 동시에 평가가 다 끝나기 때문이다. 나머지는 전산 처리를 통해 성적을 출력하기만 하면 된다. 그런데 하버드는 시험 외에도 숫자로는 표현할 수 없는 성실성, 참여도, 열의, 성장, 발전 등을 모두 고려해야 한다. 한마디로 교수와 조교가 머리카락이 빠질 정도로 한 명 한 명에게 관심과 정성을 기울이며 고민하는 것이다.

5년 전 한국에서 미국 대학을 준비하면서도, 그리고 하버드에서 미국 의대를 준비하면서도 나는 똑같은 것을 느꼈다. 대학의 입학사정관은 편한 직업이 아니다. 학생 한 명의 지원서 파일만 해도 에세이와 추천서, 포트폴리오 등을 다 합쳐서 서류 봉투 하나가 가득 찬다. 그걸 하나하나 꼼꼼히 읽고 인터뷰 대상자를 추리고, 또 인터뷰를 하고 격렬한 토론을 거쳐 최종 합격자를 선별하는 것은 그야말로 사명감이 없으면 할 수 없는 일이다.

이처럼 정성을 기울이는 과정 중심의 평가 시스템이 가능한 가장 큰 요인은 무엇일까? 나는 그것이 대학의 재정에 있다는 결론을 내렸다. 한 해 약 800~1,000만 원의 등록금을 받는 한국의 대학들과 4만 달러가 넘는 등록금을 받는 하버드는 교수 1인당 학생 수에서 엄청난 차이가 날 수밖에 없다. 자료에 의하면 한국 4년제 대학들의 교수 1인당 학생 수는 평균 38명이라고 한다. 하버드는 단 9~10명이다. 교수는 수업도 하지만 개인 연구도 하고 논문도 써야 한다. 그만큼 학생 평가에 투자할 수 있는 시간에 한계가 있다. 따라서 38명을 가르치면서 한 명 한 명에게 관심을 기울이기는 역부족인 것이다.

우리나라 대학들이 세계 대학 랭킹 평가에서 100위권 밖으로 밀리는 결정적인 이유도 교수 1인당 학생 수 때문이라고 들었다. OECD 가입국 대학들의 평균이 15명 선이라고 하니 우리나라는 크게 뒤떨어지는 셈이다.

한국 대학들도 고민이 많을 것이다. 대학의 수준을 높이려면 더 많은 교수를 고용해야 하는데, 그러려면 등록금을 올려야 한다는 딜레마에 빠지게 된다. 현재의 국민 정서에는 800~1,000만 원의 등록금도 결코 작은 돈이 아니다. 어떻게 해결하기가 힘든 답답한 현실이다.

교육의 질이 향상되려면 학교가 제공하는 모든 것, 즉 수업, 교수의 자질, 평가 시스템, 학습 환경, 시설 등에서 하나하나 정성이 들어가야 한다. 그런데 정성은 사람의 '노동력'을 바탕으로 하는 것이기 때문에 반드시 그만한 '대가'를 지불해야 한다. 미국 대학의 등록금이 현재의 수준에까지 이를 수 있었던 것은 '교육 경쟁력은 정성을 바탕으로 해야 하고 그러기 위해서는 이 정도의 등록금을 지불할 수밖에 없다'는 국민적 공감대가 이루어졌기 때문일 것이다.

내가 경험한 하버드의 경쟁력은 그야말로 '정성'이다. 나는 이것이 어느 한 부분에 국한된 것이 아니라 학생의 학습에서부터 생활까지 구석구석 일관되게 미치고 있다는 사실에 감동을 받곤 했다.

예컨대 교수들이 수업을 준비해 오는 것만 보아도 감동 그 자체이다. 하버드의 경우 교수 1인당 수업 수는 많지 않지만 수업 준비에 투자하는 시간만큼은 세계 최고일 것이다. 교수가 준비해 온 파워포인트 자료를 보면 입을 다물 수가 없다. 그 안에 정리된 지식의 양과 질도 감탄스럽지만 이해를 돕기 위해 그려 놓은 자료들, 직접 제작한 영상 등은 정성이 없이는 불가능하다. 단 한 시간의 수업을 위해 얼마나 많은 시간 준비를 했을지 상상이 가면서 존경심을 품을 수밖에 없다.

교수의 정성에 학생들 역시 정성으로 화답해야 한다. 즉, 강의의 질이 높기 때문에 공부를 하지 않으면 쫓아갈 수가 없는 것이다. 한 시간 강의를 듣고 그것을 충분히 소화해 내려면 혼자서 서너 시간은 복습을 해야 한다. 여기에 숙제, 관련 자료 읽기, 문제풀이, 페이퍼 쓰기 등을 합치면 수업 한 시간당 발생하는 워크로드(workload, 표준 노동량. 여기서는 공부에 소요되는 총 시간)는 10~12시간에 이른다. 하버드 교내 신문인 《크림슨(Crimson)》의 조사에 따르면 하버드 학생들의 주당 평균 공부 시간은 49시간이라고 한다.

원활한 학습을 돕기 위해서 하버드는 수업 외에도 담당 조교를 붙여주고, 과목마다 온라인 홈페이지를 만들어주며, 그곳에 수업 동영상과 파워포인트 등 모든 관련 자료를 올려준다. 혼자서 힘들게 공부하지 말라며 기숙사 튜터에 전공 튜터도 붙여준다. 매일 제공되는 변화무쌍하면서 맛 좋고 영양가 있는 학생식당 메뉴와 훌륭한 체육시설 역시 따지고 보면 학생들의 최대 학습효과를 돕기 위한 것이다. 심지어 학생이 공부 스트레스 때문에 정신적으로 방황할까봐 심리 카운슬링까지 동원하여 수시로 체크한다. 나와 알고 지내는 한 한국인 동생은 '자살 충동을 느낀 적이 있습니까?'라는 설문조사에 아무 생각 없이 동그라미를 쳤다가 병원에 갇히는 해프닝도 겪었다.

지금까지 우리나라의 교육은 '정성'보다는 '양'에 초점을 맞춰왔다. 그리고 양은 이미 더 이상 늘릴 수도 없을 만큼 팽창했다. 어떻게 하면 정성을 가미하여 한 단계 진보를 이룰 수 있을까. 교육 경쟁력이 국가의 미래이므로 이 시점에서 반드시 고민해 보아야 할 문제라고 생각한다.

**다음을 위한
자가분석**

내가 컬럼비아 대학원에 지원을 하고 합격을 하는 사이에 소리 소문 없이 졸업 축제 일정표가 발표되었다.

하버드 졸업 축제는 4월부터 시작하여 졸업식이 있는 6월 초까지 계속된다. 학생들의 진로가 대부분 결정되는 4월부터는 거의 매일 밤 시니어 바(Senior Bar, 학생회에서 바, 클럽, 레스토랑을 빌려 예비 졸업생들끼리 모여 술 마시며 노는 파티)가 열리고, 5월에는 각 하우스에서 주최하는 포멀 파티와 피크닉, 그리고 마지막 2주 동안은 다양한 액티비티가 포함된 행사와 파티가 이어진다. 각 파티마다 테마와 성격이 다르기 때문에 졸업생들은 본인의 취향에 맞는 것을 골라 신청을 하면 된다. 비용은 무료인 것도 있고 유료 티켓도 10~20달러 정도로 저렴한 편이다.

나는 지극히 은밀한 사정으로 인해 초반의 굵직굵직한 파티들을 모두 놓쳤다. 5월 중순이 되자 그제야 내 마음에도 졸업의 들뜬 분위기에 동참해야겠다는 여유가 생겼다. 처음으로 참석한 졸업 파티는 애넌버그 홀에서 열린 샴페인 브런치였다.

애넌버그 홀은 마치 〈해리 포터〉에서 본 마법학교 호그와트를 닮은 곳이다. 둥근 돔형의 높은 천장에는 수백 개의 들보가 질서정연하게 가로지르고, 그 밑으로 화려한 샹들리에가 주렁주렁 매달려 있다. 천장과 창은 온통 고풍스러운 스텐실 그림으로 수놓아져 있고 가구와 바닥, 벽과 천장까지 모두 중후한 월넛 패널로 무게감을 더한다. 이곳은 내가 1학년 신입생 시절에 애용하던 1학년 전용 식당이기도 했다. 졸업생들을 다시 4년 전의 첫 장소로 불러 모아 연회를 베푸는 것은 지난 시절을 돌이켜보며 감회에 젖어보라는 학교 측의 배려일 것이다.

내가 이 장소를 얼마나 좋아했던가. 애넌버그 홀에서의 식사는 늘 나의 문화적 상상력을 뛰어넘는 분위기를 제공해 주었다. 누군가가 갑자기 마법의 빗자루를 타고 천장 밑을 날아다녀도 전혀 이상할 것이 없는 곳. 어디선가 중세시대의 옷을 입은 청년들이 튀어나와 헤겔과 칸트에 대해 설전을 벌일 것만 같은 곳. 이곳의 식사는 건강과 풍요와 번영의 상징이자 늘 나에게 책임과 의무감을 부여해 주곤 했다.

'나나, 너는 혜택받은 사람이야. 꼭 성공하여 돌려주어야 해.'

샴페인 브런치가 열린 이 날, 나는 1학년 때 매튜스 홀에 살면서 보았던 익숙한 얼굴들을 다시 만났다. 1학년 때 함께 방을 썼던 룸메이트 엘리스와 케이티도 보았고, 2학년 때 같이 방을 쓰다 서로 맞지 않아 갈라섰던 제니도 보았다. 그리고 저 멀리서 친구들과 샴페인 잔을 부딪치며 활짝 웃고 있는, 이름은 모르지만 스쳐 지나며 수없이 보았던 아이들. 함께 진땀을 흘리며 화학 수업을 들었던 친구들. 축하한다, 너희의 고난을. 너희의 승리를.

이제 나는 내가 경험한 그 지옥으로부터 빠져나와 약간의 객관성을 가지고 나를 돌아볼 수 있게 되었다. 나는 왜 실패한 걸까? 나는 왜 미국 의대에 받아들여지지 않은 걸까? 가장 쉬운 정답은 내가 아메리칸이 아닌 코리언이기 때문일 것이다. 나는 꿈에 대한 열정에 사로잡힌 나머지 현실이 얼마나 잔인한 것인지 알지 못했다. 아니, 깊게 알려고도 하지 않았다. 알면 알수록 꿈을 포기할 확률이 많기 때문에 차라리 외면하려 했던 것이다.

인터넷에 실린 미국 의대 진학에 대한 수많은 글을 보면 결론은 한 가지로 귀결된다.

'영주권자와 시민권자가 아니면 엄청난 불이익을 당합니다. 정 의

사가 되고 싶으면 먼저 영주권을 얻든가, 아니면 그냥 한국에서 의사 코스를 밟으세요……'

미국 전체에 총 125개의 의대가 있는데, 그 중에서 최근 10년간 단 한 명이라도 국제학생을 받아들인 의대는 겨우 26개에 불과하다. 이렇게 바늘구멍을 통과하는 것보다 더 어렵다는 것을 알면서도 나는 단 한 줄의 희망적인 말에만 집중했다.

'매년 평균적으로 약 다섯 명 정도의 한국인만이 미국 의과대학원에 합격하고 있습니다.'

사실 더 깊이 들어가면 그 다섯 명의 한국인도 거의 대부분 미국 영주권 소지자라는 사실을 나는 한참 후에야 깨달았다.

나는 그렇게 모든 부정적인 면에 눈과 귀를 닫은 채 내가 선택한 길을 내 방식으로 걸었다. 가끔 순수 토종 한국인의 합격 사례를 접할 때마다 가슴이 부풀어 올랐다. 아무리 어렵다 해도 누군가 해내고 있다는 건 불가능한 게 아니니까. 누군가가 해낸다면, 그건 나도 해낼 수 있다는 뜻이니까!

하지만 내 방법에는 결정적인 오류가 있었다. 부정적인 면을 보지 않은 나머지, 나는 마땅히 해야 할 위기관리를 하지 않았다. 풍선에 작은 구멍이 뿅뿅 뚫려 바람이 새어나가고 있는데도 나는 막을 생각을 하지 않았던 것이다.

나는 주류 미국 아이들과 비교당하는 게 싫어서 의대 튜터가 진행하는 프리메드 모임에 나가지 않았다. 그 때는 그까짓 게 뭐 그리 도움이 될까 생각했는데, 돌이켜보니 그것이야말로 의대 진학을 준비하는 기본 중의 기본이었다. 문자로 된 정보는 정확하고 간결하지만 단계별로

소소한 세부사항을 다 담아내지는 못한다. 고시나 자격증 시험 공부를 하는 사람들이 그룹을 만들어 공부하는 데는 다 이유가 있었던 것이다.

튜터의 말을 듣지 않고 학기 중에 지원한 것도 상당한 타격이었다. 지원과 합격자 발표가 불과 1~2개월 안에 초고속으로 진행되는 한국의 대학원 진학 시스템과는 달리, 미국의 대학원은 6월부터 시작하여 이듬해 4월까지 오랜 시간 학생 한 명 한 명의 평가에 공을 들인다. 6월부터 지원을 시작해도 서류 심사를 통과하고 면접에 초대받고 최종 합격 통보를 받기까지는 아무리 짧아야 5~6개월이 걸린다. 이러한 장거리 마라톤 경주에서는 당연히 먼저 지원한 사람들에게 먼저 기회가 돌아갈 수밖에 없다. 게다가 여름방학부터 부지런히 원서를 접수했다면 학기 중에 72개나 되는 에세이를 끌어안고 우울증과 자폐증에 빠지는 일은 일어나지 않았을 것이다.

또한 나는 GPA가 높고 MCAT 성적도 상위라는 데 자신감을 가졌으나, 미국 의과대학원들은 이것 외에도 사회봉사 활동이나 랩에서의 연구 활동, 기업 인턴 등의 활동을 무척 중요시 여긴다는 사실을 간과했다. 성적이 좋은 미국 아이들도 이런 활동이 부족해서 의대에 떨어지는 경우가 수두룩한데 하물며 나 같은 국제학생이 아무런 활동 없이 의대에 도전한 건 너무나 안일하고 무모한 태도였다. 페이퍼 숙제가 아무리 많아도, 성적 관리가 아무리 힘들었어도, 나는 잠을 한두 시간 더 줄여서라도 봉사활동을 했어야 했다.

그리고 마지막으로 나의 영어. 내가 외국인이기 때문에 나의 인터뷰 시간은 영어 실력을 체크하는 시간이기도 했다. 과연 내가 네이티브에 필적하는 완벽한 영어를 구사했던가? 미국 의대가 외국인을 받아들이

지 않는 결정적인 이유는 자칫 의사소통의 장애로 인해 의료 사고의 원인을 제공할 수도 있기 때문이다. 나를 인터뷰한 다섯 명의 면접관들은 내가 과연 1분 1초가 급한 응급의료 상황에서 환자의 웅얼거리는 말을 알아듣고 의료진들에게 침착하게 지시를 내릴 수 있을지 의구심을 가졌을 것이다. 나는 그 자리에서 영어에 관한 한 아무런 문제가 없다는 걸 자신감 있게 보여주었어야 했다. 과연 내가 그랬던가? 사실 '예스'라고 말할 자신이 없다.

만약에, 정말로 만에 하나, 내게 다시 두 번째 기회가 주어진다면 그때는 내가 저지른 이 모든 무모함과 이 모든 안일함을 반복하지 않을 수 있을까. 신경증에 걸린 환자가 자신의 마음 상태를 분석하고 해석을 내리기란 매우 어려운 일이다. 마찬가지로 내게는 나의 실패에 대한 이러한 자가분석이 무척 고통스럽다. 하지만 그렇다고 그냥 덮어버리는 것은 너무 비겁하다.

나는 나의 이 모든 실수를 하나하나 또렷이 기억할 것이다. 언제 어디서든, 이와 비슷한 도전을 시작할 때 또다시 같은 실수를 되풀이하지 않기 위해서. 이 추억의 애넌버그 홀, 자부심과 책임의 장소에서 나는 두 잔째의 샴페인을 마시며 나 자신과 약속한다.

경제관념 없는 천하태평 나나

**경제적 독립과
성인이 된다는 것**　　　매일 밤 졸업 파티가 한창이던 어느 날, 엘리
　　　　　　　　　　　슨이 양손 가득 책 꾸러미를 들고 외출을 할
태세였다.

"엘리슨, 그 많은 책을 들고 어딜 가니?"

엘리슨은 살짝 볼이 붉어지며 대답했다.

"응, 오늘 발레하는 친구들이랑 시니어 바에 가기로 했는데 돈이 없
어서 책을 좀 팔려고."

우리는 서로 바라보며 하하하 웃었다. 나는 엘리슨의 볼에 뽀뽀를
해주었다.

겨울 내내 취업 문제로 우울했던 엘리슨도 이제 얼굴에 생기를 되찾
았다. 뉴욕타임스 인턴으로 선발되어 뉴욕에 가게 된 것이다. 내가 진

학하게 된 컬럼비아도 뉴욕에 있으므로 우리는 커크랜드 하우스에서의 이 질긴 룸메이트 인연을 뉴욕에서도 계속 이어나가보자고 약속했다. 뉴욕의 집세는 천문학적으로 비싸다. 성냥갑만 한 원룸 한 칸이 보통 월세 2,000달러가 넘는다. 그 안에서 직장과 학교에 시달리며 둘이 지지고 볶고 살다 보면 하버드에서의 기숙사 생활은 천국이었다는 것을 깨닫게 되겠지.

사실 엘리슨과 커크랜드에서 살았던 3년 동안 나는 이따금씩 그녀에게 미안함을 느낄 때가 있었다. 엘리슨은 하버드 재학 내내 학비와 생활비 문제로 스트레스를 받으며 살았다. 그녀의 부모님은 모두 하버드 출신으로 미국에서 상당한 고학력자이고 생활도 안정된 편이었다. 하지만 그렇다고 대단한 부유층도 아니어서, 딸의 학비를 대주긴 했지만 그 외에는 모두 엘리슨이 스스로 책임지길 원하셨다. 특히 어머니는 이 문제에 있어서 굉장히 엄격하셨다. 주기적으로 엘리슨에게 전화를 걸어 "아르바이트를 해서 한 달에 적어도 100달러는 집으로 부쳐라" 하고 말씀하시는 분이었다.

하버드는 학비와 기숙사비만 해결된다고 다가 아니다. 그 많은 책값과 생활을 유지하는 데 필요한 각종 잡비 등을 생각하면 한 달에 최소 300~500달러 정도는 있어야 한다. 이 때문에 엘리슨은 학교 주변의 갭(GAP) 상점에서 주말마다 일했고 중간 중간 학교에서 아르바이트 일을 하기도 했다. 엘리슨은 늘 돈이 궁해서 친구들과 클럽이나 바에 가서 노는 것도 자제를 했고, 심지어 스타벅스에서 커피를 사먹는 것도 힘들어했다.

이것은 엘리슨의 경우만은 아니었다. 나의 베스트 프렌드 프리실라도 학교 도서관에서 파트타임으로 일하면서 생활비를 보탰다. 또 영어 튜터링(과외)도 신청해 국제학생들에게 영어를 가르치며 생활비를 충당했다. 프리실라가 튜터링을 한다는 말을 듣고 내가 교습 신청을 해서 그녀에게 몇 달간 영어회화를 배우기도 했다. 이 경우 내가 내는 돈은 시간당 4달러뿐이고 학교 측이 8달러를 보조해 주어 프리실라의 총 수익은 시간당 12달러가 되었다.

학기 중에 종종 중국이나 한국, 홍콩 등에서 하버드를 견학하고 싶어 하는 학생들이 단체로 학교를 찾아오곤 했다. 그 때마다 학생들 사이에서는 가이드 자리를 놓고 치열한 경쟁이 벌어지곤 했다. 캠퍼스 투어 가이드는 좋은 경험이면서 수입도 꽤 짭짤하기 때문이었다.

이처럼 공부하면서 학비 부담에 생활비까지 책임져야 하는 미국 아이들에 비해서 나는 참 속 편한 생활을 했다. 나는 삼성전자에서 전액 장학금에 생활비 보조까지 받아서 하버드 4년 내내 돈 걱정 없이 편안하게 공부했다. 사실 돈에 대해 아무런 개념 없이 살았다고 말하는 편이 더 정확할 것이다.

나는 공부든 무엇이든 뭔가에 집중해야 할 때에는 먹고 싶은 것을 먹지 못하면 아무것도 못하는 이상 증세가 있었다. 초콜릿이든 아이스크림이든, 먹고 싶다는 욕구가 치밀 때면 당장 이성을 내팽개치고 그걸 먹을 수 있는 장소로 달려갔다. 매일 사이언스 센터에서 수업을 마치고 커크랜드 하우스까지 걸어올 때면, 나는 토끼길을 따라 쪼르륵 나 있는 로컬 숍들을 들여다보며 오늘은 무얼 먹을까 눈을 반짝반짝 빛냈다. 피날레에서 쿠키와 아이스 타이티를 사 채 2~3분도 걸리지 않는 커크랜드에 도착할 즈음이면 쿠키는 흔적도 없이 사라지고 빨대에

• 보스턴 바닷가 근처의 한 시푸드 레스토랑에서

서는 김빠지는 소리만 났다. 왜 이 맛있는 걸 하나 더 사지 않았을까? 다시 피날레로 뛰어가고 싶은 충동을 가까스로 참아야 했다.

만약 내게도 돈에 대한 의무와 걱정이 있었다면 과연 하버드의 4년을 생존할 수 있었을까? 부끄러운 말이지만 사실 자신이 없다. 공부 스트레스의 대부분을 먹는 걸로 풀었던 나는 그만큼 식비가 많이 드는 아이였다. 경제관념이 전혀 없는 천하태평 나를 보며 엘리슨은 어떤 생각을 했을까? 나는 엘리슨이 매달 수입과 지출을 꼼꼼하게 기록하며 반성을 하고 계획을 세우는 것을 볼 때마다 가슴 한 구석이 뜨끔했다. 수많은 졸업 파티 중 어디에 참여할지를 선택할 때에도 우리 둘은 차이가 있었다. 나는 재밌는 파티와 색다른 파티를 시간이 허락하는 대로 고르는 데 비해, 엘리슨은 참가비를 먼저 염두에 두고 횟수 제한을 하고 있었다. 엘리슨에게 졸업 파티는 경제력의 한계 내에서 현명하게 선택하여 제한적으로 참가할 수 있는 귀한 파티였다.

자신의 경제를 스스로 책임진다는 건 어떤 느낌일까? 한때 나는 부모님으로부터 더 이상 학비를 받지 않는다는 사실만으로 내가 경제적으로 자립했다고 생각했다. 하지만 장학금 역시 경제적 의존이었다. 나는 장학금 덕분에 속 편히 공부에만 집중할 수 있었지만 한편으로는 세상 물정을 전혀 모르고 살았다. 스타벅스 커피 한 잔이 얼마나 비싼지, 오후의 산책길에 내가 먹어치운 아이스크림과 초콜릿 값이 얼마인지, 그 돈을 매일매일 아끼면 얼마나 큰 목돈이 되는지도 전혀 모르고 살았다.

엘리슨을 보면 경제적 자립은 구속이기도 하고 속박이기도 하겠지만, 한편으로는 사람을 훨씬 성숙하고 어른스럽게 성장시키는 조건이 아닐까 생각하게 된다. 뉴욕에 가는 것이 결정된 이후로 엘리슨은 뉴욕의 물가를 연구하고 가격이 가장 좋은 아파트를 탐색하고 주말에 일할 수 있는 또 다른 직장까지 알아보고 있었다. 내가 욕조가 있고 넓은 창이 있는 아파트에서 살고 싶다고 말하자 엘리슨은 언니처럼 점잖게 말했다.

"나나, 그런 아파트에서 살려면 월세를 적어도 500달러는 더 내야 해. 그러니 참아주렴."

6월 졸업식 때, 하버드에 총출동한 가족들을 데리고 내가 가장 좋아하는 피날레로 갔을 때였다. 나의 머릿속은 하버드 4년 내내 나의 위안이자 구원이었던 피날레의 맛있는 모든 디저트를 우리 가족에게 맛보여주겠다는 순진한 생각뿐이었다. 이것저것 맛있는 건 죄다 시켜서 먹었는데, 계산서를 본 엄마의 눈이 휘둥그레졌다.

"나나야, 이 돈을 내려면 엄마는 영주에서 아이들을 다섯 시간 가르쳐야 한다."

뒤이어 아빠도 한 마디 거드셨다.

"아빠는 다섯 시간이 아니라 일곱 시간을 가르쳐야 한다."

나는 그렇게 하버드에서 엄마 아빠가 수백 시간을 일해야 벌 수 있는 돈을 아이스크림과 초콜릿과 커피숍과 레스토랑에 소비했다. 어쩌면 나는 키만 홀쩍 큰 어린애가 아닐까. 이제 대학도 졸업했고 진로도 결정했고 부모님으로부터 공간적으로나 정신적으로 독립을 이루었지만, 경제적인 면에서 나는 아직도 철부지, 세상 물정 모르는 어린애인 것이다. 이제 졸업도 했으니 천천히 훈련을 해야겠지? 최근에 나는 나의 부족한 경제 마인드를 개발하기 위해 몇 권의 책을 사서 탐독 중이다. 과연 효과가 있을지 모르겠지만…….

생각보다 힘이 작은
하버드 졸업장

졸업 주간이 한창이던 때 하버드 학교 신문인 《크림슨(Crimson)》에 '숫자로 보는 2008 졸업반'이라는 제목의 기사가 실렸다. 나는 흥미를 갖고 기사를 읽어보았다.

2008 졸업반은 총 1만9,750명의 지원자 중에서 선발된 2,567명으로 당시의 합격률은 10.3퍼센트였다고 한다. 신문은 하버드의 합격률이 해가 갈수록 줄어들고 있으므로(2008년 신입생 합격률은 7.1퍼센트였다.), 만약 2008년 졸업생들이 지금 하버드에 도전한다면 512명은 우르르 떨어질 것이라고 농담처럼 말하고 있었다.

2008 졸업반이 학교에 낸 첫 등록금은 4만1,675달러. 2008년 신입생이 낸 첫 등록금은 4만7,215달러였으니 4년 만에 약 17퍼센트가 인상된 것이다. 동시에 중산층 이하의 학생들을 위한 장학금 지원도 22퍼센트 상승했다.

지난 4년간 보스턴 하버드 캠퍼스에 내린 강우량은 총 3,299밀리이고 평균 기온은 7.9도였으며 가장 추웠던 날은 영하 18.3도였다.

영원과 같았던 나의 4년이 이렇게 숫자로 정리된 걸 보니 반갑기도 하고 허무하기도 했다. 내가 겪었던 그 혹독한 추위가 정말 영하 18.3도밖에 안 되었을까? 나에게는 영하 30도, 아니 영하 50도로 여겨졌던 잔인한 겨울이었는데.

이제 이 많은 하버드 학생들은 어디로 가게 될까? 《크림슨》에 따르면 이들의 미래가 그렇게 밝지만은 않다. 세계 최고의 인재를 양성하는 하버드이지만 이곳 역시 암울한 경제 상황과 해가 더할수록 낮아지는 취업률, 몇 년째 제자리걸음을 하고 있는 연봉 등으로 골치를 앓고 있다. 졸업식이 코앞에 다가온 6월 초, 졸업생 구직자들 중 직장을 구한 학생은 66퍼센트에 불과했다. 하버드 졸업생들을 거의 절반 가까이 싹쓸이해가는 것으로 유명한 월스트리트의 기업들도 올해는 그 수를 대폭 낮췄다(이미 채용된 아이들도 지금은 서브 프라임 모기지 사태로 인한 전 세계적인 금융위기 여파로 바늘방석에 앉아 있다. 리만브라더스 LeeMan Brothers에 들어간 아이들은 이미 해고되었다는 소식을 전해 들었다).

"하버드를 졸업했는데도 취업이 이렇게 힘들 줄은 몰랐어."

"뭐야, 하버드 졸업장이 이렇게 힘이 없을 줄이야."

졸업이 다가올 무렵부터 만나는 아이들마다 걱정과 한숨뿐이었다. 오히려 나처럼 대학원 진학을 결정한 아이들이 속은 더 편했다.

프리실라는 이렇게 말했다.

"내가 결혼해서 자식을 낳으면 절대로 하버드에는 보내지 않을 거야. 4년 동안 학점 하나에 벌벌 떨며 살아봤자 성적표밖에 남는 게 없잖아."

하버드를 졸업하고 부푼 꿈으로 사회에 나가도 탄탄대로가 놓여 있는 것은 아니다. 뛰어나다는 걸 증명하기 위해서는 또다시 치열하게 경쟁해야 하고, 더 나은 직장을 얻기 위해서는 다시 학교로 돌아와 비즈니스 스쿨이든 로스쿨이든 진학하여 재교육을 받아야 한다. 배워야할 것은 끝이 없고 아무리 많이 배워도 사회에 나오면 또다시 원점에서 경쟁해야 한다.

　하버드에 들어갈 때는 '지구가 나를 중심으로 돈다'고 생각했던 하버드 학생들. 하지만 졸업할 무렵이면 '지구가 태양을 중심으로 돈다'는 걸 깨닫게 되고, 자신은 그저 산꼭대기로 돌을 굴려 올리는 시시포스처럼 끝없이 배우고 경쟁해야 하는 불완전한 인간 중의 하나일 뿐임을 절감하게 된다.

　20대의 자아는 늘 높은 이상과 초라한 현실 사이에서 실망하고 괴로워한다. 우리는 언제나 저 높은 이상에 도달할 수 있을까? 지금 할 수 있는 일은 언젠가는 정상에 올라갈 수 있다고 믿으며 그저 열심히 돌을 굴려 올라가는 것뿐이다.

하버드에서 얻은 나의 친구들

두 개의 파일에 담긴
하버드 4년의 내 변화 졸업식이 거행된 날, 후배 한 명이 얼굴 가득 웃음을 띠며 다가와 뉴스를 전해주었다.

"누나, 오늘 《크림슨》에 누나 사진이 실렸어요."

"뭐? 무슨 사진이 실렸다고?"

"하하, 라스트 챈스 댄스를 격렬하게 추는 사진이 실렸어요!"

나는 머리가 쭈뼛 서고 얼굴이 화끈 달아올랐다. 왜 하필 내가?

'라스트 챈스 댄스(Last Chance Dance)'는 하버드 졸업 주간의 파티 목록에 늘 등장하는 전통적인 파티로 보스턴에 있는 '더 록시(The Roxy)'라는 나이트클럽을 통째로 빌려서 춤을 추며 노는 파티이다. 졸업생들을 위한 마지막 광란의 나이트클럽 파티이므로 '라스트 챈스 댄스'라는 이름이 붙여졌다.

사실 나는 하버드 내내 성적에 노심초사하느라 파티를 비롯한 유흥 문화와는 먼 거리를 유지하며 살았다. 아직도 생생히 기억하는 것은 1학년 때 갔었던 첫 파티였다. 그 때 나는 소위 '사교 클럽'에 있는 동생에게 데이트 신청을 받아 성에서 열리는 파티에 갔다. 리무진을 타고 30여 분을 달려 도착한 성에는 갖가지 맛있는 음식들이 준비되어 있었다. 다른 커플들은 술도 마시고 스킨십을 동반한 춤도 추는 등 신나게 즐기고 있었지만, 파티 문화가 익숙하지 않은 나는 술은커녕 데이트와 손 한 번 잡지 않고 대화만 나누었다. 지금 생각해보면 그 때 함께 갔던 동생에겐 정말 재미없는 파티가 되었을 것 같다. 이처럼 즐기고 놀 줄 모르는 나에게 첫 파티는 지루한 것이었기에, 그 이후로 파티에는 싹 관심이 가셨다.

물론 꼭 가야 하는 생일 파티나 놓치면 후회할 것 같은 포멀 파티에는 갔었다. 하지만 이 때도 나와 엘리슨은 파티 자체를 즐기기보다는 파티에 가기 위해 드레스를 사고 화장을 하고 머리를 만지면서 한껏 멋을 내는 준비과정을 더 즐거워했다. 우리는 즐기기 위해 파티에 가는 것이 아니라 사진을 찍기 위해 파티에 갔던 것이다.

술이라고는 전혀 안 하던 내가 술을 마시기 시작한 건 4학년, 그 피말리는 의대 진학 전쟁을 시작하면서부터였다. 나는 기다림에서 오는 초조함과 우울함을 어떻게든 떨쳐내기 위한 한 방법으로서 술을 알게 되었고, 서서히 또래들의 유흥 문화를 배우게 되었다. 재미있는 건, 어느 정도 술을 마시게 되니 춤도 추고 싶어졌다는 것이다.

나는 유튜브에서 댄스 동영상을 찾아 연구하기도 했다. 파티에 함께 간 나의 데이트에게 "나 원래 춤을 못 추지만 유튜브에서 찾아서 예습

• 커크랜드 포멀 파티에서 알렉스(위), 엘리슨(아래)과 함께

했다"고 말하자 파티 경험이 많은 나의 데이트가 깜짝 놀란 표정을 지었다.

"누나 정말? 내가 가르쳐줄게요. 어려울 것 하나도 없어요. 자, 음악을 들어봐요. 모두 다 네 박자예요. 그것만 알면 나와 함께 왼쪽, 오른쪽, 왼쪽, 오른쪽 이렇게 움직이면 돼요. 자~ 원 투 쓰리 포……."

이 때부터 내 별명은 '네 박자'가 되었다.

4학년 때 이렇게 갑작스럽게 술을 배우고 파티를 찾아다니느라 학점에서는 엄청난 손해를 보았지만, 견딜 수 없는 긴장감을 푸는 데는 어느 정도 도움이 되었다. 알딸딸해질 정도의 적당한 알코올을 섭취하고 하룻밤 신나게 놀고 나면 그 후 일주일은 튼튼해진 마음으로 공부에 집중할 수 있었으니까.

사실 내가 4학년 2학기 때 성적이 추락한 것은 술보다는 정신적 방황 때문이었다. 대부분의 하버드 학생들은 주중에는 코피 터지게 공부하고 주말에는 파티에 참석하면서 학점 관리를 무리 없이 잘 해낸다. 주말에 놀기 위해 주중에 더 열심히 공부한다는 것이 미국 아이들의 신조다. 또 파티에 간다고 해서 우리가 생각하는 것처럼 그렇게 흥청망청 많이 마시는 것도 아니다. 아이들은 술보다도 분위기를 즐긴다. 그들에게는 맥주 한 잔 시켜 놓고 홀짝거리면서 서너 시간을 보낼 수 있는 특별한 재주가 있다. 또 학생 신분이기 때문에 비싼 술을 그렇게 많이 마실 수도 없다.

그런데 왜 하필이면 내가 춤추는 사진이 학생신문에 큼지막하게 실렸을까? 엄마 아빠가 아시면 큰일 날 일이다. 《크림슨》을 찾아보니 다행히도 얼굴이 대문짝만하게 나온 사진은 아니고 그저 상당히 열심히

(?) 춤에 열중하고 있는 뒷모습이었다. 나는 기사를 스크랩했다. 언젠가는 이것도 되새기고 싶은 추억이 될 테니까.

이것 외에도 학교 미디어에 내 얼굴이 실린 적이 한 번 더 있다. 얼굴이 빨개지지 않아도 되는 재밌는 에피소드이다.

1학년이 끝나갈 무렵, 학교 입학관리처에서 연락이 왔다. 하버드 학교 홍보 비디오를 제작하고 있는데 출연해 줄 수 있느냐는 것이었다. 하버드에 관심 있는 세계 각국의 사람들이 본다는 말에, 나는 냉큼 하겠다고 답장을 했다.

촬영은 아주 간단했다. 평소의 차림 그대로 나오라고 해서 나는 화장도 하지 않고 청바지에 티셔츠를 입고 갔다. 기숙사 벽에 기대서서 촬영기사가 시키는 대로 몇 마디 대사를 했다.

"한국, 영주에서 왔습니다."

"웰컴 투 하버드! 하버드로 오세요!"

그런데 나는 이후로 이 홍보 비디오에 대해서 까맣게 잊어버렸다. 가끔 챙겨 봐야지 생각을 하다가도 금세 잊어버려서 결국 졸업할 때까지도 보지 못했다. 졸업식이 끝나고 나서야 나는 작정을 하고 학교 홈페이지를 뒤져보았다. 찍은 지 3년도 더 된 비디오이니 새 비디오로 교체되었다면 어쩔 수 없는 일이었다.

그런데 다행히, 비디오가 있었다. 입학관리처 홈페이지에 올려진 약 16분 길이의 비디오에서 내 모습을 찾을 수 있었던 것이다. "한국, 영주에서 왔습니다" 하며 원거리에서 찍은 5초짜리 한 컷과 활짝 웃으며 고개를 돌리는 2초짜리 클로즈업 한 컷. 나는 에티오피아, 쿠바, 이라크, 브라질, 남아프리카공화국 등 하버드의 다양성을 상징하는 여러 국제학생들 중 한 명으로 출연하고 있었다.

하버드 입성 초기에 찍은, 공부밖에 모르는 순진하고 풋풋한 얼굴. 그리고 하버드 졸업식 날 신문에 실린, 나이트클럽에서 정신없이 춤추는 모습. 극과 극을 이루는 이 두 개 파일이 나의 하버드 4년의 변화를 적나라하게 보여주는 것 같아 부끄럽긴 하다. 하지만 두 가지 모두 나의 발자취이므로 일단은 즐겁게 접수!

하버드에서 해보지 못한 일, 캠퍼스 커플

하버드에는 오래 전부터 대대로 전해 내려오는 리스트가 있다. '졸업 전에 꼭 해야 할 것들'이라는, 이른바 '투 두 리스트(to do list)'이다. 처음에는 30개 정도에 불과했지만 여기에 졸업생들이 한두 가지씩 추가하다 보니 지금은 50개 이상으로 불어났다.

리스트를 읽어보니 나는 해본 것보다 해보지 못한 것이 훨씬 많았다. 이를테면 학교 내 교회인 메모리얼 처치(Memorial Church)의 아침 예배에 한 번도 참석해 보지 못했고, 일요일 오후마다 울리는 로웰 하우스(기숙사 이름)의 종을 치는 행사에도 참여해 본 적이 없었다. 로웰 하우스의 종은 일요일 오후 1시부터 15분간 울리는데, 원하는 사람은 누구나 종탑으로 올라가 직접 종을 칠 수 있다. 매주 일요일, 로웰 하우스의 맑고 묵직한 종소리가 들려올 때마다 언젠가는 저 종을 내 손으로 쳐봐야지 생각했었는데…….

또한 나는 하버드 와이드너(Widener) 도서관에 소장되어 있는 그 유명한 '구텐베르크 성서'도 보지 못했고, 포그(Fogg) 박물관에 전시된 그 엄청난 명화를 빌려 내 방에 전시해 둘 생각도 하지 못했다. 하버드 학생증만 있으면 공짜로 누릴 수 있는 특권을 모두 놓쳐버린 것이다.

하지만 내가 못 해본 것 중에서 가장 아쉬운 것은 뭐니 뭐니 해도 사랑이 아닐까? 물론 하버드의 '투 두 리스트'에는 없지만 말이다. 나는 하버드에 도착하기 전에 이미 부모님과 여러 어른들로부터 "공부에 전혀 도움이 되지 않으니 남자는 절대로 사귀지 말라"는 세뇌교육을 받고 왔다. 하나에 집중하면 다른 건 아무것도 하지 못하는 내 성격상, 만약 남자에 빠진다면 공부는 뒷전이 될 것이 분명했다.

하지만 '남자는 절대로 안 사귀겠어!'라고 굳이 다짐하지 않아도 내가 하버드에서 사랑에 빠질 확률은 로또에 당첨될 확률 이상으로 희박했다. 우선 나는 외국인과 사귀는 것에 대해서는 처음부터 거부감이 있었다. 친구로서는 언제나 오케이지만 그 이상의 관계가 되는 건 정서적으로 허용이 안 되었다. 설명하긴 힘들지만 내게는 한국 남자들이 훨씬 재미있고 정이 가고 외모도 더 매력적으로 느껴졌다. 또한 적어도 사랑만큼은 문화적 정서가 같은 사람끼리 모국어로 거침없이 해야 하지 않을까 하는 생각을 갖고 있었다.

그러니 무려 하버드 남자들의 93퍼센트가 우수수 탈락했다. 나는 "한국에 약혼자가 있다. 졸업하면 결혼할 거다"라는 거짓말로 다가오는 남자들을 대부분 물리쳤다. 사귀는 사람이 있다고 하면 더 이상 애쓰지 않기 때문이었다.

이제 내가 사랑에 빠질 확률은 단 7퍼센트. 그런데 이것도 쉽지 않

• 수업을 마치고 기숙사로 돌아가는 길에 하버드 스퀘어에서

왔다. 내가 고등학교를 졸업하고 하버드에 오기까지 2년여가 걸린 만큼, 하버드에서 만난 한국인 남자들은 거의 모두 나보다 두 살에서 세 살 아래였다. 어려서부터 네 살 아래의 남동생을 부모님 대신 키우다시피 하다 보니 나보다 어린 남자들은 죄다 동생으로만 보였다. 또한 내가 워낙 터프한 누나 노릇을 한 때문인지 그들 역시 나에게 별다른 흑심(?)을 품지 않았다.

이런 이유로 나는 4년 내내 달콤한 로맨스 한 번 없이 솔로를 고수할 수 있었다. 남자 동생들이 많기 때문에 파티에 같이 갈 데이트가 필요할 때는 부담 없이 그들에게 도움을 요청했다. 물론 나 역시 동생들이 데이트를 필요로 할 때는 예쁘게 꾸미고 가서 상부상조했다.

가끔 좋은 우정을 쌓다가도 그 경계를 넘어서려는 시도로 인해 위기에 빠지는 경우도 있었다. 이럴 때는 정말 안타깝지만 친구 관계를 포기할 수밖에 없었다. 남녀 사이는 서로 원하는 것이 다르면 어쩔 수 없이 다른 길을 갈 수밖에 없다는 것, 사랑과 우정이 부딪치면 둘 다 무너질 수밖에 없다는 것을 나는 20대 중반이 되어서야 하버드에서 배웠다.

그런 의미에서 나는 오랜 우정을 지켜준 데이빗, 그리고 나를 처음부터 변함없이 친구로만 바라봐준 리웨이에게 큰 고마움을 느낀다. 두 사람은 내가 힘들 때 언제든 손을 뻗어 도움을 요청할 수 있는 나의 속 깊은 이성 친구들이다.

데이빗은 초기에 나를 좋아하는 마음이 약간 있었지만 내가 공부에만 전념하고 싶다고 말하자 그 마음을 깨끗이 접어주었다. 그 이후로 오히려 마음을 더 열고 나에게 연애사에 대한 고민도 털어놓을 정도가 되었다. 천재인데다가 너무 공부만 하다 보니 데이빗은 여자를 사귀는 걸 어려워한다.

나는 졸업 축제의 '와인 테이스팅(Wine Tasting)' 행사에 데이빗을 초대했다. 화창하게 맑았던 그 날, 우리는 보스턴에서 한 시간 거리에 있는 와인 농장에 가서 한 나절 동안 여러 종류의 와인을 맛보았다. 내가 좋아하는 프리실라와 리웨이와 데이빗이 모두 한 자리에 모여 와인향에 취하고 우정에 취했던 너무나도 행복한 날이었다.

'문라이트 크루즈(Moonlight Cruise)'라는 졸업 기념 선상 파티가 열렸던 날, 나의 데이트가 되어주기로 한 동생이 차를 과속으로 밟다가 순찰차에 걸려 늦어진 일이 있었다. 크루즈는 예정대로 8시 정각에 보스턴 항구를 출발할 참이었다. 혼자 항구에 남아 동생을 기다려야 하는 나에게 리웨이가 곁에 있어주겠다고 했다. 나는 평생에 단 한 번뿐인 크루즈 졸업 파티일뿐더러 20달러나 되는 티켓을 낭비해서는 안 된다며 리웨이에게 배를 타라고 했지만 그는 고개를 저었다.

"크루즈는 언제든 탈 수 있어. 하지만 나나, 혼자 남은 네 곁에 있어주는 건 오늘뿐이야."

우리는 함께 선착장에 앉아 동생을 기다리며 맥주를 홀짝였다. 그리고 날려버린 20달러 티켓을 교환하여 서로의 바람을 적었다. 나는 리웨이의 티켓에 '언젠가 다시 만나 한국과 중국을 위해 열심히 일하자!'고 썼다. 리웨이가 돌려준 티켓에는 '나나, 나의 베스트 프렌드에게 언제나 최고의 일이 일어나기를!'이라고 씌어 있었다. 나는 리웨이와 교환한 이 티켓을 지갑 속에 고이 접어 보관하고 있다.

언젠가 프리실라가 내게 물었다.

"나나, 도대체 남자는 언제 사귀어볼 거니? 역시, 한국에 숨겨둔 애인이 있는 거지?"

나는 웃으며 "초콜릿이 내 애인이잖아"라고 대답했다. 솔직히 나도 잘 모르겠다. 적어도 분명한 것은, 아직은 공부가 우선이라는 것이다.

하지만 이제는 '절대로'라고 못을 박고 싶지는 않다. 하버드에서 나는 서로 아껴주고 응원하며 함께 공부하는 건강한 커플들을 많이 보았다. 연애는 공부의 적이라고 생각했는데, 그들은 오히려 연애를 통해 심리적 안정감을 얻고 힘든 시기에도 서로 위로하며 잘 이겨냈다. 다만 졸업이 가까워지면서 각자 다른 도시로 흩어질 때 감정 소모가 심하다는 것이 문제이긴 했다.

만약 나에게도 고통을 함께 나눌 사람이 생긴다면, 이제는 캠퍼스 커플로서 알콩달콩 예쁘면서도 믿음직스러운 연애를 해보아도 좋겠지. 내가 방황하고 있을 때 "정신 차려, 나나!"하고 꾸짖어주고, 내가 정신적 허기에 시달려 초콜릿을 폭식하거나 꾀를 피우며 공부를 하지 않을 때 "나나, 넌 아직 멀었어. 힘을 내야 해!"하며 나를 책상 앞으로 끌고 가줄 사람이 있다면 이제는 연애를 해볼 수도 있을 것 같다.

그러려면 나는 세상에서 가장 강인한 정신력과 뛰어난 의지를 지닌 남자를 만나야 한다. 나의 모든 나약함을 이해하고 포용하고 격려해줄 수 있는, 산처럼 꿈쩍 않는 불굴의 사나이를. 과연 그런 남자를 찾을 수 있을까?

베스트 프렌드와 베스트 룸메이트

웃음으로 넘길 수 있는

룸메이트 메모리   졸업 축제가 무르익으면서 나는 자주 부딪치
는 제니에게 다가가 말을 걸어보기로 했다.
제니는 2학년 때 나와 엘리슨과 함께 커크랜드 하우스에서 같이 살았
던 룸메이트다. 전공이 똑같은 생화학이라서 둘이 숙제도 같이 하고
시험공부도 같이 하면서 참 친하게 지냈었다.

하지만 어쩔 수 없는 충돌로 인해 우리는 제니와 헤어질 수밖에 없
었다. 역시 제니에게 남자친구가 생긴 것이 문제의 발단이었다. 1학년
때의 그 '19금 사건'에 데인 이후로 나는 이 문제에 엄격한 입장을 갖
고 있었다. 아무리 하버드의 문화라고 해도 내 집에서만큼은 그런 일
을 겪고 싶지 않았다. 셋이 살기로 결정하면서 나는 처음부터 우리의
신성한 스위트에 절대로 남자를 들이지 말자고 주장했고, 엘리슨과 제

니도 "맞아, 그런 일은 절대로 없어야 해!" 하며 내 생각에 동의해 주었다.

하지만 막상 남자친구가 생기자 제니의 입장이 변하고 말았다. 그것도 같이 살기 시작한 지 불과 한 달 만에! 2학년 때 나의 스위트는 거실 하나와 방 두 개, 욕실 하나로 이루어져 있었다. 우리는 일단 초기에는 엘리슨이 1인용 침실 하나를 통째로 사용하고 제니와 내가 이층 침대가 있는 방을 같이 쓰기로 했다. 대신에 거실에는 제니와 내가 책상을 내놓고 공부방으로 활용하기로 했다.

그렇게 평화롭게 살아가던 어느 날, 슬며시 제니의 남자친구가 우리 스위트에 등장하기 시작했다. 막 사랑에 빠진 두 사람은 한시도 떨어져 있고 싶지 않은 듯했다. 둘이 꼭 붙어 다니며 수업도 같이 듣고 숙제도 같이 했다. 여기까지는 이해해 줄 수 있었다. 그런데 두 사람이 내 방에서 밤늦도록 비디오를 보고 잠까지 같이 자는 것은?

두 사람은 내 방에 거의 신방을 차렸다 해도 과언이 아니었다. 제니의 남자친구는 아예 옷과 소지품을 가져와 방 안에 진열을 했고, 가끔 물건을 가지러 가는 것 외에는 자기 기숙사로 돌아갈 생각을 하지 않았다. 밤에 거실에서 공부를 하고 있으면 방음이 되지 않아 어쩔 수 없이 내 방에서 각종 소리가 들려왔다. 새벽녘에 공부를 끝내고 잠을 자러 들어가려면 내 방인데도 불구하고 눈치를 살펴야 했다. 특히 침대 1층에서 꼭 끌어안고 자는 신혼부부를 두고 2층으로 올라가는 기분은 정말 이상했다.

더욱 불편한 건 아침에 일어나서였다. 빨리 준비하고 수업에 가야하는데, 둘이서 욕실을 점령하고 뭘 하는지 한 시간이 넘도록 나오질 않는 것이었다. 처음에는 말도 못 꺼냈지만 나는 욕실 앞에서 문을 두드리며 빨리 나오라고 소리를 지를 수 있을 만큼 대범해졌다.

"이건 아니야. 무슨 수를 내야 해."

나는 엘리슨에게 내 생각을 말했고, 그녀도 나와 같은 생각이라는 걸 확인했다. 우리는 제니에게 타협안을 제시했다.

"처음 약속했던 대로 남자친구를 집으로 데려오지 않을 수는 없겠지만, 적어도 공동의 방에서 같이 생활하고 아침 시간에 욕실을 점령하는 것만큼은 자제해 줘."

하지만 제니에게도 할 말은 있었다.

"여긴 너희들 스위트이기도 하지만 내 스위트이기도 해. 내 집에서 내가 하고 싶은 대로 할 수 있는 것 아니니?"

"말도 안 돼. 우리 둘이 너희 커플 때문에 방에도 못 들어가고 욕실도 못 쓴다는 건 왜 생각도 안 해주니?"

"정말 너무들 하는구나. 너희들도 남자친구가 생기면 나랑 똑같은 입장이 될 걸? 다른 사람들한테 한번 물어봐."

결국 우리는 크게 다투었고 결론이 나지 않았다. 그 후로 우리가 문제를 제기하면 제니도 남자친구 데려오는 걸 자제하는 것 같았지만, 그래봤자 단 몇 주도 가지 않았다. 방심할 만하면 다시 또 둘이 내 방을 점령하고 신혼부부 생활을 계속하는 것이었다.

이 일 때문에 우리는 한 학년 내내 얼굴을 붉히며 다퉈야 했고, 결국 3학년에 올라갈 무렵 학교 측에 통보하여 제니를 다른 스위트로 추방했다. 이후에야 비로소 나는 졸업할 때까지 엘리슨과 평온한 기숙사 생활을 즐길 수 있었다.

• 엘리스와 나의 스위트에 걸어두었던 이름표

그 후로 엘리슨과 나는 제니와 거의 말도 하지 않는 사이가 되었다. 엘리슨은 전공이 달라서 제니와 부딪칠 일이 없었지만, 나는 같은 생화학 전공이라 사이언스 빌딩에서 수시로 마주치곤 했다. 그 때마다 우리는 고개를 돌리며 서로 외면했다.

나는 이제 졸업하는 마당에 제니에게 마지막 작별의 인사라도 하고 싶었다.

"안녕, 제니. 졸업 축하해."

내가 인사를 하자 제니도 반갑다는 듯 활짝 웃었다.

"그래, 고마워. 너도!"

우리는 2년 전의 묵은 감정을 웃음 하나로 날려버렸다. 우리가 안달했던 모든 일들은 결국 시간이 지나면 이렇게 웃고 넘길 기억이 된다.

제니는 의사인 부모님의 뜻에 따라 의과대학원에 진학하게 되었다고 한다. 어느 학교로 가는지는 알아내지 못했지만 그녀의 앞날에 행운이 있기를.

환상적인 동거자

엘리슨 엘리슨과 나 사이는 '친구'라는 말로는 설명이 불가능하다. 나는 그녀를 늘 나의 '룸메이트'라고 부른다. 룸메이트는 친구 외에도 상당히 복합적인 의미를 내포한다.

나는 프리실라에 대해서는 나의 '베스트 프렌드'라는 말을 붙이기를 주저하지 않는다. 나는 프리실라의 모든 걸 사랑한다. 곱슬곱슬한 검은 머리카락도, 조막만한 얼굴과 갈매기 날개 같은 짙은 눈썹과 그녀 스스로 "고저스!(Gorgeous!)"라며 감탄해 마지않는 커다란 엉덩이도. 프리실라라면 내가 무슨 짓을 해도 나를 이해해 줄 것이다. 나도 프리실라의 일이라면 지구 반대편이라도 달려갈 것이다.

실제로 프리실라는 여름방학 때 나를 보러 열다섯 시간을 날아 한국으로 왔다. 2주 동안 우리는 서로 분신인 양 붙어 다니며 대구와 서울의 온갖 거리들을 휩쓸었다. 프리실라는 고추장 소스를 입에 잔뜩 묻히며 떡볶이를 먹을 줄 알고 갈비탕과 삼계탕과 불고기 등 한국의 맛을 사랑한다. 그녀는 라틴 리듬이 나오면 자동적으로 삼바 춤을 추는 브라질 처녀이지만 의외로 보수적인 구석이 많다. 브라질에 두고 온 남자친구 때문에 하버드 4년 내내 딴 남자들에게는 눈길 한 번 주지 않았는가 하면, 밤에는 침대에 가기 전에 두 손을 꼭 모으고 기도를 올렸다. 프리실라는 의사가 되는 것보다도 좋은 아내, 좋은 엄마가 되는 것에 더 큰 의미를 둔다.

나는 프리실라를 좋아하는 마음을 주체하기 힘들다. 하지만 엘리슨은? 나는 엘리슨과 3년을 한 집에서 살았고 앞으로도 필요하다면 계속 그녀와 살고 싶다. 하지만 그녀와 나 사이에는 서로 넘어서는 안 되는 분명한 원칙과 선이 있다. 3년 동안의 룸메이트 생활을 지탱하게 해준 동거자 간의 계약의 선.

동거자로서 우리는 환상적이다. 엘리슨은 내가 원하는 대로 조용하고, 공부 열심히 하고, 남자를 집에 끌고 오지 않고, 떠들썩한 파티보다는 조용한 교감을 좋아하는 아기자기한 소녀이다. 나는 엘리슨이 원하는 대로 털털하고, 관대하고, 그러면서 가끔씩 그녀의 호기심에 동

• 프리실라와 함께

참하여 놀아줄 수 있는 열린 마음을 가졌다.

엘리슨은 나와 마트에 가는 걸 무척 좋아했다. 둘이 헐렁한 후드티에 추리닝 바지를 입고 마트를 어슬렁거리는 건 우리에게 또 다른 휴식이었다. 우리는 주로 세제 코너 앞에서 설전을 벌였다.

"아냐, 지난번에 그건 써봤으니까 이번엔 이걸 써보자."

우리는 아직도 타이드(Tide)와 치어컬러가드(Cheer Color Guard) 중에서 뭐가 더 좋은지 결론을 못 냈다.

우리는 시험기간 중에 서로 깨워주고, 잠을 쫓을 수 있도록 마사지를 해주고, 레드불을 같이 마시며 하얗게 지새야 할 밤을 향해 건배를 했다. 내가 페이퍼를 고쳐 달라고 엘리슨을 괴롭히는 대신 그녀는 스타벅스의 좋아하는 카페라떼를 마실 수 있었다. 하버드 가문의 엄한 부모님 아래 자라면서 지금껏 남자를 사귀어본 적도, 멋을 내본 적도 없는 엘리슨은 파티에 갈 때 내가 드레스를 골라주고 화장을 해주면 무지하게 좋아했다. 대신에 나는 엘리슨이 좋아하는 미술관과 발레 공연에 함께 가주었다.

이렇게 죽이 잘 맞는 룸메이트이지만 우리 사이에는 서로 지켜야 할 예의가 있었다. 엘리슨은 소리에 아주 예민하다. 특히 공부할 때는 작은 소음도 견디지를 못한다. 내가 빨래를 개면서 무의식적으로 음악을 흥얼거릴 때면 엘리슨이 어김없이 "Please, don't……"라고 말했다. 내 방에서 한국 가요를 틀어 놓아도 엘리슨이 노크를 했다.

"Nana, please turn the volume down."(나나, 제발 소리 좀 줄여 줘.)

특히 프리실라가 놀러 와서 내 방에서 수다를 떨 때면 견디다 못한 엘리슨이 문을 두드렸다.

"너희들, 나가서 떠들면 안 되겠니?"

이런 상황이 벌어지면 프리실라와 나는 나쁜 짓을 하다 혼난 아이들처럼 조용히 일어나 까치발로 걸어서 기숙사를 나왔다. 건물 밖으로 나와서야 우리는 참았던 웃음을 터뜨렸다.

하지만 예민한 건 엘리슨만이 아니었다. 나 역시 어떤 면에서는 아주 예민했고 엘리슨도 그걸 맞춰주느라 조심해야 했다. 필기구와 문구에 매우 예민한 나는 미국 볼펜에 적응이 되지 않았다. 그래서 한 번 한국에 갈 때마다 내가 좋아하는 브랜드의 샤프와 볼펜, 수성펜, 샤프심, 지우개, 스티커 등을 잔뜩 사와서 책상 서랍 안에 쟁여두었다.

그런데 어느 틈에 한국산 문구의 우수성에 중독이 되었는지 엘리슨이 야금야금 내 볼펜과 샤프심, 지우개 등을 가져가는 것이었다. 처음에는 내게 허락을 구했으나 내가 언제나 흔쾌히 "Of course!"라고 말하자 말없이 그냥 가져가기 시작했다.

어느 날 샤프심을 갈아 넣으려는데 있어야 할 샤프심이 보이지 않았다. 나는 과목마다 꼭 써야 하는 필기구가 정해져 있기 때문에 그 샤프심이 없으면 공부를 할 수가 없는 상황이었다. 당연히 나는 화가 났다. 엘리슨에게 "말없이 가져가지 말아 달라"고 화를 내자 엘리슨이 잔뜩 기가 죽어 쭈뼛쭈뼛 책상서랍을 뒤지더니 내게 단 세 개가 남은 샤프심 통을 돌려주었다.

"미안해. 앞으론 절대 이런 일 없을 거야."

이렇게 우리는 서로의 예민한 부분을 솔직하게 요구하고 잘 받아들인 덕분에 3년간의 룸메이트 생활을 무리 없이 보낼 수 있었다. 나는 아침마다 한 시간씩 샤워를 해야 하는 엘리슨을 위해 저녁에 샤워를 하는 것으로 습관을 바꾸었고, 엘리슨은 운동을 중요시 여기는 나를 위해 내 방에 설치된 수동식 러닝머신의 소음을 견뎌주었다.

룸메이트와의 갈등 때문에 기숙사를 몇 번씩 옮기고 심지어 학교 밖으로 집을 구해 나가는 아이들을 볼 때면, 그래도 내 룸메이트가 최고라는 생각이 들었다. 사랑에 불타는 신혼부부도 결혼 초기 3년 동안은 지치도록 싸운다는데, 3년 내내 거의 다툼 없이 지낸 우리 둘은 천생연분이 아닐까?

하버드에서의 '글로벌 영어'

**네이티브를 넘어서는
영어로부터의 자유**　　프리실라와 함께 인도 레스토랑에 갔을 때였
다. 웨이터가 오자 나는 콜라를 주문했다.

"Coke, please."

그런데 내가 이 말을 하자마자 프리실라가 야시시하게 웃기 시작했
다. 나는 무슨 영문인지 몰라 "Why do you laugh?"(왜 웃어?)라고
물었다. 프리실라가 가까스로 웃음을 진정시키며 말했다.

"나나, 무슨 말인지는 알겠는데 지금 이 상황에서는 'What are you
laughing at?'이 정확한 표현이야. 근데 그 전에 내가 웃은 이유는 네
발음이 나에겐 'Cock, please'로 들렸거든. 너 나중에 그거 발음할 때
조심해라. 아님 이상한 여자가 될 수 있으니!"

아뿔사⋯⋯. 'cock'는 원래 '수탉'이란 뜻이지만 남성의 신체 부위

를 일컫는 속어로도 사용된다. 나는 프리실라를 향해 멋쩍게 웃었다. 프리실라는 한때 나의 영어 튜터이기도 했기 때문에 이렇게 계속 나의 브로큰 잉글리시(broken English)를 고쳐주고 있다.

미국 생활 4년이 됐는데도 나는 이렇게 불쑥 브로큰 잉글리시를 쏟아낸다. 영어는 1년이면 마스터할 줄 알았는데, 실제로 살아보니 불편함을 극복하는 데만 3년이 걸렸다. 이제 공부하는 데는 큰 무리가 없지만 아직도 내 영어는 불안하다. 모국어처럼 자연스럽게 영어를 말하고 읽고 쓰려면 얼마나 더 걸려야 할까? 5년이면 될까? 아니, 10년도 모자랄 것 같다. 내가 영어를 하는 것이 여전히 힘들다고 하면 프리실라는 빙그레 웃으며 말한다.

"나나, 그런 소리 마. 너를 처음 만났을 때를 생각하면 장족의 발전이야."

1학년 수학시간에 우연히 나란히 앉게 되어 숙제를 맞춰보며 알게 된 프리실라. 그녀는 나의 서툰 영어에 전혀 개의치 않고 오히려 아주 잘한다며 칭찬을 해주었다. 문법도 어휘도 엉망인 페이퍼를 들고 가서 고쳐 달라고 부탁하면 프리실라는 처음부터 끝까지 꼼꼼히 뜯어 고치면서도 칭찬하는 것을 잊지 않았다.

"나나, 작문 실력이 점점 좋아지는구나."

그런 프리실라가 3학년 말쯤 되어서야 고백을 했다.

"사실은 나나, 그 때 네가 무슨 말을 하는지 하나도 못 알아들었어."

영어는 하버드 신입생이 되어 내가 부딪친 첫 장애물이자 아직도 채 정복하지 못한 거대한 산으로 남아 있다. 지금 생각해 보면 1년 내에 영어를 정복하겠다는 것이 얼마나 당돌한 발상이었는지 웃음이 난다.

외국어란 정복의 대상이 아니라 그저 꾸준한 노력의 대상이라는 것, 양치질처럼 평생을 두고 연마해야 하는 삶의 습관이라는 걸 이제야 깨닫는다. 또한 스무 살이 넘어서야 미국 땅을 밟은 한국인으로서 미국인과 똑같은 네이티브 차원의 영어를 구사한다는 것은 태생적으로 불가능하다는 걸 인정하게 된다. 그러면서도 한편 나의 그런 점을 단점이 아니라 장점으로 승화시켜야겠다는 결심을 하기도 한다.

이것은 4학년 때 데이빗 왕 교수님의 중국 현대 로맨스 문학 강의를 들으면서 불현듯 다가온 깨달음이었다. 나는 이미 3학년 때 한 차례 교수님의 강의인 중국 현대 대중문화를 들으면서 그분의 정확한 영어 발음과 완벽한 어휘 선택에 감탄을 했었다.

'와, 저 대만인 교수님은 정말 영어를 잘하는구나! 나는 언제나 저렇게 완벽한 네이티브 영어를 구사할 수 있을까?'

하지만 4학년이 되어 그분의 강의를 다시 한 번 들으면서 내 생각이 틀렸다는 걸 알 수 있었다. 왕 교수님의 영어는 네이티브 영어가 아니었다. 그것은 누구도 흉내 낼 수 없는 그만의 영어였다. 왕 교수님이 선택하는 단어와 그 단어들이 만들어내는 문장에는 미국인의 영어에서는 느낄 수 없는 힘과 매력이 있었다. 그것은 정확한 문법이나 문장 구사력에서 오는 것이 아니라 미국인들에게는 없는 이국적인 감수성, 즉 그의 아이덴티티에서 오는 것이었다. 오랜 시간 쌓아온 중국 문학에 대한 학문적 깊이와 그가 가진 대만인의 감수성, 이 두 가지가 영어와 결합하여 기존 영어와는 차원이 다른 영어를 탄생시킨 것이다. 더욱 정갈하고 풍부하고 향긋한.

한 가지 중요한 것은 그의 이러한 창조적인 영어가 영어에 대한 그만의 독특한 이해와 해석에서 비롯된다는 것이다. 정곡을 콕콕 찌르는 그의 영어를 듣고 있으면 그는 영어를 사용하는 미국인의 의식구조를, 그들의 심리를 깊은 차원에서 이해하고 있음을 알 수 있다. 그래서 마치 언어의 경지에 오른 시인이 단어와 문장을 혀로 굴리며 유희하듯이, 한 차원 높은 곳에서 영어와 놀 수 있는 것이다. 영어로부터의 완벽한 자유. 왕 교수님은 그걸 쟁취했다.

영어는 진리가 아니라 약속일 뿐이다. 언젠가는 나도 나만의 영어, 금나나만의 영어를 창조하여 영어로부터 자유로워질 수 있을까? 미국인들도 감히 흠잡을 수 없는 나만의 창조적 영어를 가질 수 있을까? 그러기 위해서 지금은 이렇게 브로큰 잉글리시를 하나하나 고쳐가고, 많은 단어를 외우고, 문법적 오류를 줄이는 것이 먼저겠지. 튼튼한 기초가 없다면 창의성도 자유도 있을 수 없을 테니까.

한편으로는 코리언으로서의 내 정체성을 지키고, 그리고 나만의 학문적 세계를 더 깊이 닦아야 할 것이다. 그렇게 한국인다운 구수한 정서와 금나나다운 해석으로 영어를 발효시킨다면, 언젠가는 나도 누군가에게 감동을 주는 나만의 영어를 창조할 날이 오겠지.

단 하나의 결론

무조건 열심히 꾸준히　영어를 단시간에 유창하게 잘하는 방법이 뭐냐고 누군가가 묻는다면 나는 그 사람에게 꿀밤을 한 대 먹여주고 싶다. "그런 게 어디 있어요!" 하고.

4년 전 하버드 신입생이 되었을 때, 내가 부딪친 영어의 벽이란 정말로 거대한 것이었다. 교수님의 강의를 전혀 못 알아들을 때의 그 절망감, 페이퍼를 써야 하는데 문장을 어디서부터 어떻게 시작해야 할지 엄두도 내지 못할 때의 그 막막함은 공포와도 맞먹었다. 과연 내가 영어의 이 높은 벽을 넘어 하버드에서 생존할 수 있을까? 영어 때문에 안절부절 갈피를 못 잡을 때마다, 자신감이 바닥을 향해 곤두박질치는 것을 느낄 때마다, 내가 할 수 있는 것은 그저 더 많이 듣고 읽고 쓰고 익히는 것뿐이었다.

2학년 말쯤이었을까? '도쿄문화연구'라는 교양강좌의 페이퍼 때문에 걱정에 빠져 있는 나에게 엘리슨이 말을 걸었다.

"Nana, you look sad." (나나, 슬퍼 보이는구나.)

나는 자동적으로 이렇게 대답했다.

"Yes, I am."

대답을 하고 나니 갑자기 먹구름이 싹 걷히는 기분이 들었다. 영어를 둘러싸고 있던 회색 장막이 한 꺼풀 벗겨진 기분. 엘리슨은 나에게 'look'이라는 단어를 사용하여 말을 걸었다. 그런데 내 대답은 "Yes, I am"이었다. 내 대답이 'be' 동사로 바뀐 이유는 그것이 진짜 나의 상태임을 내가 인정했기 때문이다. 그 때까지는 'be' 동사의 의미를 그냥 '~이다' 정도로만 생각했었는데 그 순간 확실하게 내 가슴에 그 의미가 새겨졌다. 'be'의 의미는 '존재'였다. 그 자체 그대로 존재하는 것이 'be'인 것이다. 'God is love.' 신은 사랑으로 존재한다. 'I think, therefore I am.' 나는 생각한다. 고로 존재한다. 'I've been there.' 나는 그곳에 존재해 보았다. 다시 말해서 그곳에 가봤다, 혹은 그곳을 경험해 보았다는 뜻이 되는 것이다.

'serve'라는 동사에 대해서도 나는 같은 경험을 했다. 한영사전을 찾아보면 'serve'에 얼마나 많은 뜻이 있는가. 몇 가지만 생각해 보아도 '봉사하다', '섬기다', '서비스하다', '나르다' 등등 수십 가지 뜻이 있다.

예를 들어 테니스를 칠 때 선수가 처음으로 상대방을 향해 공을 때리는 걸 '서브'라고 한다. 'Argentina's tennis player Nalbandian serves to Russia's tennis player Davydenko.'(아르헨티나의 날밴디언 선수가 러시아의 다비덴코 선수에게 서브하고 있다.) 식당이 음식을 제공하는 것도 'serve'이다. 'The breakfast of each Harvard residential dining hall is served from 7:30 to 10:00.'(하버드의 모든 기숙사 식당의 아침 시간은 7:30~10:00이다.) 엘리베이터가 운행하는 것도 '서브'이다. 'This elevator serves odd-numbered floors.'(이 엘리베이터는 홀수 층만 운행된다.) 뭔가에 유용하게 쓰일 때도 '서브'이다. 'Your idea will serve for this task.'(너의 아이디어가 이 일에 큰 도움이 될 거야.)

이 많은 'serve'의 뜻을 따로따로 외워야 할 필요가 있을까? 4년을 살면서 'serve'가 사용된 수많은 문장을 경험해 보니, 이것 역시 하나의 뜻이었다. 'serve'란 뭔가를 들어 올려서 누군가를 위해 내놓는 것, 누군가에게 서비스하는 것이다. 엄마가 나를 위해 음식을 차려주는 것도, 엘리베이터가 운행되는 것도, 상대방을 향해 공을 치는 것도, 모두 'serve'인 것이다.

이런 깨달음은 단어를 외우고 주어, 동사, 목적어, 전치사 등등을 분해해 가며 영어를 문법적으로 공부하는 것보다 훨씬 큰 도움이 되었다. 기존의 방식이 영어를 해체하여 공부하는 것이라면 이 방식은 영어를 통째로 느끼는 것이었다. 머리로 따지는 것이 아니라 그냥 몸으로 받아들이는 것.

우리가 모국어를 습득하는 방식이 바로 이렇게 통째로 받아들이는 방식이다. 예를 들어 우리는 'Good morning'을 '좋은 아침'으로 해석해서 배운다. 하지만 미국 아기들이 처음 이 말을 들을 때는 하나하나 뜻을 알고 배우는 것이 아니라 아침에 일어나니 엄마가 "Good morning!"이라고 말하기에 그냥 따라하게 되는 것이다. 우리는 'hang on'은 전화를 끊지 않고 기다리는 것이라고 외우고, 'hang up'은 전화를 끊는 것이라고 달달 외운다. 하지만 미국인들에게 이것은 상황에 따라 반복적으로 들으면서 자연스럽게 구별해 쓰게 된 관용어다. 전화를 하다가 상대방이 잠깐 물마시고 올 테니까 'hang on' 해달라고 하면 끊지 말고 기다리라는 소리로 알아듣고, 상대방이 "Don't hang up"이라고 하면 전화를 끊지 말라는 소리구나 하고 받아들이게 된다. 그러므로 우리가 영어를 익힐 때는 단어 하나하나의 의미를 외우는 데 집착하지 말고 상황 속에서 그냥 받아들이는 것이 중요하다. 위의 'be' 동사나 'serve'의 예가 바로 그런 경우다.

이러한 깨달음이 하나 둘씩 늘어가면서 나는 영어가 한결 편안해지는 것을 느낄 수 있었다. 먼저 한국어로 사고하고 그것을 다시 영어로 바꾸어서 얘기하는 것이 아니라, 상황에 맞는 영어들이 내 몸에서 술술 튀어나오는 기분이 되는 것이다.

하지만 이러한 깨달음이 저절로 온 것은 아니다. 내가 전전긍긍하며 들었던 수많은 강의들, 손때를 묻혀가며 읽었던 수많은 책들, 실수투

성이의 페이퍼와 그것을 고치느라 쏟았던 시간들, 그 모든 것이 쌓이고 쌓이면서 하나씩 깨달음이 찾아온 것이다. 영어는 오직 양적 팽창을 이루었을 때 질적으로도 팽창을 이룰 수 있다. 결국 무식할 정도로 외우고 또 외웠던 단어와 문법, 그리고 청취 훈련이 하나씩 쌓여 마침내 진정한 영어 빅뱅을 이루는 것이다.

나는 영어라는 거대한 장벽을 만나 덤비다가 이마가 깨지고, 기어오르려다가 무릎이 까지고 하면서 말할 수 없는 고통을 겪었다. 하지만 4년간의 고생 후에 내린 결론은 하나밖에 없다. 무조건 열심히 꾸준히 해야 한다는 것. 세상에는 수많은 영어 공부법이 있지만 단시간에 획기적으로 실력을 향상시켜 주는 공부법은 어디에도 없다. 컴퓨터 프로그램을 깔듯이 뇌 속에 영어 프로그램을 탑재하지 않는 한 어느 누구도 몇 달 만에, 아니 몇 년 만에 영어를 정복할 수는 없다. 매일매일 조금씩 성실하게! 오직 그것뿐이다.

국제학생과
영어의 함수

하버드대에는 학부에만 총 7,000명가량의 학생이 있다. 이 중 국제학생의 퍼센티지는 약 19퍼센트 정도로 대략 1,400명에 이른다. 하버드 생 열 명 중 두 명이 국제학생이다 보니 캠퍼스에는 수많은 버전의 영어가 난무한다. 중국식 영어, 인도식 영어, 러시아식 발음, 아프리카식 발음, 스페인과 이탈리아와 프랑스 식 발음, 그리고 콩글리시까지.

하버드는 미국 대학이고 모든 강의가 영어로 이루어지므로 당연히 아카데믹 차원의 영어 능력은 모든 학생들에게 필수이다. 그래서 국제 학생들은 입학 지원을 할 때 토플 성적을 제출해야 한다. 하지만 그렇다고 꼭 영어를 미국인처럼 유창하게 잘해야 하는 것은 아니다. 우선 발음이야 어떻든 의사소통만 가능하면 된다. 나는 러시아에서 온 학생들이 그 독특한 러시아어 악센트를 유지하면서도 수업 시간에 열띠게 질문을 던지고 토론하는 것을 수없이 보았다. 심지어 조교들 중에서도 독특한 악센트를 자랑하는 러시아인, 인도인, 유럽인이 많이 있다.

국제학생이 서툰 영어로 더듬더듬 질문을 한다고 해서 쿡쿡 웃거나 망신을 주는 사람은 하버드에선 드물다. 오히려 기다려주고 도와주는 경우가 대부분이다. 그리고 질문 중에 문법이 조금 틀리더라도 아무 문제가 없다. 정말 중요한 건 영어를 얼마나 유창하게 하느냐가 아니라 말하려고 하는 내용의 핵심이니까.

에세이로 시험을 보는 교양과목을 들을 때, 채점을 하는 조교들은 내가 국제학생이라는 것을 충분히 감안해 주었다. 페이퍼조차 낑낑거리며 쓰는 나에게 한 시간이란 짧은 시간 동안 문제를 분석하고 논리적으로 글을 쓰는 것보다 더한 공포는 없었다. 시험을 앞두고 근심이 가득한 얼굴로 모르는 것을 질문할 때마다 조교들은 나에게 이렇게 말했다.

"양을 채우는 데 너무 신경 쓰지 말고 내용에 더 중점을 두렴. 그리고 문법에 너무 신경 쓰지 않아도 돼. 네가 국제학생이니까 그 점은 고려해서 평가할 테니."

1학년 때 논리적 작문을 들으면서 에반스 교수님에게 이런 고충을 털어놓은 적이 있었다.

"교수님, 친구나 조교들에게 제가 쓴 글을 수정받고 나면 문장의 느낌이 너무 달라져서 제 글 같지가 않아요."

그 때 교수님이 한 말씀은 두고두고 나에게 용기를 주었다.

"그래, 나나. 물론 문법적인 오류를 바로잡는 건 아주 중요해. 하지만 글쓰기에 있어서 너만의 스타일을 만들어가는 것도 무척 중요하지. 그러니 다소 거칠다 해도 너만의 글쓰기 방식을 지키도록 해. 논리와 설득력이 있다면 파격적인 문장도 충분히 힘을 낼 수 있어."

그 말을 듣는 순간, 나는 100만 대군의 지원을 받은 것처럼 든든한 기분이 들었다.

국제학생 사이에서 종종 회자되는 하버드의 유명한 일화가 있다. 물리학과에 다녔던 한 천재 러시아 소년의 이야기이다. 이 천재 소년은 교수들도 쩔쩔매는 물리의 난제들을 앉은 자리에서 척척 풀어내는 것으로 유명했는데, 정작 영어는 할 줄 아는 단어가 거의 없었다고 한다. 칠판에 풀이 방법을 줄줄 쓰고는, 교수들이 설명해 달라고 하면 이렇게 말했다는 것이다.

"This, this, that, this, OK?"

어찌 보면 하버드는 완전히 미국만의 것이라 할 수 없다. 하버드는 미국에 위치한, 세계 모든 인재들이 공동으로 만들어가는 글로벌 대학이다. 그 안에 수백 국적의 수십 인종이 함께 살면서 미국만의 영어가 아닌 '글로벌 영어'를 새로이 만들어가고 있다. 아마도 그 안에서 쓰는 영어는 10년 후, 20년 후 상당히 달라질 것이다. 미국인들이 쓰던 영어에 중국식 표현이 섞이고, 인도식 단어가 섞이고, 한국식 정서도 스며들어 완전한 다문화의 칵테일 영어가 탄생할 수 있는 것이다.

하버드에서는 영어에 서툰 국제학생이라고 해서 위축될 필요가 전혀 없다. 브로큰 잉글리시를 써도, 콩글리시가 튀어나와도, 그곳의 사람들은 거의 신경 쓰지 않는다. 중요한 건 영어가 아니라 실력이다. 전문 분야에 대한 강한 열정과 지식이다.

또한 국제학생으로서 마음만 먹으면 영어를 훈련할 기회를 얼마든지 만들 수 있다. 내가 프리실라에게 시간당 단 4달러의 저렴한 비용으로 영어 과외를 받을 수 있었던 것은 학교의 '피어 튜터링(Peer Tutoring)' 제도가 있었기에 가능한 일이었다. 또 편법이긴 하지만 심리상담 서비스를 받으며 영어를 공부할 수도 있다. 사실 심리상담은 정서적으로 문제를 겪는 학생들이 신청하는 서비스이지만, 나는 이것을 심리상담 용도가 아니라 영어 스피킹을 훈련하는 용도로 신청하여 톡톡한 효과를 보았다. 국제학생이라서 학교생활에 적응하기가 힘들다고 신청을 하면 누구나 이용이 가능하다. 일차 목적은 영어였지만, 사실 카운슬러와 대화하면서 학업에 대한 스트레스를 털어놓고 눈물도 흘리고 응원도 받았으니 1석2조의 효과를 거둔 셈이다.

하버드 생활의 필수 요소 '페이퍼 쓰기'

지식인은, 쓴다

글쓰기 능력은 필수   4년간의 하버드 생활 중 내게 가장 큰 고난을 안겨준 것이 무엇이냐 묻는다면, 나는 단연 '페이퍼 쓰기'라고 대답할 것이다. 돌이켜보면 하버드의 4년은 늘 페이퍼 숙제에 짓눌리고 쫓기던 시간이었다. 나는 어떻게든 수강신청을 잘 해서 페이퍼 숙제를 최소화하려고 애를 썼다. 하지만 하버드 커리큘럼에서 페이퍼를 피하겠다는 건 소나기 속을 우산 없이 젖지 않고 통과해 보겠다는 것과 같다.

2학년 1학기 때 토마스 켈리 교수의 '퍼스트 나이트(First Nights)'라는 음악 교양 강의를 들은 적이 있다. 퍼스트 나이트란 작곡가의 곡이 초연되는 밤을 뜻하는 말이다. 우리는 몬테베르디가 '오르페오'를 발표한 1607년과 헨델이 '메시아'를 발표한 1742년, 베토벤이 9번 교향

곡을 초연한 1824년, 그리고 마지막으로 스트라빈스키가 '봄의 제전'을 초연한 1913년을 중심으로 한 학기 동안 클래식의 역사와 상식에 대해 공부했다.

수업은 만만치 않았다. 교과서의 내용만 달달 외우는 게 아니라 진짜 음악을 들을 줄 알아야 하기 때문이었다. 켈리 교수는 음악은 CD로만 들어서는 안 되고 직접 공연장에서 보고 느낄 줄 알아야 한다며, 거의 매 수업마다 오케스트라를 통째로 불러 우리 앞에서 각각의 곡을 연주하게 했다. 우리는 시험에 대비해 음악의 제목이 무엇이고, 작곡가는 누구고, 언제 어디에서 처음 공연되었으며, 특정 소절이 어느 파트에 해당하는지, 어떤 악기들이 사용되었는지 등등 각 음악의 모든 것을 외워야 했다.

겨우 대중음악만 편식하듯 듣는 나에게 클래식에 대한 귀가 있을 리 없었다. 중간고사를 보았는데 시험을 위해 들려주는 음악들이 이 부분인 것 같기도 하고 저 부분인 것 같기도 하고 구분이 안 갔다. 내가 제대로 답을 쓰고 있는 건지 도통 알 수가 없었다. 시험 성적을 확인해보니 B가 나와 있었다.

그런데 더 큰 문제는 페이퍼였다. 내가 클래식에 문외한임에도 불구하고 이 과목을 선택한 이유는 페이퍼가 짧기 때문이었다. 다른 과목처럼 여섯 장, 열 장의 긴 페이퍼를 두 번 쓰는 대신 이 과목은 두 장 분량의 짧은 페이퍼 네 번과 여섯 장 분량의 페이퍼 한 번만 쓰면 되었다. 하지만 그건 오산이었다. 짧다고 쉬운 페이퍼가 아닐뿐더러 음악에 대해서 쓰려고 하니 할 말이 하나도 없었다. 내 귀에는 악기 소리 그 이상도 그 이하도 아닌데 도대체 무엇을 쓴단 말인가!

나는 페이퍼를 쓸 때마다 극도로 예민한 상태가 되어 마감 보름 전부터 초콜릿을 찾으며 안절부절못했다. 두 장 정도면 미국 아이들은 서너 시간만 작업하면 충분히 써낼 수 있는 분량이었지만 내게는 일주일도 부족했다.

나는 인터넷으로 검색도 해보고, 기숙사 음악 튜터에게 묻기도 하고, 엄마의 동료인 음악 선생님에게 도움을 구하기도 했다. 심지어 손 선생님 사모님의 친구분 중에 음대를 나온 분이 있다고 하여 그분에게도 연락을 해 물어보았다. 이렇게 페이퍼를 구상하는 데만 사흘이 걸렸다. 그리고 그것을 바탕으로 초고를 작성하는 데 또 사흘이 걸렸다. 또 조교에게 수정을 받고 룸메이트한테 문법 교정을 받는 데도 사흘 정도가 걸렸다. 이렇게 남들보다 몇 십 배 더 많은 시간을 투자해야 했지만 그 노력이 헛되지는 않았다. 조교가 A⁻를 준 첫 페이퍼를 빼고는 모두 A를 주었기 때문이다. 역시 지성이면 감천인 것이다.

강의 마지막 날, 켈리 교수님이 특별 게스트로 첼리스트 요요마를 초대하셨다. 와! 정말 대단한 걸! 요요마는 1979년 하버드 음대 졸업생이기도 하다. 그는 학생들을 위해 직접 작곡한 15분 길이의 곡을 연주해 주었다. 여기까지는 정말 환상적이었다. 세계 최고 첼리스트의 공연을 눈앞에서 보다니.

하지만 내 마음은 천국과 지옥을 오가고 있었다. 그냥 마음 편히 듣기만 한다면 얼마나 좋을까. 옛날 음악 평론가들이 퍼스트 나이트의 연주를 듣고 다음 날 신문에 평론을 발표했듯이, 우리 역시 요요마의 퍼스트 나이트 공연에 대해 여섯 장 분량의 페이퍼를 써내야 했던 것이다.

또다시 비상이 걸렸다. 두 장을 쓰는 데 일주일 정도가 걸렸으니 여섯 장을 쓰려면 적어도 3주는 각오해야 했다. 그러나 나에게 주어진 시간은 겨울방학 일주일뿐이었다. 그나마 한 한국인 선배의 도움으로 음악을 전공하는 언니를 초대해 함께 요요마의 연주를 듣고 글의 가닥을 코치받긴 했지만, 하루에 한 문단을 쓰는 것이 그렇게 어려울 수가 없었다. 문장 하나를 쓰고 나면 그게 문법적으로 맞는 표현인지, 더 나은 표현은 없는지, 영영사전과 구글을 뒤져가며 검증하고 또 검증해야 했다. 그렇게 겨우 한 단락을 완성하고 나면 그게 논리적으로 맞는 전개인지 확인하기 위해 친구와 조교에게 이메일을 보내가며 한바탕 전쟁을 치러야 했다. 온 밤을 하얗게 페이퍼에만 투자해도 겨우 열 문장, 아니 다섯 문장도 채 못 쓰고 다음 날을 맞이하기 일쑤였다.

나는 다른 건 몰라도 미국 아이들의 페이퍼 쓰는 능력만큼은 훔치고 싶을 정도로 부러웠다. 나의 룸메이트인 엘리슨은 열 장 정도의 페이퍼쯤 하룻밤에 뚝딱 써내는 아이였다. 게다가 내가 그렇게 머리를 쥐어뜯으며 겨우 써낸 페이퍼가 잘해야 B+에서 A⁻ 정도의 학점을 얻는 데 비해서 엘리슨은 A라는 점수를 쉽게 얻었다(물론 이 '쉽다'는 표현은 순전히 나의 주관적인 생각이다. 엘리슨은 중·고등학교 시절부터 페이퍼 숙제에 시달리며 자랐다고 한다. 특히 고등학교 때는 거의 소논문에 가까운 30장짜리 페이퍼를 써본 적도 있다고 한다. 그만큼 훈련을 많이 했기에 지금의 글 잘 쓰는 엘리슨이 있을 수 있는 것이다. 엘리슨은 이 소질을 살려 현재 뉴욕타임스 인턴 기자로 일하고 있다).

나는 엘리슨에게 내 페이퍼의 수정을 부탁할 때마다 미안해서 스타벅스의 카페라떼를 사다주곤 했다. 졸업할 때까지 내가 엘리슨에게 사다 바친 카페라떼만 해도 아마 수십 잔은 될 것이다.

페이퍼 숙제만 아니라면 잠을 좀더 잘 수 있을 텐데. 페이퍼 숙제만 아니라면 MCAT 공부를 시작할 수 있을 텐데. 페이퍼 숙제만 아니라면 세상이 내 편일 텐데……. 그 해 겨울방학, 내가 비싼 비행기 표 값을 내고 한국에 와서 한 일이라고는 집에 틀어박혀 키보드를 두들기며 페이퍼를 쓴 것밖에 없었다. 일주일 후 나는 다시 기말고사를 치르기 위해 학교로 돌아갔다. 다행히도 그 페이퍼에서 A를 받긴 했지만, 기말고사에서의 어쩔 수 없는 선전(?) 때문에 최종 학점은 B+를 받았다.

이후로도 2학년 2학기 때의 도쿄문화연구, 3학년 2학기 때의 중국현대대중문화연구, 4학년 때의 중국정치윤리이론 등의 인문교양 과목을 들을 때마다 나는 크고 작은 페이퍼에 수없이 시달렸다. 게다가 이런 과목은 시험문제까지도 하나의 페이퍼였다. 단답형의 상식을 묻는 것이 아니라 '~에 대해서 논하라' 혹은 '~에 대해 설명하라' 등 우리의 생각을 묻는 문제였기 때문이다. 어떤 과목은 조교 섹션(section, 하버드의 수업은 과목마다 교수와의 일반 수업이 있고 조교와 이루어지는 소규모의 섹션이 있다.)에 갈 때마다 시험에 나올 예상 질문을 주면서 에세이를 써보라고 했다. 또 어떤 과목은 '리스펀스 페이퍼(response paper)'라고 해서 일주일마다 그 주에 받은 수업과 리딩에 대해 한 장 분량 정도로 의견을 써내라고 했다. 정말 미치고 팔짝 뛸 노릇이었다. 밤새 이불이 걸레가 되도록 쥐어뜯어도 도무지 의견을 만들어낼 수 없었다. 궁여지책으로 나는 아이들이 인터넷에 먼저 올린 리스펀스 페이퍼를 샅샅이 읽고 거기서 힌트를 얻어 겨우 비슷한 수준의 페이퍼를

• 하버드 도서관에서

써낼 수 있었다.

만약 누가 미국 대학에 간다고 하면 나는 무엇보다도 페이퍼 쓰는 법을 최대한 훈련해서 가라고 조언해 주고 싶다. 미국 대학의 커리큘럼은 글을 쓰는 능력이 없으면 도저히 따라갈 수 없다. 나처럼 기초과학이나 공학, 혹은 예술을 전공하는 학생들도 예외는 아니다.

미국의 교육철학 중 하나는 적어도 대학교육을 받을 정도의 지식인이라면 반드시 세련된 글쓰기 능력을 갖추어야 한다는 것이다. 글을 제대로 쓸 줄 알아야 머릿속 지식을 남들과 나눌 수 있기 때문이다. 표현되지 않은 지식, 글을 통해 발표되지 않은 지식은 그 자체로 지식일 수 없다. 한마디로 글을 쓰지 않는 자는 지식인이 아닌 것이다. 하버드는 물론이고 예일, 스탠포드, 코넬 등 거의 대부분의 아이비 대학들이 1학년 신입생들에게 논리적 작문 과목을 필수교양으로 지정하고 호되게 글쓰기 훈련을 시키는 이유도 바로 여기에 있다.

오래 전 신문에서 하버드 최우수 졸업생들의 인터뷰 기사를 읽은 적이 있었다. 그 때 "앞으로 바람이 있다면?"이라는 기자의 질문에 대부분의 학생들이 이렇게 대답했다.

"지금보다 글을 잘 쓰고 싶습니다."

하버드 4년을 최고의 성적으로 마무리한 최우수 졸업생들조차도 글쓰는 훈련을 멈추지 않는다. 그만큼 공부를 하면 할수록 글 쓰는 능력이 절실해지기 때문일 것이다.

최근에는 나도 글쓰기와 관련해 한 가지 결심을 했다. 하버드 4년 동안은 주어진 페이퍼 과제를 써내는 것만으로도 벅차서 엄두를 못 냈지만, 앞으로는 공부하는 틈틈이 미국 고등학생들이 읽는 문학과 사회와 역사 분야의 필독서를 읽어볼 생각이다. 좀 힘들긴 해도 이것만이 그들이 가진 언어적 경험과 풍부한 배경 지식을 내 것으로 만드는 유일한 방법이기 때문이다.

**나나의
글쓰기 법칙**　　　글쓰기를 어려워하는 것은 사실 국제학생들만이 아니다. 미국 아이들 역시 "페이퍼 없는 세상에서 살고 싶다"는 하소연을 입에 달고 다닌다. 우리가 아무리 한국어를 잘해도 논술이 어려운 것처럼, 글을 쓰는 과정은 누구에게나 고통스러우니까.

논리적 작문 20을 듣던 한 하버드 학생이 이런 말을 남겼다고 한다.

"어느 순간 고개를 들어보니 제인 오스틴이 내 오른편에 앉아 있었고 톨스토이가 내 왼편에 앉아 있었다. 나는 무서워서 죽을 것 같았다."

논리적 작문을 들은 학생이라면 누구나 공감할 말이다.

1학년 때 논리적 작문으로 글쓰기의 기초를 다지고 2, 3학년 때 어려운 인문교양 과목을 통해 아카데믹 글쓰기의 쓴맛과 단맛을 모두 경험하면서, 나는 서서히 하버드가 원하는 글쓰기가 어떤 것인지 깨닫게 되었다.

일단 하버드가 요구하는 글쓰기는 우리가 생각하는 감상문이나 리포트와 차원이 다르다. 토플 공부를 하면서 흔히 접하는 에세이 쓰기와도 다르다. 하버드가 요구하는 글쓰기는 짧든 길든 하나의 '논문'이라고 보아야 한다. 말 그대로 어떤 주제에 관하여 체계적으로 자신의 의견이나 주장을 적은 글이다. 여기에는 서론, 본론, 결론이 있어야 하고 이를 증명하기 위한 다양한 논문 자료, 참고 도서, 그리고 무엇보다도 독창적인 자신만의 생각이 있어야 한다. 그러니 세련된 '논문' 하나를 쓰기 위해서는 매우 많은 요소들이 필요하다. 나는 그것들을 다음세 가지 요소로 정리했다.

1. 비판적이고 분석적인 글 읽기 능력
2. 창의적인 사고 능력
3. 세련된 글 구성 능력

매우 간단해 보이지만 사실 이 세 가지 요소 하나하나마다 또 다른수많은 요소들이 필요하다. 예컨대 비판적이고 분석적으로 글을 읽으려면 일단 영어 읽기 능력이 상당한 수준이어야 하고, 관련 자료와 논문을 찾는 능력도 뛰어나야 한다. 창의적인 사고 능력을 갖추려면 엄청난 읽기 경험과 풍부한 배경 지식, 그리고 창의성이 필요하다. 세련된 글 구성 능력은 영어 감각과 문장력 그리고 논리성 등등 수없이 많은 자질이 요구된다.

내가 어떻게 이 모든 것을 다 갖출 수 있을까? 나에게는 풍부한 독서 경험도 인문학적 배경 지식도 없었다. 문장력이나 창의성은 더더구나 없었다. 내가 갖고 있는 한국적 글쓰기 경험이란 일기장과 독후감, 소프트한 에세이 정도가 고작이었으니…….

글쓰기에 있어서 나는 아무것도 가진 것이 없는 빈털터리였다. 하지만 빈털터리라 해도 기를 쓰고 노력해 보니 죽으라는 법은 없었다.

막노동을 하다.

글쓰기의 기본은 많이 읽기다. 그런데 그냥 읽는 것이 아니라 비판적이고 분석적으로 읽어야 한다. 영어로는 'critical reading', 'analytical reading'이라고 하는데, 사실 내가 처음 책을 읽는 방식은 'just reading'이었다. 모르는 단어를 일일이 찾아가면서 그저 한 문장 한 문장 해석했을 뿐이다.

이렇게 읽으니 논문 하나를 보는 데만 하루 온종일이 걸렸다. 게다가 단어를 찾는 데 시간을 소모하다 보니 다 읽고 나서도 무엇을 읽었는지 알 수가 없었다. 자료 위에 온통 까맣게 그어진 밑줄들은 내용상 중요한 부분들이 아니라 모르는 단어들, 그것이 전부였다. 그렇다고 내가 그 단어들을 다 외웠을까? 그렇지도 않다. 그럼 도대체 나는 무엇을 한 걸까? 결국 난 막노동을 한 것뿐이었다.

하지만 나처럼 걸음마 단계의 작가(writer, 미국에서는 글을 쓰는 사람이면 누구나 작가이다. 시를 쓰면 누구나 시인poet이다.)에게 이러한 막노동식 읽기는 어쩔 수 없이 거쳐야 하는 단계였다. 단어를 다 알고 문장이 해석되어야 그 다음 단계인 유기적으로 읽기, 즉 문맥을 파악하며 읽기가 가능하기 때문이었다.

나는 이렇게 첫째로 막노동을 한 다음, 둘째로 내용을 이해할 때까지 여러 번 되풀이해서 자료를 읽었다. 글의 전체적인 내용이 어느 정도 이해되었다고 생각했을 때서야 나는 마지막 단계인 분석적 읽기, 비판적 읽기를 시작할 수 있었다. 나는 주로 작가가 말하려는 의도와 관련된 중요 부분을 파란색으로 표시하고, 작가의 논리가 엉성한 부분은 빨간색으로 표시했다. 이렇게 표시한 부분들을 대조하여 깊이 살피면 내가 써야 할 글의 소재와 주제가 어느 정도 보이기 시작했다.

하버드 초기에는 이렇게 자료 하나를 읽을 때마다 이 세 단계를 하나씩 거쳐야 했다. 사실 미국 아이들은 막노동 과정은 전혀 필요 없고, 읽으면서 내용을 이해하고 동시에 비판적으로 사고한다. 그리고 다다닥 글을 쓰기 시작하면 30분 안에 뚝딱 페이퍼 한두 장이 채워진다. 그러니 내가 3, 4일이 걸려야 할 숙제를 그들은 두세 시간이면 해내고도 남는 것이다.

공부의 시간 효율성을 높이기 위해서는 나도 언제까지나 세 단계를 다 거칠 수는 없었다. 2학년 정도 되니까 아는 어휘가 늘고 읽기 경험이 쌓이면서 어느새 나도 세 단계를 동시에 할 수 있게 되었다. 무엇보다 단어에 대한 집착을 버릴 수 있었다. 모르는 단어가 있어도 글의 흐름상 중요하지 않으면 그냥 넘어가거나 문맥 속에서 저절로 이해할 수 있게 된 것이다.

글을 쓰기 전에 다른 사람들과 많은 이야기를 나누다.

나는 글을 읽어도 창의적인 사고력이 부족하기 때문에 주제를 끌어내기가 어려웠다. 이럴 때는 혼자서 아무리 생각해 봐야 답이 나올 수 없다. 친구들과도 얘기해보고, 조교에게도 물어보고, 오피스 아워를 이용해 교수님과도 의논을 해야 한다. 그렇게 여러 사람의 말을 듣다 보면 "아!" 하며 주제가 떠오르는 순간이 있다. 단, 여기서 주의할 점은 그 글에 대해 충분히 생각하고 나서 다른 사람들과 이야기해야 발전이 있지, 아무런 생각이 없는 상태에서 이야기를 해봐야 결국 대변인처럼 남의 의견만 쓰는 꼴이 된다는 것이다.

이렇게 해서 주제가 잡히면 인터넷과 도서관을 이용해 관련 자료를 찾아본다. 자료를 찾으면서 쓰고 싶은 주제가 더 확장되는 느낌을 받을 때가 있는데, 바로 그걸 쓰면 웬만큼 만족한 글이 나오는 것이다.

조교와 교수를 지치게 하다.

나는 정말 조교와 교수에게 귀찮을 정도로 성가신 학생이었다. 하지만 동시에 미워할 수 없는 학생이었다. 아무리 귀찮아도 좋은 글을 써보겠다는 내 열의만큼은 칭찬할 수밖에 없었으니까.

미국 학생들 중에는 페이퍼 숙제를 받으면 주제 설정부터 개요 작성, 초고 작성, 수정, 최종 원고 작성 등의 과정을 모두 혼자서 처리하는 아이들도 많다. 하지만 영어도 글도 불안했던 나는 매 단계마다 조교를 찾아갔다. 먼저 자료를 다 읽은 후 소재를 들고 조교를 찾아가서 함께 브레인스토밍(brainstorming)을 했다. 그걸 바탕으로 서론, 본론, 결론을 설계한 개요를 적어서 또 조교를 찾아갔다. 조교가 흐름에 맞게 수정을 해주면 그걸 토대로 서론을 만들었다. 그리고 다음 날 또 찾아가 서론이 완벽한지, 고칠 데는 없는지, 이대로 논리를 전개해도 좋은지 재차 확인을 받았다. 그렇게 본론을 쓰면 또 찾아가서 의견을 듣고, 수정해서 또 찾아갔다. 이런 식으로 "더 이상 고칠 데가 없다"는 말을 들을 때까지 몇 번이고 찾아가면 마감 기한에 딱 맞춰 페이퍼 하나가 완성되었다.

이렇게 조교를 괴롭히는 과정에서 글쓰기에 대해 정말 많은 것을 배우게 된다. 더욱이 매일 조교의 사무실을 방문하면 내가 열심히 하는 학생이라는 걸 인식시키게 되고, 채점을 할 때도 반영이 되는 것이다. 나는 국제학생으로서의 콤플렉스를 이런 노력으로 메울 수 있었다.

조교의 스타일을 연구하다.

구글에 들어가 조교 이름을 검색해 보면 조교들이 작성한 논문이나 글이 나오곤 한다. 그것을 읽어보면 조교의 글 쓰는 스타일을 분석할 수 있고, 그것과 비슷한 스타일로 구성을 하면 조교들이 글을 잘 썼다고 한다. 특히 주제 문장(thesis sentence)을 쓸 때 어떤 조교들은 'By analyzing……, this paper attempts to show……'(……을 분석함으로써 이 논문은 ……임을 증명해 볼 것이다.) 식의 아주 분명한 문장을 좋아하고, 또 어떤 조교들은 'In conclusion, ……'(결론적으로 ……이다.) 식으로 깔끔하고 핵심적인 것을 좋아하기도 한다. 또 조교가 페이퍼에 대해 평을 해줄 때는 그것을 다 기록할 수도 없고 금방 잊어버리기도 하므로 대화 내용을 녹음하는 것이 좋다. 특히 조교가 쓰는 단어에 유의하면 그가 어떤 스타일을 좋아하는지 많은 힌트를 얻을 수 있다.

관련 자료를 풍부히 찾다.

모든 논리 전개의 기본은 정반합이다. 영어로는 'thesis-antithesis-synthesis'에 해당한다. 즉, 본문에 내 의견에 증거가 될 만한 석학들의 주장, 내 의견에 반론을 내걸 수 있는 석학들의 주장을 많이 인용해야 한다. 그리고 이 둘 사이의 모순을 어떻게 잘 아우르느냐가 페이퍼의 수준을 결정한다.

인용문은 최소한 한 문단에 한 개씩은 사용하는 것이 좋다. 그러기 위해서는 관련 도서와 논문을 충분히 찾아야 한다. 그래서 실라버스(syllabus) 상에서 지정해 준 책 외에 도서관에서 다른 책을 찾아 참고하면 조교들이 열심히 생각했다며 칭찬한다. 서양 아이들은 이런 면에서 참 강하다. 주입식 교육을 받은 아시아권 아이들은 자료를 찾는 훈련이 부족하지만, 미국 및 유럽권 아이들은 도서관의 인덱스를 뒤지면서 필요한 자료를 찾아내는 습관이 몸에 배어 있다.

시간이 부족하다면 구글에서 키워드를 검색하여 관련 자료를 찾을 수도 있다. 도서 자료라면 아마존(www.amazon.com)을 통해 초기 조사를 할 수 있다. 아마존의 책 정보는 꽤 상세할 뿐만 아니라 관련 도서의 책까지 링크가 되어 있다. 독자들의 리뷰도 많아서, 그 리뷰를 읽기만 해도 책 전체 내용을 짐작할 수 있는 경우가 많아 좋은 아이디어를 얻을 수 있다.

나는 과학 과목과 관련해 페이퍼를 쓸 때는 인터넷 백과사전 위키피디아(www.wikipedia.org)에서 많은 도움을 받았다. 이 사전은 순전히 네티즌들의 힘에 의해 자생적으로 만들어졌지만 지식의 내용만큼은 무시할 수 없는 수준이다. 여기에는 주제가 하나 있으면 대략적인 설명은 물론이고 관련된 논문 리스트, 도서 리스트가 모두 소개되기 때문에 자료를 확보하는 데 큰 도움이 되었다. 단, 인터넷 자료에는 틀린 정보가 많기 때문에 그대로 인용해서는 안 된다. 단지 그것을 기점으로 좋은 논문과 책을 많이 찾을 수 있으므로 연쇄반응의 첫 단추로서 현명하게 활용해야 한다.

표절은 절대 No, No!

내가 2학년 때 하버드의 여학생 한 명이 가벼운 소설을 발표했는데, 이것이 기성작가의 작품 여러 개를 표절했다는 시비에 휘말렸다. 하버드는 물론 미국 여론이 들끓었고, 결국 해당 출판사는 그녀의 책을 모두 수거하여 폐기처분했다.

미국에서 표절은 절대로 해서는 안 되는 것, 엄청난 범죄로 인식된다. 남이 공들여 만들어낸 지식의 결과물을 표절하는 것은 말 그대로 도둑질이라는 것이다. 여기에는 책이나 논문뿐만이 아니라 음악 파일, 영화 파일, 컴퓨터 소프트웨어 등도 포함된다.

이러한 사고방식은 페이퍼를 쓸 때도 똑같이 적용된다. 학생들의 페이퍼를 평가할 때, 조교들은 인용문 하나라도 출처가 제대로 안 밝혀져 있으면 가차 없다. 이것 때문에 F 학점을 받거나 졸업이 늦어진 학생도 많다고 들었다. 또한 조교들은 학생들의 페이퍼를 평가할 때 샘플 문장을 골라 구글에서 통째로 검색을 해본다. 이 때 비슷한 문장이 발견되거나 비슷한 논문이 발견되면 이 학생은 꼼짝없이 F 학점을 받게 된다.

그러니 적당히 베껴서 좋은 학점을 받을 생각은 아예 버려야 한다. 구글에서 비슷한 주제의 좋은 논문을 발견하면 반갑기 그지없겠지만, 구글 검색은 학생들만 하는 게 아니라 조교와 교수들도 한다는 점을 명심해야 한다.

평가받은 후에도 재점검을 하다.

페이퍼를 내고 나면 점수와 함께 조교들이 코멘트를 적어준다. 이 때 그냥 읽고 끝낼 것이 아니라 반드시 그 페이퍼를 들고 가서 "이 부분을 이렇게 지적하셨는데 어떻게 고치면 좋을까요? 직접 문장을 써 주실래요?"라고 요구하는 것이 좋다. 그냥 읽어두기만 할 경우, 순간적으로는 잘못을 깨달은 것 같지만 다음 페이퍼를 쓸 때 똑같은 실수를 하게 마련이다. 조교들이 두 번째 페이퍼의 점수를 매길 때는 물론 다른 학생들의 페이퍼와도 비교하지만 나의 첫 페이퍼와도 비교를 한다. 그러므로 똑같은 실수를 하는 것은 내가 실력 향상이 되지 않았다는 것을 명백히 드러내는 '자폭'인 것이다. 그렇기에 반드시 조교가 원하는 문장을 얻어내서 내가 쓴 것과 비교해 본 후 나의 문제점을 제대로 파악해야만 한다.

나만의 공부법, 조교와 친해지기

부담없는 비용으로

최고의 과외를 페이퍼 숙제로 조교들을 무던히도 괴롭히던 시절, 나는 너무 미안해서 스타벅스에 들러 커피를 사가곤 했다. 그런데 조교들은 좋아하기보다는 굉장히 부담스러워했다. 내가 시간을 너무 많이 빼앗는 게 미안해서 사왔다고 하자 조교들은 이렇게 말했다.

"너는 내가 가르치는 학생이기 때문에 내 시간은 당연히 네 거야. 그러니 다음부터는 아무것도 사오지 않아도 돼."

결국 나는 부담을 주지 않기 위해 뭘 사들고 가는 것은 자제했지만, 그래도 미안한 마음은 어쩔 수가 없었다.

4년간 하버드를 다니고서 자신 있게 말할 수 있는 것은, 내가 정말로 하버드로부터 취할 수 있는 모든 것을 다 취했다는 것이다. 물론 동아리 활동을 즐기거나, 저렴하게 배울 수 있는 생활 강좌들을 듣거나, 유명인의 특강 등을 쫓아다니지는 못했다. 하지만 학습에 관한 한 나만큼 교수들과 조교들의 도움을 최대로 받은 학생은 드물 것이다!

조교들에게 들락거리는 횟수가 늘어날수록 나는 상상 이상의 것들을 덤으로 얻곤 했다. 한참 설명을 듣고 있자면 조교가 이미 설명을 했는데도 또 한 번 설명하면서 이상하게 강조하는 내용이 있었다.

"Do I have to know this?" (이거 정말 알아야 하나요?)

조교가 고개를 끄덕이면 나는 감을 잡을 수 있었다. 아싸, 이건 시험에 나오는 문제구나!

나의 조교에 대한 애착은 때때로 남의 구역까지 침범하곤 했다. 원래 강의가 하나 있으면 교수가 전체 학생을 가르치고 그 밑으로 각 조교가 열 명 정도의 학생을 맡아 지도하게 된다. 나는 담당 조교가 배정되면 2주 정도 그가 어떻게 가르치는지 은밀하게 탐색을 했다. 수업 준비는 성실하게 해오는지, 골라오는 문제의 수준은 어떤지, 교수의 출제 경향에 맞게 시험지도를 잘 하는지, 이런 것들을 꼼꼼하게 체크했다. 그래서 만약 그가 어느 한 구석이라도 마음에 들지 않으면 나는 무슨 핑계를 대서라도 조교를 바꾸고야 말았다.

내 조교가 마음에 들어도 거기서 끝나는 게 아니었다. 내 조교도 좋지만 다른 조교도 좋을 때는 그들의 섹션 강의를 모두 다 들어야 직성이 풀렸다. 남의 조교의 강의에 들어가는 건 원칙에 어긋났지만, 나는 실례를 무릅쓰고 부탁을 했다. 질문도 안 하고 아무런 방해도 안 할 테니 그저 조용히 청강만 하게 해달라고. 간혹 냉정하게 안 된다고 자르는 조교도 있었지만 대부분은 인심 좋게 허락을 해주었다.

이렇게 나는 교수님 강의와 내 조교의 수업을 기본으로 듣고, 다른 조교의 수업은 물론 수석조교의 수업까지 한 과목당 일주일에 최대 7~8시간을 쫓아다니곤 했다. 여기에 과학 과목은 주당 3~5시간의 실험도 있었다. 그러니 수강 과목이 한 학기에 네 개에 불과해도 인문교양 과목을 합쳐 주당 20시간 정도를 꼬박 수업에 투자해야 했다. 하버드의 강의 개요를 보면 과목마다 보통 '주 세 시간 수업, 한 시간 섹션, 다섯 시간 실험, 한 시간 요약 강의……' 등의 설명이 있는데, 나는 이것보다 1.2배는 더 많은 수업을 들었던 셈이다.

또 한 가지, 나는 여기에 한술 더 떠서 옛날 조교의 동영상 강의까지 챙겨 들었다. 하버드에는 모든 과목마다 웹사이트가 있는데, 잘 검색해 보면 2003~2004년 강의, 2005~2006년 강의 등 한두 해 전 강의가 살아 있는 경우가 많았다. 그 중에는 잘 가르치기로 소문이 자자한 조교들의 강의가 있어서 나는 진도를 맞춰가며 동영상을 다 보곤 했다.

이 밖에도 하버드의 각 기숙사에는 레지던트 튜터(resident tutor)라고 해서 하버드의 의대, 법대, 공대, 과학대, 인문대, 사회과학대, 경영대 등에 다니는 대학원생들이 상주하고 있다. 급할 때는 이들에게 찾아가 문제풀이나 페이퍼 수정을 부탁할 수도 있다. 이들은 같은 기숙사의 4학년생들이 대학원 진학을 준비할 때 필요한 과정과 절차를 도와주며 상담 역할을 해주기도 한다.

내가 너무나 좋아하고 자주 애용했던 곳은 하버드의 학업상담국(Bureau of Study Council)이었다. 이곳에 가서 카운슬러에게 무슨 과목이 어려우니 튜터가 필요하다고 요청을 하면 며칠 만에 뚝딱 최고의

• 하버드 홀 강의실에서 에반스 교수와 학생들

튜터를 구해서 맺어주곤 했다. 이것이 바로 하버드의 '피어 튜터링 (Peer Tutoring)' 제도이다. 나는 시간당 4달러만 내고 나머지 8달러는 학교 측에서 지불해 주기 때문에 정말 부담 없는 비용으로 최고의 과외를 받을 수 있었다. 나의 경우 전공과목은 따로 튜터가 필요 없었으나 인문교양 과목은 여러 번 피어 튜터링을 이용했다.

하버드의 하이라이트는 아직 하나 더 남아 있다.

2학년 1학기가 시작되고 얼마 후, 전공을 정하고 앞으로 3년 동안의 계획을 상담 받으러 생화학과 사무실을 찾아가는 길이었다. 그런데 워낙 길눈이 어둡다 보니 같은 곳을 계속 헤매다가 엉뚱한 빌딩으로 들어가고 말았다. 나는 아무 방이나 들어가서 "생화학과 사무실이 어딘가요?" 하고 물었다. 그 때 컴퓨터 앞에 앉아 계시던 분이 깜짝 놀라며 나를 돌아보았는데, 모니터를 보니 한국 만화가 나오고 있었다. 나는 순간 킥킥 웃었고 그분은 멋쩍어 하면서 친절하게 가르쳐주셨다. 그런데 알고 보니 그분이 유기화학의 대가였던 것이다. 그분은 내 전공이 생화학이라는 것을 아시고는 나중에 유기화학을 배울 때 도움이 필요하면 언제든 찾아오라고 하셨다.

이 사건 덕분에 나는 유기화학의 세계적 대가로부터 필요하면 언제든지 유기화학을 배울 수 있었다. 그분은 주중에 매일 찾아가도 성가셔하는 기색 한 번 없이 늘 친절하게 가르쳐주셨고, 시험 전에는 일요일까지 나오셔서 하루 종일 가르쳐주곤 하셨다.

4학년 2학기 때 중간고사에서 C를 받은 세포생물학을 B+까지 끌어올리는 과정에서도 이와 같은 선의의 자원봉사자에게 도움을 받았다. 그는 기숙사 튜터의 소개로 만난 조교였는데, 세포생물학에서 학생들로부터 좋은 평가를 받아 최고의 조교상을 수상했던 분이었다. 담당 학생들을 가르치느라 굉장히 바쁜데도 불구하고 그는 아무런 대가 없이 내 공부를 도와주었다.

배우려는 자에게는 언제나 문이 열려 있는 하버드. 자신의 지식을 얼마든지 나누고 베풀려는 사람들로 가득한 하버드. 내가 받은 도움이 너무나 컸기에, 나는 갚아야 할 빚이 너무나 많다. 그 빚을 갚기 위해서는 나 자신이 베풀 수 있는 자가 되어야 한다! 지식이든 기술이든, 혹은 나의 시간과 열정과 노력이든. 베풀 수 있기 위해 지금 열심히 힘을 길러야지!

한국식 교육과 미국식 교육의 차이

주입식 교육의
강점과 약점　　　　3학년 때 리웨이와 함께 조교가 지도하는 물
　　　　　　　　　리 수업 섹션을 듣던 어느 날이었다. 한참 문
제를 풀고 있는데 미국 아이 한 명이 손을 들고 조교에게 질문을 했다.

　"여기 이 로그 문제를 어떻게 풀어야 하죠?"

　순간, 리웨이와 나는 눈을 마주치고 황당한 표정을 지었다. 그건 고
등학교 1학년 정도의 수준이라면 눈을 감고도 풀 수 있는 문제였기 때
문이다.

　이런 일은 한두 번이 아니었다. 함께 스터디를 할 때도 미국 아이들
은 아주 간단한 근의 공식조차 외우지 못해 교과서를 들춰보며 풀곤
했다. 심지어 우리는 암산으로 풀 수 있는 쉬운 계산 문제조차도 계산
기를 꺼내서 두들겨야 겨우 답을 구하곤 했다.

사정이 이렇다 보니 물리를 배울 때도 문제가 조금만 복잡해지면 미국 아이들은 쩔쩔맸다. 지수로그나 삼각함수, 미적분 계산이 필요한 문제가 나오면 여지없이 조교를 부르는 것이었다. 가끔은 너무나 쉬운 문제를 조교가 30분이나 설명하며 풀어주는 통에 하품을 참느라 혼이 나기도 했다. 리웨이는 인종별로 's'로 시작하는 대표 형용사를 하나씩 고른다면 흑인은 스포티브(sportive)이고 아시아인은 스마트(smart)이며 백인은 스튜피드(stupid)가 분명하다고 농담을 하곤 했다.

그런데 이러한 분위기는 교수님이 직접 강의하는 수업에 들어가면 역전이 되곤 했다. 이상하게도 조교 수업에서는 맥을 못 추던 미국 아이들이 교수님 수업에서는 그렇게 똑똑할 수가 없었다. 교수님의 설명에 날카로운 질문을 던지고, 핵심을 파악하는 정확한 답변을 하는가 하면, 때로는 교수님도 미처 생각하지 못했던 창의적인 해석을 내놓곤 했다. 어떻게 그렇게 깊게 생각할 수 있는지 나는 넋 놓고 감탄할 따름이었다.

미국 아이들과 아시아 아이들의 이러한 차이는 교수님 수업과 조교 수업의 차이를 통해 쉽게 파악할 수 있었다. 교수님 수업은 개념 설명 위주이다. 반면에 조교 수업은 그 개념을 통한 문제풀이 위주이다. 미국 아이들은 개념을 이해하는 데는 무척 강하지만 그것을 문제에 대입하고 공식을 통해 계산해 내는 데는 상당히 약했다. 자신들도 이 점을 잘 알기 때문에 스터디 그룹을 만들 때는 꼭 아시아 학생들을 포함시켰고, 평소에는 새침한 미국 아이들도 시험공부를 할 때는 중국이나 한국, 혹은 인도 아이들을 따라다니며 문제를 풀어 달라고 졸라대곤 했다.

나는 인문교양 과목 페이퍼에 시달릴 때는 좀 더 일찍 미국에 와서 미국식 교육을 받지 못한 것을 안타까워하면서도, 수학과 과학 과목을 들을 때는 한국에서 대량의 계산 훈련과 암기 훈련, 다양한 난이도의 문제풀이 훈련을 받은 것이 그렇게 다행으로 여겨질 수가 없었다. 한국식 주입교육을 받은 덕분에 나는 문제풀이에 있어서 척하면 척이었다. 문제를 읽으면 방정식이든 함수든 미적분이든 자동적으로 공식이 떠올랐고, 그걸 계산해 내는 데 한 문제당 1~2분이면 충분했다. 복잡한 화학 문제나 물리 문제도 그에 해당하는 법칙과 공식만 떠올리면 단번에 풀 수 있었다.

학창시절 내가 풀었던 수십 권의 문제집이 하버드에 와서 이토록 도움이 될 줄이야! 중·고등학교 시절의 나는 그야말로 문제집 귀신이었다. 나 자신이 머리가 별로 좋지 않다고 생각했기 때문에 최대한 많은 문제를 풀어서 문제 감각을 익히는 것만이 1등을 하는 방법이라고 믿었던 것이다. 특히 과학고 시절에는 시중에 나와 있는 문제집이란 문제집은 다 풀었고 수학, 화학, 생물 등은 올림피아드 수준의 문제집까지 풀었다.

한국에서 조기유학을 온 아이들의 이야기를 들어보면 초기에 영어에서 어려움을 겪긴 해도 수학과 과학에서 거의 천재라는 말을 들을 정도로 엄청난 경쟁력을 갖는다고 한다. 하버드에서 만난 한국인 학생들도 한국에서 쌓은 튼튼한 수학과 과학 실력이 없었다면 미국 생활이 두세 배는 더 힘들었을 거라고 이구동성으로 말하곤 했다. 반복 학습, 기계적인 훈련, 양적 극대화 등 한국의 교육에 대한 온갖 비판이 무색할 정도로, 주입식 교육은 미국에서 우리의 경쟁력이었다.

다만 여기에는 한계가 있었다. 공식을 대입하여 문제를 풀 때는 우리 아시아인들이 우수하지만, 더 깊이 들어가서 연구하고 논문을 쓰고 창의적인 해석을 내놓을 때는 미국 아이들에게 역전을 당하는 것이다. 한국 아이들이 세계 1, 2위의 수학 실력을 자랑하고 수학과 과학 올림피아드에서 수없이 메달을 따지만, 정작 노벨 물리학상이나 화학상은 모두 서구인들에게 빼앗길 수밖에 없는 비극이 여기에 있다(물론 여기에는 연구 여건의 차이도 큰 몫을 차지할 것이다).

하버드 대학원에서 기초과학을 공부하는 한국인 선배들의 말에 따르면, 어느 정도 경지에 오른 과학자에겐 공식을 암기하거나 계산을 정확하게 하는 것은 더 이상 문제가 되지 않는다. 교과서와 컴퓨터만 있으면 누구나 할 수 있는 것이기 때문이다. 우리가 아인슈타인이나 퀴리 부인에게서 원하는 것은 새로운 우주 법칙의 발견이지 정확한 문제풀이가 아니다. 안타깝게도 새로운 우주 법칙의 발견은 계산 능력이 뛰어난 사람이 해내는 것이 아니라 반드시 통찰력이 깊은 사람, 창의력이 뛰어난 사람이 해낸다. 간단한 2차 방정식의 공식이나 피타고라스의 정의에도 우주의 신비한 법칙이 숨어 있으므로, 어려서부터 개념 이해에 공을 들이는 미국식 교육법이 결국에는 승리를 하는 것이다.

계산보다는 사고력을 중시하는 미국의 풍토는 시험을 보는 방법에서도 알 수 있다. 대학 입시를 볼 때도 미국 학생들은 계산기를 들고 갈 수 있고, 문제지 첫 장에 웬만한 수학공식이 모두 제시되어 있다. 그러나 한국 학생들은 어떤가? 계산기는커녕 모든 공식들을 외우고 있어야 한정된 시간에 모든 문제들을 풀 수 있다. 이것은 대학에 가서도 마찬가지다.

미국에서는 수학과 과학 시험을 칠 때 웬만한 공식들은 다 제공해 준다. 외울 것이 많은 생물학의 경우는 시험장에 자신이 필요한 사항들을 적은 A4 사이즈의 종이 한 장을 갖고 들어갈 수 있다. 어떤 내용을 적든 상관이 없다. 즉, 그들의 생각은 단순한 공식이나 사실들은 우리가 언제든지 책이나 인터넷을 통해 찾아볼 수 있으니 그것을 외우는 데 힘을 뺄 필요가 없다는 것이다. 그것을 어떻게 실생활에 적용하고 이롭게 활용할지에 집중해야 한다는 논리다.

한국 교육이 주입식의 빠릿빠릿함과 창의성 교육의 깊이를 함께 갖출 수만 있다면 얼마나 좋을까? 하지만 광복 이후 우리 교육의 역사가 겨우 60여 년에 불과하다는 것, 그리고 끼니를 제대로 못 때울 정도의 가난을 딛고 여기까지 왔다는 것을 고려할 때, 나는 주입식 교육이 빠른 시간 안에 온 국민을 일정 수준의 교양인으로 키워내기 위한 어쩔 수 없는 시대의 선택이었으며 그 몫을 충분히 해냈다고 생각한다.

문제는 앞으로일 것이다. 인터넷이 발달하고 권력이 자본에서 지식으로 이동하는 사회에서는 오직 창의적인 사고만이 힘을 갖는다. 학교에서도 기업에서도, 심지어 인간관계에서도 끼와 개성, 유연한 사고, 풍부한 상상력이 가장 큰 평가를 받는다. 한국인이 지식을 스펀지처럼 빨아들이는 우수한 두뇌로 하버드도 가고 스탠포드도 갔다면, 이제는 그보다 더 뛰어난 상상력으로, 한글을 창제하고 측우기를 만들고 로켓 화기 신기전을 발명해 낸 그 무한한 창의력으로, 노벨상도 타고 우주에도 가고 아직 발견되지 않은 새로운 우주의 법칙을 찾아냈으면 한다.

하버드에서 보기 드문
일본인 학생

5년 전 내가 미스 유니버스에 출전했을 때의 기억이 하버드에서도 간간이 되살아나는 경우가 있었다. 기획력이나 자본력에 있어서 도저히 따라잡을 수 없었던 미스 일본에게 무참하게 무너졌던 아픈 기억 말이다.

도쿄문화연구라는 교양과목을 들을 때였다. 교수님이 지도를 그리며 설명을 하다가 동해(East Sea)를 일본해(Sea of Japan)로 표기하는 것이었다. 교수님은 강의를 듣고 있는 몇 명의 한국인 학생을 의식했는지 황급히 설명을 덧붙이셨다.

"아, 한국 학생들에겐 동해죠. 하지만 이 수업은 일본에 대한 것이니까 일본해라고 하겠습니다."

나는 벌떡 일어나 "아무리 일본 교양 강의라 해도 멀쩡한 지명을 마음대로 바꿔서는 안 되지요, 교수님!" 하고 말하고 싶은 충동이 일었으나 타이밍을 놓치고 말았다.

미국 아이들과의 대화 중에도 일본은 대단한 나라, 신비한 나라로 인식되고 있었다. 많은 아이들이 내가 한국에서 왔다고 하면 엉뚱하게도 일본 얘기를 했다.

"나는 정말 정말 일본에 가보고 싶어!"

미국 아이들에게 스시는 대단한 음식이었다. 스시를 먹는 건 굉장한 고급문화를 경험하는 행위이기도 했다. 쌀과 초대리(초밥의 소스)가 배합된 주먹밥 위에 얇게 썬 색색의 날생선이 올려진 모양을 경외감이 가득한 눈으로 바라보고, 젓가락을 사용해 한 개 한 개 와사비 간장에 찍어 먹는 것을 무슨 의식이나 되는 것처럼 신성하게 여겼다. 한국 식당에서 불고기를 먹으며 "최고야! 맛있어!"라며 좋아하는 것과는 차원이 달랐다. 게다가 상당수의 미국 아이들이 취미로 일본어를 공부하고 있었다. 언젠가 일본 여행을 가면 꼭 써먹을 거라고 눈을 빛내면서.

그런데 미국인들이 이렇게 좋아하는 일본인을 정작 하버드에서는 보기 힘든 이유는 무엇일까? 나는 하버드에서 미국인, 캐나다인, 중국인, 인도인, 대만인, 남미인, 유럽인 등 수많은 국가의 사람들과 함께 공부했다. 하버드 유학생의 국적이 총 120개가 넘는다고 하니 학교 자체가 인종의 집합체라 해도 과언이 아니었다. 캐나다인들이 참 많았고, 특히 기초과학 수업에서는 중국인과 러시아인, 인도인이 많았다.

그런데 시간이 지날수록 의문이 생겼다. 왜 하버드에 일본인은 많지 않은 걸까? 물론 일본인이 있기는 있었다. 하지만 그들은 유학을 온 국제학생이 아니라 대부분 미국에서 태어난 미국 시민권자이거나 부모님의 직장을 따라 미국에 와서 줄곧 미국 교육을 받은, 얼굴만 일본인인 경우가 대부분이었다.

2007년 자료로 볼 때 학부에서 공부하는 일본인 학생 수는 겨우 여섯 명밖에 되지 않는다. 중국 학생은 28명이고 한국 학생은 37명인데 비해서 정말 적다고 느껴지는 숫자다. 인도는 물론이고 한국이나 중국보다도 훨씬 잘사는 나라인데 왜 하버드 유학생의 수는 적은 것인지 선뜻 이해가 가지 않았다. 한참 후에야 나는 그 이유를 손 선생님을 통해 알게 되었다.

한마디로 일본 아이들은 하버드에 관심이 없다는 것이었다. 왜일까? 이미 세계 대학 랭킹에서 상위를 차지하고 있는 도쿄대, 교토대, 오사카대가 있는데 굳이 외화를 들여가며 미국까지 갈 이유가 없기 때문이라고 한다. 미국에서 일본인 유학생은 어학연수로 오는 경우가 대부분이고, 학문의 깊이는 오히려 자기네 나라가 한수 위라고 생각한다는 것이었다. 실제로 나는 신문에서 일본의 고등교육력이 세계 6위라는 뉴스를 접한 적이 있다. 세계 대학 순위 톱 200위 안에 일본 대학이 열 개나 있다고 한다.

일본 대학의 경쟁력은 미국도 인정을 한다. 손 선생님께 도쿄 의대 출신의 일본 의사들은 미국에서 자동으로 의사 면허가 인정되는 경우도 있다는 말을 듣고 얼마나 배가 아팠는지 모른다. 한국 의사들은 미국에서 의사가 되려면 그 어려운 USMLE(미국의사고시)를 통과해야 하는데 말이다.

일부에서는 일본인의 해외 유학이 줄어들고 일본 기업들이 아직도 해외 인재보다 일본인 채용을 선호하는 것에 대해 비판을 하기도 한다. 일본이 섬나라 특유의 지나친 폐쇄성 때문에 글로벌 교류와 소통에 점점 인색해지고 있다는 것이다. 하지만 나는 이 정도로 자신만만할 수 있는 일본의 힘이 부럽다. 돈이 많고 국력이 강하기에 가능한 일이다.

그래도 우리에겐 세계 최고가 되기 위해 열심히 공부하고 있는 인재들이 있다. 지금은 힘을 얻기 위해 많은 학비를 들여 해외로 나가 공부할 수밖에 없지만, 이들이 자라서 각자의 전문 분야를 갖고 사회 곳곳에서 발언권을 갖게 된다면 결국 한국을 위해 일할 것이고 한국의 위상을 빛내기 위해 최선을 다할 것이다. 지금 우리의 피와 땀이 한국에 부메랑이 되어 돌아가는 그 날까지 흔들리지 않고 달릴 수 있기를!

하버드의 코리언 친구들

**설명하지 않아도 느낌이
통하는 코리언 커뮤니티** 하버드에는 '보스턴에서 이 사람을 모르면 간첩'이라 할 정도로 유명한 한국인 학생 공승규가 있다. 처음 하버드에 갔을 때, 한국인 학생 모임에는 얼굴을 잘 내밀지 않아 서먹서먹한 나에게 승규 오빠는 먼저 말을 걸어왔다. 오빠는 내가 신입생 배치고사를 치르고 무슨 과목을 들을까 고민할 때 구세주처럼 나타나 조언을 해주었다. 나의 생명의 은인과도 같았던 논리적 작문 10의 에반스 교수님도 오빠가 적극 추천해 준 교수님이었다.

　이상하게도 나는 사이언스센터 앞 분수대를 지나칠 때마다 그곳에서 오빠를 만났다. 거의 날마다 같은 장소에서 마주치다 보니 나중에는 오빠가 늘 그곳에서 살고 있는 사람이라는 착각을 할 정도였다.

오빠는 언제나 반갑게 인사했다.

"야아, 나나! 수업 있냐?"

그러고는 밥은 먹었느냐, 뭐 힘든 건 없느냐, 도와줄 일이 있으면 언제든 찾아와라, 하고 말해주었다.

오빠는 흑기사(Harvard College Korean International Student Association, 대문자만 따서 읽으면 흑기사가 된다.)라는 하버드 한국인 학생 모임의 리더로서 하버드 생활 내내 때때로 나의 흑기사가 되어주었다. 밥과 술을 사주었고, 술자리에서 내가 벌로 받은 폭탄주를 대신 마셔주었으며, 어디 갈 일이 있을 때에는 차를 끌고 와서 운전도 해주었다.

오빠는 잘 알려진 수영 선수이기도 했다. 99년 방콕 장애인 아시안 게임에서 금메달을 땄고, 미국으로 건너가 장애인 수영 선수권 대회 챔피언십을 거머쥐었다. 휠체어를 타고 다니는 오빠지만 나는 오빠가 장애인이라는 사실을 까맣게 잊고 지냈다. 오빠는 공부든 모임이든 빠지는 법이 없고 운동도 열심히 했다. 파티에 근사하게 턱시도를 입고 와서는 눈이 휘둥그레질 정도로 화려한 휠체어 춤을 선보이기도 했다.

아쉽게도 오빠는 내가 3학년이 되던 해에 졸업을 했다. 하지만 가까운 보스턴 시내에 직장을 구해서 틈이 날 때마다 캠퍼스로 찾아와 후배들을 돌봐주었다.

승규 오빠가 한국인 유학생들의 대모라면 대부 역할을 하는 건 준엽 오빠였다. 준엽 오빠는 조기유학을 와서 미국 아이들도 경외하는 명문고 필립스 앤도버를 졸업한 수재이다. 당시 교내 사교클럽 회장까지 맡았을 정도로 활달한 성격을 지녔다. 오빠와 만나 이야기를 나눠보면

'노블레스 오블리주(Nobless Oblige)'라는 말이 절로 떠올랐다. 오빠는 "우리가 이렇게 혜택을 받아 좋은 환경에서 공부하게 된 만큼 사회에 돌려주어야 한다"며 그것을 실천에 옮기는 사람이었다. 여름방학마다 승규 오빠와 함께 후배들을 이끌고 한국으로 돌아가 저소득층 중학생들에게 영어를 가르치는 '흑기사 여름 영어 캠프'를 열고 있다.

타지에서 유학생활을 하는 나에게 심적으로 큰 버팀목이 되어준 두 오빠들 외에도 나에겐 너무나도 소중한 동생들이 많이 있다. 이들은 4학년이 되어서야 적극적으로 모임에 얼굴을 내밀기 시작한 나를 야속해하기는커녕 아주 따뜻하게 맞이해주었다. 나는 서로 더 잘생겼다고 우기는 재우 재현 쌍둥이 형제를 알게 되었고, 걸어 다니는 네이버 지식인 현이, 나의 역사 과외 선생님이 되어준 상준이, 예전의 한국사 스터디 가이드(study guide, 기말고사를 치기 전 하버드 학생들은 그룹을 형성해 한 학기 동안의 모든 강의 노트와 리딩을 요약한 것을 바탕으로 시험 대비를 한다.)로 나를 구해준 의철이, 그리고 사교성과 리더십이 뛰어난 진규와 친해졌다. 특히 마지막 네 명은 같은 하우스의 한 집에 살아서, 이들의 기숙사 방은 틈만 나면 모여 노는 한인 학생들의 아지트가 되었다.

4학년이 되어 내가 의대 진학 문제로 방황을 하고 있을 때, 한인 학생들은 나에게 그 누구도 해줄 수 없는 위로와 힘을 주었다. 프리실라나 리웨이, 데이빗 등도 큰 위로가 되었지만 그것과는 위로의 색깔이 아주 달랐다. "나나 누나, 밥 먹었어요?", "나나 언니, 야식 먹으러 갈래요?"라고 오로지 한국인들만 아는 원초적인 방식으로 위로해 주는 그들에게서 나는 가족과 같은 따뜻함을 느꼈다.

혜영이는 내가 방구석에 처박혀 있을 때 전화를 해서 "언니, 밥 사주세요. 맛있는 거 먹으러 가요" 하며 나를 밖으로 불러내주었다. 내가 아는 여자들 중 나만큼이나 왕성한 식욕을 가진 유일한 아이다. 함께 로컬 레스토랑에서 발바닥처럼 두툼한 스테이크를 먹었던 밤, 배가 터질 것 같아 숨을 못 쉬겠다던 혜영이는 이렇게 말하고는 뛰어갔다.

"언니, 굿나잇! 난 편의점에서 주전부리할 것 좀 사가지고 들어갈게요."

한번은 파티에 온 혜영이의 가방 속을 들여다본 적이 있다. 그 안에는 초콜릿 바와 즉석 3분 카레가 들어 있었다. 비상용 식량과 디저트란다. 우리는 왕성한 식욕이라는 공통점으로 인연을 맺었지만, 사실 혜영이의 진짜 매력은 다른 데 있다. 예쁘장한 얼굴로는 전혀 예측할 수 없는 털털한 성격, 그리고 엉뚱할 정도의 발랄함이다. 나는 혜영이와 만날 때마다 한 달 동안 웃을 걸 다 웃고 오는 상쾌함을 맛보았다. 하버드에서 그녀는 나에게 언제나 효과 만점의 웃음 비타민이었다!

부강이는 하버드에서 만난 종학이였다. 그는 만약 종학이가 내 곁에 있었다면 나를 위해 해주었을 모든 일을 대신 해주었다. "누나, 같이 밥 먹어요" 하며 열심히 나를 따라다녔고, 밤에는 나와 같이 운동을 하기 위해 자기 기숙사에서 10분을 걸어 커크랜드 하우스로 와주곤 했다. 내가 무거운 수동 러닝머신을 구입해 기숙사 방에 설치할 때도 펜치와 나사를 들고 땀을 뻘뻘 흘리며 도와주었다. 늘 내 컴퓨터에 원격 조정으로 침입해 최신 음악 파일을 심어주던 종학이가 여자친구가 생긴 후 그 임무를 게을리 하기 시작했을 때, 내 MP3 플레이어에 음악을 다운로드 해주는 일은 자연스럽게 부강이의 몫이 되었다.

내가 끔찍한 치통으로 아무것도 먹지 못했던 날, 누군가 기숙사로 찾아와 벨을 눌렀다. 문을 여니 부강이가 두 손에 김이 모락모락 나는 따뜻한 전복죽을 들고서 "누나, 뭐 좀 먹어야죠"라며 걱정스럽게 말하는 것이었다. 순간 눈물이 핑 돌았다. 이 때의 일 말고도 나는 부강이가 아기 천사처럼 생각될 때가 많았다.

하버드 영양대학원의 영양학 강의를 듣던 3학년 때, 나는 그곳에서 영양학 석사과정에 있는 승연 언니를 만났다. 언니는 늘 한결같이 침착하고 남을 배려해 주며 인내심이 많고 다정했다. 대학원생으로서 엄청난 손해임에도 불구하고 학부생인 나와 스터디를 같이 해주기도 했다. 함께 공부하면서 내가 어렵다, 힘들다, 졸리다, 투덜거려도 언니는 불평 한 마디 하지 않고 웃어주었다. 나에게 언니는 의심이나 불만 없이 늘 마음의 평화를 유지하는 보기 드문 공부 도인이었다.

그런 언니가 어느 날 내게 편지를 한 통 주었다. 내가 의대 지원에 실패하고 컬럼비아 영양대학원에 진학하게 되었다는 소식을 듣고 난 후였다. 편지 속에는 내가 전혀 몰랐던 언니의 속마음이 담겨 있었다. 미국 생활에 대한 염증과 회의 속에서 수없이 방황하고, 사람을 피했던 시절도 여러 번이었다는 언니. 언니는 강한 척, 아무 문제 없는 척 혼자 애쓸수록 더 힘들어지니 아프면 아프다고 말하고, 흐트러지기도 하고, 남들 앞에서 울어도 보라고 조언했다.

'큰 도움은 못 되겠지만 언제든 사람이 필요할 때 나를 부르렴. 네 옆에서 네 말을 묵묵히 들어줄게. 그건 해줄 수 있단다.'

나 혼자의 고민과 나 혼자의 고통으로 가득 차 있던 때, 나는 세상에서 내가 가장 불행하고 힘든 사람인 줄 알았다. 그 때 나를 위로해 주

한국인 친구들의 말 속에는
나의 정서를 자극하는 묘한 편안함이 있었다.
같은 의식구조와 감수성을 가진 자들만이 느낄 수 있는 유대감.
다시 미국에서 새로운 학업을 시작해야 하는 나에게
가장 든든한 '빽'은 나를 응원해 주는 수많은 코리언들이다.

• 한국인 학생들의 아지트인 엘리엇 스위트에서 소박한 금요일 파티

고 손을 내밀어주던 사람들은 다들 그럴 만한 마음의 여유가 있는 줄 알았다. 하지만 누구나 자기 안의 지옥 때문에 날마다 힘겨운 사투를 벌이고 있다는 것을 뒤늦게야 깨달았다. 설사 그가 세상 모든 사람들이 부러워하는 하버드생이라 해도 말이다. 누구에게나 지옥은 있는 것이다.

특히 그 지옥은 20대이기에 더욱 불안하다. 대학생인 우리는 아이도 아니고 어른도 아니며, 뭔가 이룬 것도 없고 결정된 것도 없기 때문이다. 어른들이 보기에는 젊음과 열정과 가능성 등 모든 것을 가진 20대이지만, 사실 우리는 그저 오만 가지 걱정거리를 안고 있는 불안 덩어리, 언제 폭발할지 모르는 불만 덩어리들일 뿐이다. 높은 이상에 다가가는 길이 현실적으로 멀고 어렵게 느껴질수록 우리는 불행함을 느끼고 지옥 속으로 빠져든다.

하버드 안에서 우리 코리언들은 서로 챙겨주고 받아주고 감싸 안으면서 이 20대의 성장통을 견뎌낸다. 한국인 친구들이 없었다면 과연 내가 그 힘겨운 시기를 뚫고 나올 수 있었을까? 돌이켜보면 인생에서 가장 힘들었던 그 시기에 나는 마치 엄마 품이 그리운 아이처럼 한국인을 찾아 나섰고 그들에게 기대기 시작했다. 그 이전에는 거의 의식하지 않고 살았던 코리언이라는 정체성도 바로 이 시기부터 더 확실하게 느끼게 되었다.

하버드의 코리언 친구들은 단지 내가 한 핏줄이라는 사실만으로 아무 토도 달지 않고 나를 받아들였고 내 편이 되어주었다. 미국 아이들처럼 줄 것과 받을 것을 따지지도 않았고, 시기하지도 않고 경계하지도 않았다. 똑같은 말로 위로를 받아도 한국인 친구들의 말 속에는 나의 정서를 자극하는 묘한 편안함이 있었다. 그것은 아마도 같은 문화적, 역사적, 사회적 배경을 가진 자들만이 가질 수 있는 연대감, 같은 의식구조와 감수성을 가진 자들만이 느낄 수 있는 유대감이었을 것이다. 길게 말하지 않아도 서로 이해할 수 있는 사이. 애써 설명하지 않아도 느낌이 통하는 사이. 다시 미국에서 새로운 학업을 시작해야 하는 나에게, 그리고 앞으로 또 다른 지옥 속으로 뛰어들어야 하는 나에게 가장 든든한 '빽'은 나를 응원해 주는 수많은 코리언들이다.

하버드가 주는 열정과 자부심

하버드 생들의
별난 기숙사 사랑　　졸업식을 코앞에 두고 프리실라와 나는 공부
　　　　　　　　　　　와 성적 때문에 해보지 못했던 것을 해보기로
했다. 바로 하버드 '콰드'에 드러누워 햇볕을 쬐며 뒹굴기. 콰드
(Quad) 란 '콰드랭글(Quadrangle)'의 준말로 내가 사는 하버드 야드
구역에서 약 1킬로미터 정도 떨어져 있는 또 다른 캠퍼스 구역이다.
이곳은 원래 하버드가 여학생을 받아들이지 않던 시절, 보스턴 여성들
의 교육을 위해 설립된 래드클리프 여대의 기숙사가 들어섰던 곳이다.

　　그 유명한 에릭 시걸의 소설 『러브 스토리』를 보면 하버드 예비 법
대생인 올리버와 래드클리프 음대생인 제니퍼가 만나 사랑에 빠진다.
영화에서 두 사람이 눈밭으로 몸을 날리며 어린아이들처럼 뛰놀던 그
곳이 바로 '더 콰드'이다. 하버드는 래드클리프 여대의 존재를 철저히

무시하다가 1963년부터 공동학위 시스템을 구축했고, 1970년부터 서서히 흡수 작업을 시작해 1999년 완전히 통합했다. 레드클리프 여대는 이제 역사 속으로 사라졌고 금남의 구역이었던 콰드도 70년대부터는 버젓한 남녀 공동구역이 되었다.

2학년에 올라가면서 기숙사를 배정받을 때, 많은 아이들이 "콰드에 배정받으면 어쩌지?" 하며 걱정을 했다. 이곳은 하버드 캠퍼스의 메인 구역과 다소 거리가 있어서 편의시설도 멀고 수업을 들으며 왔다갔다 하기에 불편하기 때문이었다. 하지만 일단 콰드의 일원이 되고 나면 오히려 그 자부심이 하늘을 찌른다.

"우리 콰드는 너희 리버(River) 지역과는 차원이 달라."

콰드에 사는 아이들은 그 외의 하우스에 사는 아이들을 찰스 강변에 산다고 하여 '강가 아이들'이라 부르며 불쌍해했다. 자기들이 훨씬 더 넓고 쾌적한 환경에서 단합된 커뮤니티를 갖고 있다는 것이었다.

역시, 더 콰드에 가보니 하버드 야드 구역보다 좀더 아기자기하고 예쁘다는 느낌을 받았다. 프리실라와 나는 잔디밭에 누워 이런저런 잡담을 하고 프리스비도 던지면서 6월 초의 아름다운 봄날 오후를 보냈다.

하지만 돌아오는 길에 우리는 이런 대화를 나눴다.

"콰드가 아무리 아름다워도 하버드 야드보다는 못해. 여긴 존 하버드 동상이 없잖아."

"맞아 맞아. 게다가 로컬 숍들도 별 볼일 없어. 역시 우리 강가 지역이 훨씬 좋아."

우리는 머리를 맞대고 키득거리며 웃었다. 대화 수준이 너무나 바보 같다는 걸 우리 스스로 잘 알기 때문이었다.

하버드의 수많은 기숙사 중에서 제일 좋은 기숙사가 어디냐고 묻는다면 나는 당연히 "커크랜드!" 하고 대답할 것이다. 프리실라는 당연히 "윈스롭!"이라고 대답하겠지. 콰드의 아이들이 콰드가 제일 좋다고 우기는 것처럼!

평소에 너무나 침착하고 합리적인 하버드 학생들도 기숙사에 대해서만큼은 이성을 잃는다. 만약 어느 기숙사가 가장 좋은가를 두고 토론을 벌인다면 일주일을 끝없이 싸워도 결론이 나지 않을 것이다. 그만큼 우리의 기숙사 사랑은 첫사랑이나 조국애처럼 맹목적이다.

우리는 각자 본인이 살고 있는 기숙사가 얼마나 많은 위대한 사람들을 배출해 냈는지 열거하며 흥분한다. 헨리 키신저와 프랭클린 루스벨트가 살았던 에이덤스 하우스, 앨 고어와 토미 리 존스가 살았던 던스터 하우스, 요요마가 살았던 레버렛 하우스, 맷 데이먼과 나탈리 포트먼, 마이클 클라이튼이 살았던 로웰 하우스 등등…….

아마도 우리가 자랑스러워하는 것은 370여 년의 긴 세월을 지켜온 하버드의 역사일 것이다. 선배들이 남긴 그 위대한 족적을 매일매일 호흡하고 양분처럼 흡수하며 살고 있다는 그 영광일 것이다. 내가 살았던 아담한 커크랜드 하우스에 세계의 역사를 장식했던 수많은 위대한 정치인들과 작가들이 살았다는 사실, 미국 대학가를 뒤흔들고 지금은 개인 홈페이지의 대명사가 된 '페이스북(Facebook)'의 역사가 내 방에서 몇 발짝 떨어진 곳에서 이루어졌다는 사실에 나 역시 가볍게 전율한다(페이스북의 창립자 마크 주커버그는 2004년 하버드를 자퇴하기 전까지 커크랜드에서 살았다).

나도 언젠가는 커크랜드에서 살았던 위대한 코리언으로 그 역사의 페이지에 이름을 올릴 수 있을까? 한국의 미스코리아로서 하버드에 입성, 각고의 노력 끝에 꿈을 이뤄 세계를 빛내고 코리아를 빛낸 사람으로 그 이름을 올릴 수 있을까? 만약 내가 내 이름 하나를 그 명예의 전당에 올릴 수 있다면, 그것은 곧이어 수십 수백 명의 한국인에게 긍지를 주고 신념을 주고 할 수 있다는 용기와 꼭 하고야 말 거라는 의지를 줄 수 있을 것이다.

내가 미스코리아가 된 이후로 늘 나를 걱정하며 응원해 주시는 한국일보의 장재구 회장님은 나와 전화 통화를 할 때마다 이렇게 말씀하셨다.

"나나야, 한 사람만 고생하면 된다. 너 하나 고생하면 수천 명, 아니 수만 명이 힘을 얻는다."

그래, 나나. 힘을 내자! 파이팅!

하버드 도서관, 새벽 4시

내가 1학년일 때 승규 오빠가 찍은 한 장의 사진이 인터넷에서 큰 화제가 된 적이 있었다. 그것은 '하버드 도서관, 새벽 4시'라는 제목의 사진이었다. 이 사진은 실제로 승규 오빠가 기말고사 기간이었던 어느 날 새벽 4시에 촬영한 것이었다.

사진 속에서 도서관은 몇 개의 빈 자리를 제외하고는 여전히 만석이다. 학생들은 저마다 노트북을 켜 놓고 페이퍼를 작성하거나 두꺼운 참고 도서를 읽느라 여념이 없다. 가슴에 책을 안고 지쳐 잠이 든 학생과 참다 참다 자신도 모르게 고개를 꺾고 곯아떨어진 학생을 제외한다면 도서관은 새벽 4시라는 것이 믿겨지지 않을 정도로 대단한 열기를 내뿜고 있다.

1학년 때, 내가 기숙사 방에서 눈을 비비고 살을 꼬집어가며 새벽까지 공부를 하고 있노라면 룸메이트 엘리스가 시체처럼 창백한 얼굴이 되어 도서관에서 귀가하곤 했다.

"한두 시간 더 공부하려고 했는데 누가 코를 열심히 골기 시작했어."

우리는 세 시간 정도 눈을 붙인 후 허둥지둥 일어나 고양이 세수만 하고 섹션 수업에 들어가곤 했다.

공부를 하는 학생들의 열기를 느끼기 위해 꼭 도서관에 가야 하는 것은 아니다. 그것은 기숙사 방에서도 도서관에도, 심지어 교정의 잔디밭이나 강의실에서도 얼마든지 느낄 수 있다. 날씨가 좋아지면 아이들은 배낭 하나에 전공 서적 두세 권을 넣고 하버드 야드로 쏟아져 나온다. 그늘이 좋은 나무 하나를 차지하면 그 날의 공부 장소는 바로 그곳이 된다. 벤치 곳곳에 비스듬히 앉아 하늘 한 번 올려다보고 책 한 번 내려다보며 공부하는 아이들도 흔하게 볼 수 있다.

나는 어디서나 느낄 수 있는 하버드의 이 학구열이 늘 자랑스러웠다. 그것은 나에게 긍지이자 자극이었다. 눈꺼풀이 천근만근 무거워 그냥 누워버리고 싶을 때도 어디선가 눈에 불을 켜고 공부하고 있을 하버드의 라이벌들을 떠올리면 도무지 누울 수가 없었다.

'지금 잠을 자면 꿈을 꾸지만, 지금 공부하면 꿈을 이룬다.'

나는 손바닥으로 뺨을 철썩철썩 때리기도 하고 팔뚝을 꼬집기도 하

우리는 공부하면서도
수없이 의심하고 두려워하며
절망과 희망 사이에서 아슬아슬하게 곡예를 한다.
그럼에도 불구하고 우리는
계속 공부할 수밖에 없다.
20대에 뜨겁게 열정을 불태운 자만이
눈부신 미래를 맞이할 수 있으므로!

• 승규 오빠가 촬영한, 하버드 새벽 4시

면서 정신을 차렸다. 한 잔의 뜨거운 커피를 마시고, 그래도 졸리면 냉장고 안에 상비되어 있는 레드불을 마셨다.

하지만 어디 이러한 공부 열기가 하버드 대학에만 있을까? '하버드 도서관, 새벽 4시'라는 사진이 인터넷에 퍼진 후, 어느 날 '서울대 도서관 새벽 1시' 동영상이 인터넷에 올라왔다. 도서관은 그야말로 책장이 넘어가는 소리 외에는 아무 소리도 들리지 않았다. 여러 권의 책과 참고 자료를 뒤져가며 밤이 깊은 줄도 모르고 공부하는 학생들. 졸음을 견디다 못해 엎드려 자고 있는 불쌍한 학생들. 책상에는 어김없이 수많은 일회용 종이컵과 하버드의 레드불에 해당하는 박카스 병이 놓여 있었다. 책상과 의자 등의 환경만 다를 뿐, 그곳은 하버드 도서관의 풍경과 너무나 똑같았다.

단 한 번밖에 오지 않는 찬란한 20대가 도서관에서, 책상 앞에서, 캠퍼스 곳곳의 공부 장소에서 하루하루 지나간다. 젊음을 만끽해야 할 20대, 실컷 놀아도 보고 불같은 사랑도 해보아야 할 20대, 그 20대의 정열이 책과 시험지, 수많은 페이퍼와 성적표에서 불태워진다. 세상 어느 곳의 20대가 치열하지 않을 수 있을까? 세상 어느 곳의 20대가 고뇌하지 않을 수 있을까?

우리는 공부하면서도 수없이 의심하고 수없이 두려워하며 절망과 희망 사이에서 아슬아슬하게 곡예를 한다. 과연 이 방법이 성공할까? 나는 과연 내가 원하는 그 목적지에 도달할 수 있을까? 하지만 그럼에도 불구하고 계속 공부할 수밖에 없는 이유가 있다. 먼 훗날 인생을 되돌아보며 나의 20대는 참으로 뜨겁고 치열했노라고, 꿈을 위해 노력했노라고 자신 있게 말할 수 있기 위해서다. 20대에 뜨겁게 열정을 불태운 자만이 눈부신 미래를 맞이할 수 있으므로! 더 나아가 매순간 열정으로 이뤄낸 밑거름이 있어야 한 사회, 한 나라, 그리고 전 인류의 진보에 보탬이 될 수 있으므로!

항상 나를 알 수 없는 전율에 휩싸이게 하는 하버드 로고 속의 VERITAS(진리)! 오늘도 난 VERITAS를 가슴에 새기며 진리 추구를 향한 내 열정을 불태울 것이다.

진리 추구만이 더 나은 세상을 가져오므로!

진리 추구만이 영혼의 허기를 달래주므로!

나누어줄 열매가 가득한 사과나무

2008년 여름 프로젝트

SAT 선생님이 되다 "자, 보세요. 세 변의 길이가 각각 5, 12, a인 삼각형이 직각삼각형이 되도록 하는 a의 값을 모두 구하라. 이것 역시 피타고라스 정리를 사용하면 간단히 풀 수 있는 문제죠? 그런데 여기서 중요한 건 '모두 구하라'는 거예요. 답이 하나가 아니라는 거죠. 왜 하나가 아닐까요? 맞아요. a가 빗변인 경우 하나와 수직변인 경우 하나, 이렇게 두 가지를 모두 생각해야겠죠?"

카메라와 눈을 맞추며 열심히 설명을 하고 있는 나. 오늘로써 꼭 한 달이다. 이제 이 긴 촬영도 이것으로 끝나는 건가? 나는 분필을 쥔 손에 힘을 주고 목소리에도 쾌활함을 더 불어넣었다.

"자, 여러분! 이제 여러분은 어떤 문제라도 다 풀 수 있는 실력을 길렀습니다. SAT 수학 800점! 바로 여러분의 점수입니다!"

카메라가 꺼졌다. 스태프들이 박수를 쳤다.

"나나 씨, 정말 수고 많았어요!"

"고생했어요!"

드디어 끝났구나. 한 달간의 긴 여정. 아니, 그 전에 강의를 설계하고 대본을 준비하고 촬영연습을 했던 기간까지 합친다면 2008년 여름 석 달이 몽땅 투자된 기나긴 프로젝트였다. 나는 말릴 사이도 없이 한 줄기 흘러나오는 눈물을 닦았다. 무사하게 또 하나의 일을 끝낸 안도감, 그리고 모든 것이 끝난 후의 공허함이었다. 늘 그랬다. 나에겐 하나의 목표가 끝나고 나면 늘 이 두 가지가 한꺼번에 밀려왔다.

하버드를 졸업하고 3개월 정도가 지났다. 그저 아무것도 하지 않고 엄마 아빠 곁에서 푹 쉬리라 다짐했건만, 부석사를 오가며 집에서 쉰 지 사흘 만에 나는 허전함을 느끼기 시작했다. 내 몸은 또 다른 목표를 갈망하며 헤매고 있었다. 3개월의 휴식 시간, 뭔가 의미 있는 일을 할 수는 없을까?

그 때 손 선생님이 준비하고 계신 SAT 온라인 교육사업에 대한 일이 떠올랐다. 기존에 오프라인 상에서만 이루어지던 SAT 강의를 온라인으로 확장시키겠다는 것이 선생님의 계획이었다. 이미 대학입시와 특목고, 영어 학원 등의 강의는 온라인 시스템을 구축한 지 오래였다. 그래서 학생들은 예전보다 훨씬 저렴해진 가격에 본인이 원하는 강의를 원하는 시간에 맞춰서 들을 수 있게 되었다. 그런데 SAT 강의는 아직도 온라인 서비스가 불충분한데다 오프라인 학원 역시 일부 대도시의 일정 지역에 한정되어 있었다. 특히 지방 학생들이 SAT를 준비하기란 너무나 어려운 것이 현실이었다.

나 역시 지방 학생으로서 SAT를 공부하느라 얼마나 힘들었던가. KTX조차 없던 시절, 공부는 주로 대구에서 했지만 SAT 강의를 듣기 위해 매주 한 번 그 고생을 하며 서울로 올라와야 했다. 그 때 왔다갔다 하며 고생한 시간에 집에서 편안하게 온라인 강의를 들을 수 있었다면 얼마나 좋았을까? 온라인 강의가 오프라인 강의를 완전히 대체할 수는 없겠지만, 그래도 보조 도구로 활용한다면 시간과 비용을 상당히 줄일 수 있었을 것이다.

나는 손 선생님에게 전화를 걸어 여쭈어보았다.

"선생님, SAT 온라인 수학 강의, 그거 제가 하면 안 될까요?"

"뭐?"

"제가 하고 싶어요."

"아이쿠… 나나야."

선생님은 황당해하셨다. 아니, 내심 반가웠겠지만 그렇다고 덥석 하라고 말할 수는 없으셨을 것이다. 나를 너무나도 아끼시는 분이기에, 자칫 상업적으로 비춰질 수 있는 일에서는 나보다도 선생님이 더 조심스러우셨다.

"나나야, 이게 쉬운 일이 아니다. 강의 설계도 해야 하고 대본도 만들어야 하고, 연습이며 촬영이며 전문 강사들도 진이 다 빠지는 일이야. 이번 여름만큼은 그냥 푹 쉬면서 놀아라."

하지만 이미 호기심이 발동한 나는 선생님이 걱정하시는 일들쯤 아무렇지도 않았다. 선생님께 내 생각을 구체적으로 말씀드렸다.

"선생님, 제가 하겠어요. 세 가지 이유가 있어요. 하나는 아시다시피 제가 SAT 수학에서 만점을 받았었잖아요. 수학은 제가 가장 자신 있는 과목 중 하나이기도 하고, 하버드에서 개념을 더 깊이 다졌기 때문에 누구보다도 잘 가르칠 자신이 있어요. 배운 걸 사람들에게 나눠주는 거니까 적지 않은 의미도 있다고 생각해요. 둘째는 지방에서 SAT를 어렵게 공부해 본 경험자로서 후배 학생들이 좀더 편하고 저렴하게 SAT를 공부할 수 있도록 돕자는 거예요. 그런 의미에서 저는 강사료를 한 푼도 안 받고 할 수 있어요. 저의 수익금은 좋은 곳에 써주시면 돼요. 대신 맛있는 거 많이 사주시고요. 그리고 마지막 셋째는……."

나는 잠시 말을 멈췄다.

"셋째는?"

선생님이 궁금하신지 재촉하셨다.

"셋째는 선생님에 대한 제 의리예요. 아시죠? 저 의리 있는 사람이라는 거."

"하하하."

선생님이 웃으셨다. 나에게 지고 만 것이다.

나에게 하버드라는 생애 최고의 기회를 주신 손 선생님. 그것으로도 모자라 하버드 4년 내내 곁을 지키며 내 모든 불안과 고통을 지켜봐주신 선생님. 손 선생님은 내가 웃을 때 웃고, 내가 울 때 같이 우셨다. SAT 강의를 하고 싶었던 것은 나에게 그 어느 누구보다도 큰 버팀목이 되어주신 선생님에게 이제는 내가 작은 버팀목이 되어드리고 싶었기 때문이다.

다음 날, 나는 곧바로 서울로 올라가서 스태프들과 함께 강의 기획에 참여하기 시작했다. 기존에 마련된 강의 설계서를 보니 총 20강 정도로 짜여 있었다. 내 생각과는 상당한 차이가 있었다.

"20강은 너무 적지 않을까요? 제가 볼 때 개념 정리와 문제풀이를 모두 완벽하게 가르치기 위해서는 적어도 40강은 필요해요."

내 말에 스태프들은 상당히 놀라는 기색이었다. 사실 영어 강의도 100강이 넘고 화학 강의도 80강에 육박한다. 알고 보니 스태프들은 내가 바쁜 사람이라는 걸 의식해서 일부러 강의 수를 축소해서 설계한 것이었다.

이렇게 해서 나는 총 45강의 SAT 수학 강의를 찍게 되었다. 강의 내용은 전적으로 나에게 맡겨졌다. 나는 기출문제를 중심으로, 최소한의 개념으로 최대한의 문제를 실수 없이 풀 수 있는 나만의 강의 노트를 만들기 시작했다. 5년 전 SAT를 공부했던 시절의 경험을 충분히 살려 불필요한 개념들의 설명은 과감히 없애고, 문제 유형별로 묶어서 한국인 학생들이 특히 놓치기 쉬운 개념, 헛갈리는 문제 등을 집중적으로 정리했다.

일을 시작하니 몸은 고되지만 정신은 훨씬 편해졌다. 분명한 목표 하나가 주어지니 내 몸의 모든 세포들이 되살아난 것 같았다.

'내 강의를 들은 학생들 모두 SAT 수학에서만큼은 만점을 받게 하자!'

그것이 내 목표였다. 이들 중에는 하버드로 오는 학생도 있을 것이다. 혹시라도 우연히 만나게 되면 "금나나 선생님, 선생님 강의 덕분에 제가 하버드로 왔어요!"라는 말을 들을 수 있을까?

인터넷 강의를 찍을 생각을 하니 하루 빨리 살을 빼야겠다는 초조함도 강해졌다. 평생 남게 될 동영상인데 포동포동 살이 찐 모습 그대로 출연할 수는 없지 않은가. 적어도 미스코리아의 이름에 누가 되지 않도록 예의는 갖추어야겠지?

나는 그 길로 시장으로 가서 방울토마토를 잔뜩 사왔다. 예전에 고등학교를 졸업하고 했던 100일 다이어트가 다시 시작된 것이다. 그 때의 그 100일 다이어트가 나를 미스코리아에 나가게 하고, 이어 미스유니버스 대회에 참가하게 하고, 하버드에 가게 만든 역사의 시작이었지. 다시 한국으로 돌아와 100일 다이어트를 하게 되다니, 만감이 교차했다.

나는 이렇게 방울토마토를 먹으면서 SAT 강의 준비를 계속했다. 다이어트를 시작한 지 50일쯤 지난 8월 중순부터 본격적인 촬영에 들어갔다. 아직도 살은 만족스러울 만큼 빠지지 않은 상태였지만, 그래도 하버드 재학 시절의 내 모습과 비교한다면 상당히 정리된(?) 모습인 것만은 분명했다.

완벽하게 준비했다고 생각하고 촬영에 들어갔는데, 나는 처음부터 진땀이 나기 시작했다. 학생이 한 명도 없는 강의실에서 오직 카메라를 바라보며 한 시간을 서서 강의를 한다는 건 쉬운 일이 아니었다. 시선을 처리하기도 힘들고 제스처도 부자연스러웠다. 선생과 학생 간의 상호작용(interaction)이 없으니까 내 설명을 학생들이 이해하고 있는지 확인할 길이 없었다. 그래서 더 빨리 지치는 듯했다.

역시 세상에는 쉬운 일이 없구나. 하루분의 촬영이 끝나고 나면 기진맥진 쓰러질 것만 같았다. 촬영한 영상을 보면 단점만 자꾸 눈에 들어왔다. 아, 왜 발음을 더 정확하게 하지 않았을까? 표정이 왜 자꾸 굳는 걸까? 저 문제는 다른 방식으로 더 쉽게 설명할 수도 있었잖아!

그렇게 불만족스러운 상태에서 계속 촬영을 진행했는데, 한 10강 정

• 2008년 8월, SAT수학 강의 촬영을 하며

도 찍었을 무렵부터 몸이 편안해지는 것이 느껴졌다. 이제 카메라 앞에서 긴장하지도 않고 몸에 힘도 안 들어갔다. 무엇보다도 나 자신이 강의 내용 속으로 들어가 즐기면서 신나게 가르치고 있다는 기분이 들었다. 눈에는 보이지 않지만 이 강의를 듣게 될 수백 수천 명의 학생들을 떠올리며 열심히 촬영해 임했다.

촬영장에 왔던 손 선생님도 깜짝 놀라셨다.

"나나야, 너 이제 정말 잘하는구나. 역시 넌 한번 하겠다고 마음먹으면 최선을 다하는 아이야."

그 때부터는 촬영이 일사천리로 진행되었다. 하루에 4~5시간 정도를 찍으면서도 피곤하지가 않았다.

그런데 문제는 앞서 찍어 놓은 1~10강이었다. 뒤에 편안한 마음으로 찍은 강의와 수준 차이가 확 나기 때문이었다. 손 선생님은 오프라인 강의에서도 학생과 선생이 처음에는 서먹하다가 점점 친해지는 과정이 있으므로, 처음의 어색함이 그리 문제가 되지는 않을 거라고 위로하셨다.

하지만 나는 영 만족스럽지가 않았다. 마치 B를 받을 것을 뻔히 알면서 페이퍼를 제출하는 듯한 찝찝한 기분이었다. 고민 끝에 나는 선생님께 다시 찍겠다고 말씀드렸다.

"제 강의로 인한 수익금이 장학금으로 기부된다 해도, 듣는 사람에게는 공짜 강의가 아닌 만큼 그 기대치를 충족시켜야 해요. 제 강의 듣고 돈 날려버렸다고 불평하게 할 수는 없어요."

"나나야, 그 정도는 아니야. 그렇게 나쁘지는 않아."

"그래도 저는 완벽하고 싶어요."

결국 나의 고집으로 1강부터 10강까지를 재촬영하게 되었다. 선생님과 스태프들은 날더러 "독하다"며 혀를 끌끌 찼다. 나 때문에 며칠을 더 고생하게 된 스태프들에겐 너무나 미안했지만 어쩔 수 없었다. 무엇이 최선인지 알면서도 그걸 다하지 않는 건 비겁한 일이다. 하버드 4년이 나에게 그걸 가르쳐주지 않았던가.

마침내 45강의 촬영을 모두 마쳤을 때, 나는 아쉬움 없이 시원한 카타르시스를 맛볼 수 있었다. 그리고 이제는 하나 둘 날아오는 학생들의 메일을 받는 기쁨을 누리고 있다.

'금나나 선생님! 강의가 아주 쉽고 재미있어요!'

'도형이 정말 어려웠는데, 선생님 강의 듣고 완벽하게 이해했어요!'

'선생님, 저 이번에 수학 점수 100점이나 올랐어요. 선생님 덕분이에요!'

온몸을 감싸는 행복감! 아는 것을 나누는 것이 이토록 큰 희열을 줄 줄이야!

이번에 SAT 수학을 한 차례 더 훑으면서 또 다른 목표 하나가 생겼다. 언젠가 기회가 되면 내가 직접 학생들을 위해 수학 교재를 만들어보면 어떨까? 제목은 '나나 너나 할 수 있는 금나나 수학'. 이 생각을 말씀드리자 손 선생님은 또 황당해하신다.

"아이쿠, 넌 정말 못 말리는 아이야."

간절히 원하고 준비할 때 우주는 나의 편!

내가 아주 어렸던 소녀 시절, TV를 보던 나는 화면에서 눈을 뗄 수가 없었다. 팔다리가 길쭉길쭉 늘씬한 미녀들이 하늘하늘한 드레스를 입고 무대 위를 걸어 다니고 있었다. 아니, 어린 나의 눈에 비친 그들은 걷는 것이 아니라 둥둥 떠다니는 것 같았다.

미스 U.S.A., 미스 베네수엘라, 미스 푸에르토리코, 미스 인도……. 저 많은 미녀들이 각기 한 나라를 대표하고 있다니! 나의 가슴을 사로잡은 결정적인 장면은 사회자가 그들을 유리 박스 안에 가두고 한 명씩 불러내어 인터뷰 질문을 던질 때였다.

"미스 유니버스가 되면 무엇을 하고 싶습니까?"

"세계 평화를 위해 노력하겠습니다."

그러면 어김없이 우레와 같은 박수소리가 터졌다.

그 때 나는 생각했다. 내가 저 무대에 서게 되면 어떤 질문을 받고 어떤 대답을 하면 좋을까? 저 많은 관중의 시선을 받으며 떨리지 않고 잘 대답할 수 있을까? 곧바로 나는 상상의 나래를 펴기 시작했다.

'미스 코리아 금나나, 당신의 장래 희망은 무엇입니까?'

'저는 세계 최고의 의사가 되어 아픈 사람들을 도와주고 싶습니다.'

쏟아지는 박수와 환호 소리. 내가 한국을 대표하는 미인이 되어 세계에 한국을 알리는 것이다!

단순한 소녀적 상상력이었을지도 모른다. 하지만 그 때 내 머릿속에 각인된 그 상상의 이미지는 아주 강렬한 것이었고 절대적인 것이었다. 어쩌면 나는 그 때 우주를 향해 이렇게 명령을 내렸는지도 모른다.

'나에게 저 무대를 줘. 저 무대가 갖고 싶어.'

10년 후, 나는 정말 그 무대 위에 서 있었다. 내가 완전히 잊어버리고 있었던 그 주문이 10년 만에 실현된 것이다.

중학생이었던 어느 날, 나는 엄마에게 이런 말을 했었다.

"나는 첫 해외여행을 반드시 엄마 아빠 도움 없이 내 힘으로 가겠어요."

그러더니 과학고 2학년 때 APEC 과학축전의 학교 대표로 뽑혀 정말 엄마 아빠의 도움 없이 돈 한 푼 안 들이고 의미 있게 첫 해외여행을 다녀왔다.

또 고등학교 때는 이런 말을 했었다.

"대학 1학년 등록금만 엄마 아빠가 내주세요. 그 다음은 아르바이트를 해서 내 힘으로 대학을 다니겠어요."

정말로 이 말 역시 현실이 되었다. 경북의대 등록금을 내주신 이후로, 엄마 아빠는 등록금 부담에서 벗어나셨다. 내가 하버드에 가면서 삼성전자 장학금을 받게 되었으므로.

내가 행운아인 걸까? 물론 그럴 수도 있다. 하지만 세상에는 정말 논리적으로 설명할 수 없는 신비한 일들이 많이 일어난다. 브라질에 있는 나비의 날갯짓이 미국 텍사스에 토네이도를 발생시킬 수도 있다는 나비이론처럼, 세상의 모든 것은 연결되어 있고 서로 주파수를 주고받으며 소통을 한다.

우주도 마찬가지다. 나와 우주는 먼 관계가 아니다. 우주는 저 10억 광년 밖에도 있지만 내 안에 있기도 하다. 내가 뭔가를 간절히 원하며 주문을 외울 때, 우주는 그 소리에 반응을 한다. 그리고 간절히 원할수

하버드에서의 4년이라는 긴 전쟁을 끝내고
이제 나는 다음 전쟁터를 향해 씩씩하게 나아갈 것이다.
우주가 나의 편이라 믿으며.
이길 수 없는 시련은 없다는 걸 확신하며!
뒤돌아보지 않을 테다. 앞으로, 앞으로 달려갈 테다.

• 하버드 구내 식당에서 졸업 반지를 끼고

록, 확신을 가지고 믿을수록, 우주는 그 소원을 실현시켜 준다.

그토록 간절히 원했던 미국 의대의 꿈이 좌절되었는데 이런 소리를 하다니, 한심하다고 생각하는 사람도 있을 것이다. 하지만 나는 이 역시 내가 불러들인 우주의 뜻이라고 생각한다. 나 스스로 준비가 되어 있지 않았기에 나는 우주로 하여금 나를 시험하도록 만들었고 이 엄청난 역경을 불러오도록 주문을 내린 것이다.

'Everything happens for a reason.'

모든 일에는 이유가 있다. 큰스님이 늘 하시던 이 말씀을 나는 하버드에서도 수없이 들었다. 세상에 이유 없이 찾아오는 시련은 없다. 그리고 그 시련에 정면으로 맞서 싸워 이겼을 때, 원했던 것의 두 배, 세 배, 아니 열 배의 더 큰 기회가 찾아오는 것이다.

시련이 찾아왔을 때 중요한 것은 도망가서는 안 된다는 것이다. 도망가면 우주는 당신에게 가망이 없다고 판단할 것이고, 당신이 내린 명령을 절대로 실행에 옮기지 않을 것이다. 시련을 맞이하는 우리는 오히려 신이 나야 한다. "아, 그래! 한번 해보자고!" 하며 즐겨야 한다. 왜냐하면 시련이 왔다는 건, 그걸 뛰어넘으면 더 큰 기회가 있다는 걸 의미하니까.

하버드에서의 4년이라는 긴 전쟁을 끝내고, 이제 나는 다음 전쟁터를 향해 씩씩하게 나아갈 것이다. 우주가 나의 편이라 믿으며. 이길 수 없는 시련은 없다는 걸 확신하며!

뒤돌아보지 않을 테다. 앞으로, 앞으로 달려갈 테다.

포기하면 안 되는 이유

피딩 & 셰어링 가을 단풍이 예쁘게 물들 무렵, 나의 사랑하는 동생 종학이가 군 입대를 했다. 훈련소까지 따라갔던 그 날, 박박 깎은 머리를 한 낯선 모습의 종학이와 온 식구가 함께 마지막 식사를 했다. 대한의 남아로서 당연히 가야 할 곳에 가는 거라며 씩씩하게 구는 종학이 앞에서, 나는 결국 굵은 눈물방울을 쏟고야 말았다.

불현듯 이런 생각이 들었다. 군대에 가는 종학이도 저렇게 씩씩한데, 나는 정말 복에 겨운 사람이라고. 만약 내가 남자로 태어났고 하버드를 졸업했는데 징집영장이 나와서 군대에 끌려가야 한다면 정말 암담할 것 같았다. 여자로 태어났다는 게 정말 다행으로 여겨지면서, 한편으로는 한국의 남자들에게 큰 빚을 진 것 같아 너무나 미안하고 고마웠다.

내가 진 빚이 이것밖에 없을 리가 없다. 4년 동안 편안하게 학업에 집중할 수 있도록 장학금을 지원해 준 삼성전자에게도 빚을 졌고, 나를 위해 많은 법문을 해주신 큰스님에게도 빚을 졌다. 나의 모든 희로애락을 함께 겪은 손 선생님과 나의 가족들, 그리고 나의 싸이월드 홈페이지에 방문해 응원의 메시지를 남긴 모든 팬들에게도 빚을 졌다.

이 빚을 어떻게 다 갚을 수 있을까? 당장 뭔가 해드리고 싶지만 그럴 수가 없다. 지금의 나는 그저 대학 하나를 졸업한 스물여섯 살의 여자일 뿐이다. 아직은 아무것도 이루지 못했고, 뭔가를 보여줄 실력도 없다.

단지 그냥 과정에 있을 뿐인 나를, 사람들은 바라봐주고 격려해 주며 내 삶의 자세가 예쁘다고 말해준다. 늘 도전하고 포기하지 않는 내 모습에서 감동을 받는다고 말해준다. 그들은 나에게 높은 기대를 갖고 있다. 내가 더 잘할 수 있다고, 더 큰 것을 해낼 수 있다고, 아무 의심 없이 나를 믿어준다.

'From those to whom much is given, much is expected.' (많이 받은 자로부터는 많은 것을 기대한다.)

빌 게이츠가 2007년 하버드 졸업 연설에서 했던 이 말은 사실 성서 누가복음 12장 48절에 있는 말이기도 하다.

'무릇 많이 받은 자에게는 많이 찾을 것이요, 많이 맡은 자에게는 많이 달라 할 것이니라.'

나는 많이 받은 자인만큼 많이 주어야 한다. 많이 맡은 자인만큼 나중에 사람들에게 더 많은 요구를 받을 것이다. 그것을 다 해내기 위해서는 줄 수 있는 나의 것을 만들어야 한다. 내 힘을 길러야 한다. 그것이 내가 안주할 수 없는 이유, 포기하면 안 되는 이유이다.

5년 전, 손 선생님이 내 가슴에 심어주신 '피딩 & 셰어링(Feeding & Sharing)'의 의미를 나는 한시도 내 가슴에서 놓아본 적이 없다. 금나나라는 사과나무 한 그루를 키우기 위해 얼마나 많은 분들이 도움을 주셨던가. 어떤 분은 촉촉한 봄비를 주셨고, 어떤 분은 시원한 소나기를 주셨다. 땅의 양분, 따뜻한 햇볕도 주셨다. 또 뿌리를 강하게 만들라며 추운 겨울을 주신 분도 있었다.

나는 계속 이렇게 많은 분들이 주시는 양분으로 커다란 나무가 되어 꽃을 피우고 열매를 맺을 것이다. 그리고 그 열매를 모든 사람과 나눌 것이다. 모든 사람과! 그러기 위해서 황금빛 굵은 사과가 주렁주렁 매달린, 세상에서 가장 맛 좋고 열매 많은 위대한 사과나무가 될 것이다.
꼭대기가 하늘에 닿을 정도로 커다란 사과나무가!